【DATE・A・If case-1
만약 토카 일행과 수영복 사진 촬영을 한다면】

시도「그럼 사진 찍을게. 포즈를 취해줘.」
토카「포즈?! 이러면 되겠느냐?!」
요시노「저, 저는 그런 건 좀…….」
코토리「아──무리할 필요는 없어.」
오리가미「……(힐끔, 힐끔).」
토카「음? 토비이치 오리가미. 너 왜 아까부터 계속 수영복을 만지작거리는 것이냐?」
오리가미「남자들이 가장 흥분하는 행동. 그건 바로 말려들어간 수영복을 빼는 행위.
이걸로 시도의 시선은 나에게 완벽하게 고정될 거야.」
토카「뭐, 뭐어?! 그, 그게 사실이냐?!」
요시노「하, 하지만, 시도 씨…….」
코토리「어머, 시도는 다른 곳을 쳐다보고 있네. 시도의 시선이 향하는 곳에는…….」
토카「레, 레이네!」
레이네「……음? 무슨 일이야?」
오리가미「……큭, 저런 방법이 있을 줄이야. ─〈허밋〉, 퍼핏 인형을 빌려줘.」
요시노「아…… 아앗……?!」
토카「토비이치 오리가미! 무슨 짓을 하는 것이냐!」
코토리「맞아! 그리고 네 가슴으로는─.」
오리가미「해보지 않으면 몰라.」
요시노「으…… 으, 아, 아아……!」
(그 후, 꽁꽁 얼어붙은 풀 안에서 소녀 세 명이 발견되었다)

【DATE・A・If case-2
만약 쿠루미가 일상을 영위하고 있다면】

휴일 오후, 토카를 비롯한 정령들이 함께 멀티 브랜드 매장을 찾았다.

"다들, 이것 좀 봐라! 정말 폭신폭신하구나!"

토카는 그렇게 말하면서 토끼 가죽으로 만든 가방을 들어 보였다.

"어머, 괜찮네."

"귀여······워요."

코토리와 요시노는 미소를 지으면서 그렇게 말했다. 그 뒤를 이어 쿠루미 또한 미소를 입가에 머금으면서 말했다.

"그래요, —귀여운 토끼의 가죽을 벗겨서 만든 가방. 정말 멋지군요."

"······."

쿠루미의 말을 들은 소녀들은 침묵했다.

"코, 코토리! 배고프지 않느냐?! 이 가게 옆에 있는 레스토랑의 스파게티 미트 소스는 정말 맛있다! 같이 먹으러 가자!"

"으, 응! 좋은 생각이야!"

"마, 맛있을······것 같아요."

그 말에 동의하듯, 쿠루미도 고개를 끄덕였다.

"그래요. —피가 뚝뚝 떨어지는 내장 같아서 정말 맛있을 것 같네요."

"······."

또다시 세 사람은 입을 다물었다.

"시, 식사하기 전에 좀 걷지 않겠느냐?"

"그, 그래. 그편이 좋겠어!"

"아…… 저쪽에 애완동물 센터가……."

요시노가 말을 끝까지 잇기 전에, 코토리가 허둥지둥 그녀의 입을 막았다.

"안 돼, 요시노. 애완동물 센터에 들어갔다간 '안 팔리고 남은 이 애들은 어디로가게 될까요……?' 같은 소리를 할 게 뻔해."

"아……!"

요시노는 깜짝 놀란 표정을 지으며 어깨를 부르르 떨었다.

하지만 이미 늦었다. 쿠루미가 이미 애완동물 센터 안으로 들어가고 만 것이다.

"큭……."

하지만 쿠루미를 지켜보던 소녀들은 위화감을 느꼈다.

쿠루미는 볼을 붉힌 채 우리 안에 있는 새끼 고양이를 바라보고 있었던 것이다.

"……토카, 요시노."

리의 목소리를 들은 토카와 요시노가 고개를 끄덕였다. 그리고정원의 허락을 받고 다른 우리 안에 있는 새끼 고양이를 꺼내 들어 쿠루미를 향해 걸음을 옮겼다.

"쿠루미, 쿠루미."

"음? 무슨 일이시…… 죠오옷?!"

뒤돌아본 쿠루미는 그답지 않게 새된 목소리를 냈다.

그럴 만도 했다. 현재 쿠루미의 시야는 폭신폭신해보이는 털들로 가득 차 있으니까 말이다.

"아, 이러지 마세요……!"

쿠루미는 얼굴을 붉힌 채 몸을 배배 꼬았다. 하지만 다른 소녀들은 공세를 늦추지 않았다.

"자, 잠깐…… 아, 아아아아아앙!"

비명과도, 환호성과도 다른 쿠루미의 목소리가 애완동물 센터 전체에 울려 퍼졌다.

【DATE · A · If case-3
만약 오리가미와 마나가 자매라면】

"하암……."

아침. 마나가 크게 하품을 하면서 1층으로 내려와 보니, 이미 주방에서 인기척이 느껴졌다.

"아, 언니. 좋은 아침이에요."

"좋은 아침."

마나의 언니인 오리가미가 약간의 표정 변화도 없이 그녀를 바라보면서 말했다.

아무래도 아침 준비 중인 것 같았다. 마나는 얼굴과 손을 가볍게 씻은 후,

앞치마를 걸치면서 오리가미 옆에 섰다.

"마나?"

"가끔은 아침 준비 도와도 되죠?"

"하지만……."

"자매니까 괜찮잖아요. 이런 걸로 부담 가지지는 말자고요."

"좋아. 그럼 부탁할게. 양배추를 잘게 썰어줘."

"오케이예요."

식칼을 꺼내 든 마나는 냉장고에서 양배추를 꺼내 도마 위에 놓더니 경쾌하게 썰어댔다.

하지만―.

"아얏⋯⋯."

손끝에서 느껴진 고통에 마나는 미간을 찌푸렸다.

손끝을 보니 피가 배어 나오고 있었다.

아무래도 손가락을 베인 것 같았다.

"괜찮아?"

"아, 아하하⋯⋯. 못난 모습을 보였네요. 아직 잠이 덜 깼나 봐요~.
죄송하지만 반창고 좀 붙이고―."

바로 그 순간, 마나는 말을 멈췄다. 이유는 단순했다.
오리가미가 마나의 손을 잡더니 피가 배인 손가락을 핥았기 때문이다.

"어, 언니?!"

"이러면 아프지 않을 거야. 그리고 자매니까 이래도 돼."

"으, 으으음⋯⋯."

왠지 부끄러워진 마나는 시선을 돌린 채 볼을 붉혔다.

하지만 그녀는 곧 위화감을 느꼈다.

오리가미가⋯⋯ 손가락을 과도하게 핥는 것 같은 느낌이 든 것이다.

날름날름. 날름날름.

"저, 저기⋯⋯ 언니?"

날름날름⋯⋯ 할짝할짝.

"으음⋯⋯ 이제 괜찮은 것 같은데요?"

할짝할짝, 쪽, 쪼오오옥.

"자, 잠깐⋯⋯ 어, 언니!"

마나는 오리가미의 얼굴을 손으로 잡고 억지로 떼어냈다. 오리가미는
영문을 모르겠다는 표정을 지었다.

"왜 그래?"

"그, 그건 마나가 할 소리예요⋯⋯! 이, 이게 무슨 짓이에요?!"

"엄청난 사실을 깨달아버렸어."

"깨달았다고요⋯⋯? 뭘요?"

마나의 말에 오리가미는 진지한 표정으로 말했다.

"마나. 너는 시도의 친여동생. 즉, 시도와 같은 재료로 만들어진 존재야."

"예⋯⋯? 어, 언니?"

"이론상 맛도 시도와 똑같을 거야."

"자, 잠깐⋯⋯! 마, 마나는 현재 오라버니가 아니라 언니의 여동생이라는 설정―!"

"설정 같은건 아무래도 상관없어. 자, 손 줘봐. 아직 상처가 다 아물지 않았어."

"우, 우와아아아아아아아앗?!"

마나는 앞치마를 벗어 던지고 부리나케 도망쳤다.

DATE A LIVE ENCORE 2

HuntersSHIDO,Summervacation Unidentified,Brother Unidentified,KinggamesSPIRIT,
ContestTENOHSAI,The strongest dayELLEN MIRA MATHERS.

CONTENTS

DATE
데이트
A
어
LIVE
라이브
ENCORE
앙코르 2

글 : **타치바나 코우시**
그림 : **츠나코**
옮긴이 : **이승원**

THE SPIRIT
정령(精靈)

인계(隣界)에 존재하는 특수 재해 지정 생명체. 발생 요인. 존재 이유 둘 다 불명.
이쪽 세계에 모습을 드러낼 때. 공간진(空間震)을 발생시켜 주위에 심각한 피해를 끼친다.
또한. 엄청난 전투 능력을 보유하고 있음.

WAYS OF COPING1
대처법1

무력을 통한 섬멸.
단. 위에서 말했듯 매우 강대한 전투 능력을 보유하고 있기 때문에 달성 가능성이 극도로 낮음.

WAYS OF COPING2
대처법2

──데이트를 해서. 반하게 만든다.

데이트 어 라이브
앙코르 2

DATE A LIVE ENCORE 2

SpiritNo.4
Height 144 Three size B73/W55/H78

시도 헌터즈

HuntersSHIDO

DATE A LIVE ENCORE 2

"하아…… 하아……."

어둑어둑한 뒷골목의 벽에 등을 맡긴 채, 이츠카 시도는 거친 숨을 내쉬었다.

양손에 든 시장바구니를 가능한 한 소리가 나지 않도록 조심하면서 안아 든 시도는 골목 밖의 대로를 두려움에 떨면서 살폈다.

물론 시도는 닌자가 되기 위해 수행 중인 것도, 뒷골목에 숨는 것을 미친 듯이 좋아하는 것도 아니다. 시도가 이런 곳에서 이러고 있는 데에는 다 이유가 있었다.

미간을 모으며 귀에 신경을 집중하자, 대로 쪽에서 고함 소리가 들렸다.

"─어디냐?! 대체 어디로 간 거냐?!"

"저쪽이야! 놓치지 마!"

"아…… 예!"

"……."

그와 동시에, 거친 발소리가 시도를 향해 접근했다.

그렇다. 시도는 현재 다수의 추격자에게 쫓기고 있었다.

"대, 대체…… 뭐가 어떻게 된 거야……?!"

비명에 가까운 목소리로 그렇게 외친 시도는 시장바구니를 움켜쥐면서 이 자리를 벗어나려 했다.

하지만 그 순간, 한 소녀가 시도 앞을 막아섰다.

칠흑빛 머리카락과 수정 같은 눈동자를 지닌 귀여운 소녀였다. 하지만 그녀의 아름다운 눈은 사나운 포식자처럼 잔인한 빛으로 가득 차 있었다.

"아! 찾았다! 시도!"

그 소녀— 야토가미 토카는 그렇게 외치면서 시도를 향해 달려왔다.

"토, 토카……?!"

토카를 보고 숨을 삼킨 시도는 허둥지둥 진로를 변경한 후, 대로 쪽을 향해 내달렸다.

"서라! 왜 도망치는 것이냐?!"

"네가 쫓아오기 때문이야! 대체 왜 이러는 거야?!"

"그건— 이얍!"

골목에서 빠져나온 시도가 대로에 도착한 순간, 토카가 지면을 박차면서 힘차게 점프했다.

"우, 우왓?!"

이 자리에 육상부 고문이 있었다면 토카를 바로 스카우트하려고 했을 만큼 끝내주는 점프였다. 공중으로 몸을 날린 토카가 그대로 시도를 덮치자, 그는 대로 한복판에서 바닥을 굴렀다.

"좋아! 드디어 잡았다! 시도!"

그렇게 외친 토카는 지면에 쓰러진 시도를 뒤집은 후, 그의 몸 위에 올라탔다.

그리고— 흥분한 어조로 말했다.

"자아, **나와— 키스해다오!**"

휴일 저녁. 시장을 보러 온 손님들로 북적이는 상점가 한가운데.

그곳에서 토카는 주저 없이 그렇게 외쳤다.

"뭐…… 뭐어……?!"

시도는 눈을 치켜뜨면서 되물었다.

"키…… 키스……?"

"그래! 키스 말이다!"

시도의 말에 토카는 볼을 붉히며 그렇게 단언한 후, 힘차게 고개를 끄덕였다.

상점가 안에 있던 손님들이 그 말을 들었는지 술렁거리면서 두 사람을 쳐다보았다. 그것도 무리는 아니었다. 긴 한복판에서 이 난리를 피웠을 뿐만 아니라, 남자 위에 올라탄 여자애가 큰 목소리로 키스를 요구하고 있으니까 말이다. 주목하지 않는 것이 무리이리라.

시도는 거북한 표정으로 주위를 둘러본 후, 손바닥을 펼쳐 보이면서 토카를 진정시키려 했다.

"토, 토카……. 이, 일단 좀 진정하자. 응?"

"안 된다! 그런 느긋한 소리를 할 때가 아니란 말이다! 자, 빨리 키스를 해다오!"

토카는 시도의 팔을 잡더니, 그를 향해 얼굴을 들이밀었다.

"자, 잠깐만……."

대체 어쩌다 이런 일이 벌어진 거지……. 시도는 토카의 숨결을 피부로 느끼면서 오늘 있었던 일을 떠올렸다.

◇

—이런 사태가 벌어지기 약 한 시간 전.

시도는 저녁 찬거리를 사기 위해 상점가에 왔다.

오늘은 시도 혼자 시장을 보러 왔다. 평소에는 여동생인 코토리나 옆집에 사는 토카가 시도를 따라왔지만, 오늘은 보고 싶은 방송이 있다면서 두 사람 다 집에 남았다.

"으음…… 오늘은 뭘 만들까?"

시도는 상점가 좌우에 있는 가게를 살피면서 걸음을 옮겼다.

휴일이라서 그런지 길을 다니는 사람들이 평소보다 많았다. 시도와 마찬가지로 저녁 찬거리를 사러 온 주부들, 그리고 산책 중으로 보이는 노인들, 관광객 같은 사람들도 때때로 보였다.

시도가 생선구이와 돼지고기 생강구이 사이에서 고민할 때, 오른편에서 목소리가 들렸다.

『─는, 이니셜이 S·I인 분이랍니다. 당신은 오늘, 운명의 상대가 누구인지 알게 될 겁니다. 새로운 만남을 통해 만난 상대인지…… 혹은 이미 당신 곁에 있는 상대인지…… 그것을 확인할 방법은─.』

그 목소리는 전파상 앞에 놓인 텔레비전에서 흘러나오고 있었다. 텔레비전에는 후드를 깊게 눌러쓴 여성이 수정구를 든 모습이 나오고 있었다. 아무래도 운세나 점 같은 것을 다루는 방송 같았다.

그러고 보니 코토리는 매일 아침 학교에 가기 전에 혈액형 점과 별자리 운세 같은 방송을 챙겨볼 만큼 점을 좋아했다. 어쩌면 코토리가 보고 싶다고 했던 방송은 이것일지도 모른다.

바로 그때, 시도는 문득 생각났다.

"……아. 그러고 보니 리모컨의 건전지가 다 떨어졌었지."

시도는 그렇게 중얼거리면서 전파상에 들어갔다. 이곳은 전자 제품 대형 양판점이 아니라 주문 판매와 가전제품 수리를 주로 하는 조그마한 전파상이지만 건전지 정도는 있을 것이다.

"으음……."

시도의 예상대로 전파상 한쪽에 건전지가 놓인 코너가 있었다. 시도는 그곳에서 AAA건전지가 네 개 들어 있는 묶음을 찾아 구매했다.

"어, 그러고 보니……."

가게에서 나온 시도는 혼잣말을 중얼거렸다. 방금 들은 방송의 내용이 문득 생각났던 것이다.

이니셜이 S·I인 분…… 그 점술사는 분명 그렇게 말했다.

시도의 성(姓)은 이츠카, 다. 즉, 그의 이니셜은 S·I인 것이다.

"으음, 좀 귀 기울여 들어볼 걸 그랬나."

시도는 웃음을 터뜨리면서 어깨를 으쓱했다.

하지만 시도는 코토리처럼 점을 좋아하지도, 철석같이 믿지도 않았기에 그다지 아쉬워하지 않으면서 걸음을 옮겼다.

그 후 시도는 약 50분 동안 상점 안을 돌아다니면서 저녁 찬거리를 샀다.

시간을 확인해보니 벌써 오후 다섯 시가 되었다. 기울어가는 해가 주위를 비추고 있었으며, 건물의 긴 그림자가 지면에 드리워져 있었다.

시장을 보는 데 생각보다 많은 시간이 들었다. 빨리 돌아가지 않으면 저녁 식사 시간이 늦어지고 말 것이다.

마지막으로 문구용품을 서둘러 산 후 집으로 돌아가자고 생각한 시도는 걸음을 재촉했다.

―바로 그때였다.

"응······?"

시도는 갑자기 걸음을 멈췄다. 아는 소녀가 눈에 들어왔기 때문이다.

호리호리한 체구와 어깨 근처까지 기른 머리카락. 그리고 인형 같은 외모가 인상적인 소녀였다. 참고로 방금 말한 인형 같다는 표현에는 얼굴이 인형처럼 아름답다는 의미와 표정이 없다는 의미가 동시에 담겨 있었다.

틀림없다. 시도의 클래스메이트인 토비이치 오리가미다.

"어라, 오리가미? 이런 데서 볼 줄은 몰랐어. 너도 시장 보러 온 거야?"

"그래."

"그렇구나. 그럼 나는 가볼게. 다음에 봐."

시도는 가볍게 손을 흔든 후, 걸음을 옮기려 했다.

바로 그 순간, 시도는 오리가미에게 손목을 잡힌 탓에 걸음을 떼지 못했다.

"아야야. 왜, 왜 그래?"

시도가 묻자, 오리가미는 가녀린 팔만 봐서는 상상도 되지 않을 만큼 엄청난 악력으로 그의 손목을 움켜쥔 채 입을 열었다.

"따라와."

"뭐?"

그 말을 들은 시도는 눈을 치켜뜨면서 되물었지만, 오리가미는 대답할 생각이 없는 것 같았다. 그녀는 시도의 손목을 잡은 채, 그가 방금 왔던 길을 되돌아갔다.

"어, 자, 잠깐만. 오리가미. 나, 빨리 집에 돌아가 봐야……."

"금방 끝나."

뒷골목으로 들어간 오리가미는 시도를 벽 쪽으로 몰아넣었다. 그리고 시도가 도망치지 못하게 하려는 것처럼, 그의 얼굴 뒤편에 있는 벽을 양손바닥으로 짚었다. ……시도는 왠지 오리가미와 자신의 성별이 바뀌면 더 적당할 것 같은 느낌이 들었다.

하지만 시도에게는 그런 생각을 계속할 여유가 없었다. 눈을 가늘게 뜬 오리가미가 시도를 향해 자신의 얼굴을 천천히 내밀었기 때문이다.

"오, 오리가미……?!"

"가만히 있어. 얌전히 있으면 금방 끝나."

"아, 아니…… 저기……."

시도는 식은땀을 줄줄 흘리면서 새된 목소리로 말했다. 하지만 오리가미는 행동을 멈추지 않았다. 천천히, 하지만 주저 없이, 숨결이 느껴질 정도의 위치까지 얼굴을 내밀—.

"아앗! 이, 이 녀석! 이게 무슨 짓이냐!"

그 순간, 골목 밖에서 귀에 익은 목소리가 들려왔다.

"어……?"

시도는 눈을 떴다. 그 순간, 누군가의 손이 시도와 오리가미 사이에 비집고 들어오더니, 두 사람을 억지로 떼어놓았다.

"시도, 괜찮으냐?!"

"토, 토카……?"

그렇다. 그 사람은 바로 집에서 시도를 기다리고 있을 줄 알았던 토카였다.

"토비이치 오리가미! 학교가 쉬는 날이라 마음을 놓았더니 이런 곳에서 이딴 짓을 벌이다니……! 정말 한시도 마음을 놓을 수가 없구나!"

"그건 내가 할 말이야. 시시콜콜 나타나서 훼방 놓는 방해꾼. 흰개미도 너보다는 귀여운 구석이 있을 거야."

"뭐, 뭐라고?!"

토카는 분노를 터뜨렸다. 이 두 사람은 여전히 사이가 좋지 않았다.

하지만 그것도 무리는 아닐 것이다. 그것도 그럴 것이, 몇 달 전까지만 해도 이 두 사람은 서로의 목숨을 빼앗으려 했으니까 말이다.

사실 토카는 인간이 아니다.

인류, 그리고 세계에 해를 끼치는 특수 재해 지정 생명체. 통칭·정령이라 불리는 존재인 것이다.

어떤 방법으로 대부분의 힘을 봉인한 덕분에 토카는 현재 인간과 크게 다를 바 없는 상태가 되었다. 하지만…… 정령을 섬멸하는 것이 목적인 조직— AST에 속한 오리가미는 여전히 토카와 사이가 나빴다.

하지만 그렇다고 해서 이대로 싸우게 놔둘 수도 없다고 생각한 시도는 토카에게 말을 걸었다.

"토카. 너는 왜 여기에 있는 거야?"

"아! 그래. 지금은 토비이치 오리가미 따위를 신경 쓸 때가 아니지."

혼잣말을 하면서 고개를 끄덕인 토카는 시선을 날카롭게 만들더니, 시도를 향해 몸을 날렸다.

"우왓?!"

시도는 아슬아슬하게 토카를 피했다. 그 결과, 토카는 시도가 조금 전까지 기대고 있었던 벽에 얼굴을 부딪쳤다.

"으윽! 으, 으으…… 시도, 왜 피하는 것이냐."

"그건 내가 할 말이야! 느닷없이 무슨 짓을……."

바로 그 순간, 시도는 숨을 삼켰다. 방금 토카에게 방해받았던 오리가미가 날카로운 눈빛으로 시도를 바라보았기 때문이다. 그리고 몸을 일으킨 토카 또한 시도를 쳐다보았다.

"뭐…… 뭐……."

토카와 오리가미. 두 소녀의 안광에 꿰뚫린 시도는 무심코 뒷걸음질 쳤다.

두 사람 다 왜 이러는 것일까. 평소에도 자주 기이한 행동을 하는 그녀들이지만, 오늘은 평소보다 더 이상했다.

"시도!"

바로 그때, 등 뒤에서 귀에 익은 목소리가 들렸다.

고개를 돌려보니, 조그마한 여자애 두 명이 눈에 들어왔다. 검은색 리본으로 긴 머리카락을 둘로 나눠 묶은 기가 세 보이는 소녀와, 모자를 깊게 눌러쓰고 왼손에 토끼 퍼핏 인형을 낀 기가 약해 보이는 소녀였다.

　그 두 사람은 토카와 마찬가지로 시도의 집에서 그가 돌아오기를 기다리고 있을 줄 알았던 코토리와 요시노였다.

　"코토리, 요시노!"

　시도는 토카와 오리가미에게 주의를 기울이면서 뒷걸음질쳤다. 그리고 뒤쪽에 있는 두 소녀에게 낮은 목소리로 말을 걸었다.

　"어, 어이, 저 녀석들, 왜 저러는 거야? 왠지 분위기가 평소와……."

　말을 잇던 시도는 갑자기 걸음을 멈췄다.

　이유는 단순했다. 시도의 뒤편에 있는 코토리와 요시노가 약간 흥분한 얼굴로 시도를 뚫어져라 처다보고 있었기 때문이다.

　"……요시노. 일단 나와 힘을 합치지 않겠어?"

　"예……? 아, 예……!"

　"요시노는 옆에서 덮쳐. 시도가 토비이치 오리가미에게 당하기 전에 우리가 확보하는 거야!"

　"아, 예……!"

　"뭐……?!"

　시도는 눈을 치켜떴다. 그럴 만도 했다. 코토리와 요시노까지 시도를 노리듯 천천히 간격을 좁히기 시작했으니 말이다.

　"자, 잠깐만! 대체 뭐가 어떻게 된 거야?!"

　"시도는 입 다물고 순순히 나한테 잡히기나 해."

"아니, 그러니까 우선 이유를—."

"이얍!"

코토리는 더는 할 말이 없다는 듯 시도에게 달려들었다. 하지만 시도는 종이 한 장 차이로 코토리를 피했다.

차분하게 생각해보면, 코토리나 요시노가 체격 면에서 앞서는 시도를 맨손으로 제압하는 것은 불가능에 가까웠다. 하지만 본능적인 공포를 느낀 시도는 그녀들을 피해 건물 사이에 난 골목으로 몸을 날렸다.

"앗, 시도!"

"쳇……! 토카, 요시노! 빨리 시도를 쫓자!"

부리나케 도망치는 시도의 뒤편에서 소녀들의 다급한 목소리가 들려왔다.

—그 후, 현재에 이른 것이다.

다시 생각해봐도, 영문을 알 수가 없었다. 길 한복판에서 토카 밑에 깔린 시도는 혼란스러운 머릿속을 당황한 목소리로 표현했다.

"자, 자, 잠깐만! 왜, 왜 키스를 하려는 건데……?!"

"음? 그야—."

"와앗!"

토카가 대답하려 한 순간, 뒤쪽에서 달려오던 코토리가 고함을 질렀다. 그리고 순식간에 접근한 오리가미가 토카의 입을 손으로 막더니 시도에게서 떼어냈다. 그리고 요시노는 시도의 손을 잡고 일으켜 세웠다.

마치 사전 모의라도 한 것 같은 완벽한 콤비네이션이었다.

"우읍, 뭐, 뭐 하는 것이냐?!"

오리가미의 손을 치운 토카는 가시 돋친 눈길로 그녀를 노려보았다. 바로 그때, 코토리가 두 사람 사이에 끼어들더니 토카에게 귓속말을 했다.

"음……? 그걸 비밀로 해야 하는 것이냐? 대체 왜?"

"왜, 왜냐면…… 그건, 으음, 시도가 알면 효력이 없어."

"그런 것이냐! 그, 그건 곤란한데……."

꽤나 큰 목소리로 귓속말을 나눈 후, 토카는 시도를 향해 고개를 돌렸다.

"피치 못할 사정이 있어서 이유는 말해줄 수 없다. 하지만…… 나와 키스를 해줬으면 한다."

"아, 아니, 하다 못해 이유 정도는 말해줘야……."

"안 되겠느냐, 시도……."

"으……."

토카는 금방이라도 울음을 터뜨릴 듯한 표정을 지었다. 그런 그녀의 얼굴을 보고 말문이 막힌 시도의 볼을 타고 땀방울이 흘렀다.

"아…… 아니, 딱히 안 될 건, 없……지만……."

"저, 정말이냐?! 그럼 키스해주겠느냐?!"

"으, 으음……."

난처한 표정을 지은 시도는 필사적으로 안구 운동을 하며 주위를 살폈다.

대로 한복판에서 키스해달라고 고함을 질러댄 덕분에 두 사람은 통행인들의 주목을 한 몸에 받고 있었다. 어떤 어린 아이는 시도 쪽을 손가락으로 가리켰고, 어머니로 보이는 사람은 그런 아이를 말렸다. 더 큰 소동을 벌여서 알고 지내는 상인이 많은 이 상점가에서 더는 얼굴을 들고 다니지 못하게 되는 사태만은 피하고 싶었다.

게다가 그것보다 큰 문제가 세 개나 코앞에 존재한다는 사실을 잊어서는 안 된다.

흥미 없다는 듯이 혼자서 팔짱을 낀 채 시도와 토카를 힐끔힐끔 쳐다보는 코토리와, 안절부절못하면서 이쪽을 쳐다보는 요시노. —그리고 토카가 실력 행사로 나선다면 한 치의 주저도 없이 그녀의 목덜미를 물어뜯을 듯한 분위기의 오리가미.

시도는 전혀 다른 분위기를 띤 세 소녀의 시선을 받고 마른침을 삼켰다.

"그, 그럼 이렇게 하자. 오늘 하루 동안 착한 아이로 지내면 사, 상으로……."

"음?"

시도의 제안을 들은 토카는 눈을 동그랗게 떴다.

"으음…… 오늘 하루 동안 착한 아이로 지내면 키스해주겠다는 것이냐?"

"그, 그래. 어째······?"

"음, 알았다! 오늘 하루 동안 착한 아이로 지내겠다!"

토카는 만면에 미소를 지으면서 고개를 끄덕였다. 그 모습을 본 시도는 안도의 한숨을 내쉬었다.

문제를 근본적으로 해결하지는 못했지만 일단 최악의 사태는 피했다. 코토리와 요시노만이라면 몰라도, 오리가미 앞에서 토카와 키스했다간 무슨 일이 벌어질지 상상조차 되지 않았다.

시도는 오리가미의 분위기를 살피려는 듯이 그녀 쪽을 힐끔 쳐다보았다. ······그리고 그녀와 시선이 딱 마주치고 말았다.

"애들 어를 때나 쓰는 수단. ─진심이 아냐."

오리가미는 경고성 짙은 말투로 시도를 향해 그렇게 말했다. 그 말을 들은 시도는 땀이 밴 등이 서늘해지는 것을 느끼면서 힘없이 웃었다.

하지만······ 이대로 긴장을 푼 채 가만히 있을 수는 없었다. 시도는 아직 그녀들이 자신을 쫓아온 이유를 알지 못했던 것이다.

"······그런데 너희들······ 대체 왜 나를 쫓아온 거야?"

시도의 말을 들은 코토리의 눈썹이 희미하게 떨렸다.

"그, 그게······ 보고 싶었던 방송이 끝나서, 시장 보러 간 시도나 도울까 해서 왔을 뿐이야. 지, 짐도 꽤 많을 것 같았거든. 내, 내 말 맞지? 요시노?"

"예······?"

코토리가 느닷없이 동의를 구하자, 요시노는 눈을 동그랗게 떴다.

"……그런 거야?"

"아, 으음……. 예…… 맞아요."

"……."

엄청 미심쩍기는 했지만, 요시노가 저렇게 말하는 것을 보면 거짓말은 아닐 것이다. 시도는 약간 미심쩍어 하면서도 일단 납득했다.

"그, 그럼…… 시장이나 마저 보러 갈까?"

"응. 좋아. ─자, 토카와 요시노도 빨리 가자."

코토리의 말을 들은 두 사람은 시도의 뒤를 따랐다. 그리고 어찌 된 영문인지 오리가미까지 시도의 뒤를 따랐다.

"오리가미?"

"─나도 같이 가겠어. 나, 시도가 사려는 걸 사고 싶어졌어."

"허, 헛소리하지 마라!"

토카가 오리가미의 말을 듣고 고함을 터뜨렸다. 주먹을 쥔 그녀는 날카로운 시선으로 오리가미를 노려보았다.

"왜 네 녀석이 우리를 따라오는 것이냐! 따로 가면 되지 않느냐!"

"나로서는 네가 여기 있는 것 자체가 이해가 안 돼. 왜 네가 시도와 함께 행동하는 거야? 볼일이 없으면 빨리 돌아가. 푸시 고 홈."

"뭐라고?! 이 녀석이!"

토카가 쿵! 소리가 나게 걸음을 내디뎠다. 바로 그때, 코토리가 오리가미를 쳐다보면서 말했다.

"……토비이치 오리가미. 설마, 너도 그 방송을—."

"……."

오리가미는 긍정도 부정도 하지 않고 고개를 돌렸다.

오리가미의 그 반응을 본 코토리는 흥 하고 코웃음을 치면서 물고 있던 막대 사탕의 막대 부분을 꼿꼿이 세웠다.

하지만 토카는 화가 가라앉지 않았는지 씩씩거렸다. 그 모습을 본 시도는 허둥지둥 토카와 오리가미 사이에 끼어들었다.

"이, 일단, 진정해. 다 같이 가면 되잖아? 응?"

"으음……."

"……."

토카는 불만 섞인 표정을 지으면서도 오케이라는 듯이 한숨을 내쉬었고, 오리가미는 아무 말 없이 고개를 돌렸다. 두 사람 다 시도의 말은 따를 생각인 것 같았다.

"……저기, 너희도 괜찮겠어?"

시도는 코토리와 요시노를 향해 고개를 돌리면서 물었다. 그러자 코토리는 미간을 찌푸렸고, 요시노는 오리가미의 시선을 차단하려는 것처럼 밀짚모자를 눌러썼다. ……솔직하게 말해 두 사람 다 오리가미를 거북해하는 것 같았다.

그럴 만도 했다. 코토리와 요시노 또한 토카와 마찬가지로 정령의 힘을 지녔을 뿐만 아니라, 오리가미와 싸웠던 적이 있었던 것이다.

하지만 두 사람은 그런 감정을 겉으로 드러낼 만큼 어린애가 아니었다. 코토리는 고개를 내저으며 가볍게 한숨을 내쉬었고, 요시노는 머뭇거리면서도 고개를 끄덕였다.

"흥…… 뭐, 좋아. 이 상황에서 토비이치 오리가미의 모습이 보이지 않으면 더 불안할 거야."

"저, 저는…… 괘, 괜찮……아요."

"응. 두 사람 다 고마워."

시도는 안도의 한숨을 내쉰 후, 다른 소녀들과 함께 상점가 안을 걸었다.

……하지만, 문제는 하나도 해결되지 않았다.

시간상으로는 그녀들과 함께 행동하고 10분도 채 지나지 않았으리라. 하지만 시도는 뜨거운 햇살이 쏟아지는 사막을 몇 시간 동안 정처 없이 헤매기라도 한 것처럼 지치고 말았다.

이유는 매우 단순했다.

""""……""""

전, 후, 좌, 우.

시도를 둘러싸듯 코토리, 오리가미, 토카, 요시노가 그의 사방에 선 채 기묘한 위압감을 뿜고 있었던 것이다.

정확하게 말하자면 토카는 평소와 마찬가지로 오리가미를 경계하고 있을 뿐이지만, 다른 세 사람은 평소와 다른 분위기를 자아내고 있었다. 차분함과는 거리가 먼 분위기를 띤 그녀들은 때때로 시도를 힐끔힐끔 쳐다보았다. 그런 그녀들의 모습은 사냥감이 약해질 때를 기다리는 맹금류를 연상케 했다.

"대, 대체 왜 이러는 거야……."

시도가 엄청난 긴장감을 느끼면서 걸음을 옮기고 있을 때, 오른편에서 조그마한 목소리가 들렸다.

『……그러니까 말이야. 지금은 공세를 펼쳐야 할 때야~. 좀 더 과감하게…….』

"아…… 하, 하지만…… 닿지 않는단 말이야……."

아무래도 요시노가 토끼 모양 퍼핏 인형인『요시농』과 대화를 나누고 있는 것 같았다. 정확한 대화 내용까지는 들리지 않지만,『요시농』이 요시노를 선동하고 있는 듯했다.

『걱정 마~. 요시노라면 할 수 있어~.』

"저, 정말……?"

그 후로도『요시농』과 몇 마디 더 대화를 나눈 요시노가 불안해하면서도 각오를 다지듯 고개를 작게 끄덕이는가 싶더니…….

"꺄아……."

……작게 비명을 지르면서 그 자리에서 넘어졌다.

"요시노? 괜찮아?"

요시노를 향해 고개를 돌린 시도는 한쪽 무릎을 지면에 대면서 그녀를 향해 손을 내밀었다.

"자, 내 손 잡아. 그리고 발밑 조심해."

"아…… 예……. 고마워요……."

요시노는 그렇게 말하면서 시도의 손을 잡았다.

바로 그 순간, 요시노가 왼손에 낀 퍼핏 인형『요시농』이 낮은 목소리로 외쳤다.

『……요시노! 지금이야!』

"……아! 으, 으음…… 아, 알았어……."

『요시농』의 재촉을 들은 요시노는 고개를 끄덕이면서 시도의 손을 잡고 일어났다.

그리고 지면에 무릎을 댄 시도의 얼굴을 향해 자신의 얼굴을 내밀더니—.

쪽.

요시노의 입술이 닿았다.

—번개같이 두 사람의 얼굴 사이에 비집고 들어온 오리가미의 손등에 말이다.

"아……."

요시노는 당황했는지 눈을 동그랗게 떴다.

그 순간, 오리가미는 시도의 손을 쥔 요시노의 손을 잡더니, 먼지로 더러워진 요시노의 치마를 털어줬다.

"오리가미?"

시도는 의외라는 듯이 눈을 치켜떴다.

그러는 것도 무리는 아니었다. 요시노는 정령이고, 오리가미는 AST다. 현재 영파 반응이 확인되지 않는다고 해도, 두 사람의 관계는 양호한 편이라 말하기 힘들었다. —솔직하게 말하자면, 시도가 오리가미의 동행을 허락한 이유 중 하나는 같이 행동하면서 그 미묘한 관계가 조금이라도 개선되기를 바랐기 때문이다.

─설마, 오리가미가 요시노를 걱정한 건가⋯⋯?

시도가 두 사람을 지켜본 순간, 오리가미는 요시노를 바라보면서 입을 열었다.

"위험하니까, 조심해."

말 한마디 한마디에 악센트를 주면서 그렇게 말한 오리가미는 모자 너머로 요시노의 머리를 쓰다듬어줬다.

그녀가 방금 한 말의 내용은 상냥했지만, 어조 자체에는 중대한 경고를 한 것처럼 위압감으로 가득 차 있었다. 그 사실을 증명하듯, 오리가미가 머리를 쓰다듬어준 순간, 요시노는 "히익." 하고 숨을 삼키더니 비 맞은 치와와처럼 부들부들 떨었다.

"으, 으음⋯⋯."

"가자."

시도가 식은땀을 흘리면서 당황하는 사이, 다시 원래 위치로 돌아간 오리가미가 길을 재촉하듯 그의 등을 밀었다.

그 후 긴장감을 느끼면서 걸음을 옮기던 시도의 어깨를 뒤쪽에서 누군가가 가볍게 두드렸다.

"응?"

무슨 일일까, 라고 생각하며 뒤를 돌아본 시도는─.

"우왓?!"

─무심코 몸을 움츠리면서 비명을 질렀다.

고개를 돌린 순간, 그의 시야는 오리가미의 얼굴로 가득 차고 말았다. 아무래도 시도의 등에 바싹 다가붙은 상태에서 발돋움을 하며 어깨를 두드린 것 같았다.

"음⋯⋯."

오리가미는 무표정한 얼굴로 더욱 고개를 내밀었다. 당황한 탓에 머릿속이 혼란스러워진 시도는 그 자리에서 꼼짝도 하지 못했다.

이윽고 오리가미의 입술이 시도의 입술에 닿─.

─기 직전, 누군가가 옷소매를 잡아당겨 시도의 몸을 뒤쪽으로 뺐다.

"우왓⋯⋯."

균형을 잃은 시도는 그 자리에서 무릎을 꿇었다. 깜짝 놀란 시도가 자신의 옷소매를 바라보니, 앞장서서 걷던 코토리가 그의 소매를 움켜쥐고 있었다.

"어머, 토비이치 양? 내 오빠에게 무슨 짓을 하는 거야?"

"⋯⋯."

코토리는 미간을 찌푸리면서 자신만만한 미소를 지었다. 오리가미의 표정에는 눈곱만큼의 변화도 없었지만⋯⋯ 그녀의 등 뒤에서 불길한 아우라가 타오르고 있는 듯한 느낌이 들었다.

"자, 빨리 일어나. 그리고 딴 데 정신 좀 팔지 마, 시도."

"으, 응⋯⋯."

코토리의 말을 들은 시도는 무릎에 묻은 흙을 턴 후, 다시 걸음을 옮겼다.

그리고 몇 분 후. 이번에는 코토리가 시도 쪽을 힐끔힐끔 쳐다보았다.

"코토리? 왜 그래?"

"응? 아…… 그, 그게 말이야. 시도에게 해줄 중요한 이야기가 생각나서……."

"중요한 이야기……? 뭔데?"

시도의 말을 들은 코토리는 주위를 둘러본 후, 그를 향해 손짓했다.

"……저기, 귀 좀 줘봐."

그리고 고개를 살짝 숙인 코토리는 볼을 희미하게 붉히면서 말했다.

그런 코토리의 모습을 본 시도는 고개를 갸웃거리다— 곧 생각을 고쳤다.

어쩌면 〈라타토스크〉와 관련된 이야기일지도 모른다. 그런 이야기라면 오리가미 앞에서 큰 소리로 말할 수 없으리라.

"응. 알았어."

몸을 숙인 시도는 코토리를 향해 귀를 내밀었다.

그러자 코토리는 얼굴을 더욱 붉히면서 시도의 귓가에 입을 대려 했다.

다음 순간. 시도는 볼을 통해 부드러운 감촉을 느꼈다.

그것은 바로 촉촉한 코토리의 입술—

―이 아니라 폭신폭신한 감촉이었다.

"어?"

시도가 그쪽을 향해 고개를 돌리자, 새하얀 토끼 모양 퍼 핏 인형의 머리가 눈에 들어왔다. 시도와 코토리 사이에 요 시노의 왼손이 끼어 있었던 것이다.

『코토리, 시도와 몰래 무슨 이야기를 하·는·거·야? 요시 농한테도 들려줘~.』

"윽…….."

『요시농』이 끼어들자, 코토리는 인상을 쓰면서 이를 갈았 다. 요시노는 미안함을 느끼는지 "저, 저기……."라고 중얼거 리며 안절부절못했다.

"어이 어이, 요시농. 코토리의 이야기를 방해하면 어떻게 해. ……자, 코토리. 이야기를 계속 해봐."

"……됐어. 나중에 할게."

"뭐? 그래도 되겠어?"

"응. 서둘러 전달해야 할 만큼 중요한 사안은 아니야……."

"그, 그래……?"

코토리는 고개를 휙 돌리면서 팔짱을 꼈다. 그 순간, 사탕 을 깨무는 소리가 들렸다.

요시노의 곁으로 돌아간 『요시농』은 한 손을 번쩍 들었다. 그 모습을 본 요시노는 당황했는지 어깨를 부르르 떨었다.

……왠지 이유는 모르겠지만, 시도는 자신의 주위에서 엄 청난 공방전이 벌어지고 있는 듯한 느낌이 들었다.

"대, 대체 뭐가 어떻게 되고 있는 거야······."

마음속이 불안으로 가득 찬 시도는 신음에 가까운 목소리로 그렇게 중얼거렸다.

◇

그리고 약 30분 후. 문구용품을 사는 것치고는 꽤나 긴 시간을 허비한 후에야 시도 일행은 집으로 향했다.

물론 그 후에도 코토리와 오리가미, 그리고 요시노의 공방전은 계속되었다. 원인도, 목적도 알려주지 않은 채, 그녀들은 조용하지만 긴장감 넘치는 싸움을 벌였다. 영문도 모르는 상태로 그 싸움의 중심에 놓인 시도는 급격하게 늙어버린 것처럼 초췌해졌다.

"······그, 그럼 오리가미. 잘 가······."

드디어 시도의 집과 오리가미의 맨션으로 각각 이어지는 갈림길에 도착한 시도는 지칠 대로 지친 목소리로 말했다.

그 순간, 코토리는 의기양양하게 코웃음 쳤고, 요시노는 안도의 한숨을 내쉬었다.

······왠지 시도가 보기에 요시노는 거북한 상대인 오리가미와 헤어지게 되어서 안심한 것이 아니라, 경쟁 상대의 탈락을 기뻐하고 있는 것처럼 보였다.

하지만 오리가미는 주먹을 쥐지도, 시선을 날카롭게 만들지도 않았다. 그저 조용히 뒤돌아섰을 뿐이다.

"그럼 다음에 봐."

"으, 응······."

그런 오리가미를 보고 시도는 약간 놀라고 말았다. 아니, 평범하게 생각하면 딱히 놀랄 일은 아니지만, 오리가미라면 집까지 따라오려 할 것이라고 생각했었던 것이다.

하지만 오리가미는 고집을 피우기는커녕, 자신의 맨션이 있는 방향을 향해 걸음을 옮겼다. 토카는 오리가미의 등을 바라보며 치아가 훤히 드러날 만큼 환한 미소를 지었다.

"자, 그럼 우리도 돌아가자."

"그······ 그래."

시도는 고개를 끄덕인 후, 자신의 집을 향해 걸음을 옮겼다.

하지만 잠시 후, 시도의 눈썹이 희미하게 흔들렸다. 호주머니 안에 넣어둔 핸드폰이 진동했기 때문이다.

"어? 메일이 왔나······?"

그렇게 말하면서 핸드폰을 꺼내 든 시도는 익숙한 손놀림으로 메일 화면을 띄웠다. 그러자 방금 헤어진 오리가미에게서 온 메일이 표시되었다.

『오늘 밤 11시 30분. 아무에게도 말하지 말고 동(東) 텐구 공원으로 와. 우리의 장래에 관한 중요한 안건이 있어. 만약 시도가 오지 않으면 나한테 큰일이 날 거야.』

"크, 큰일······?"

시도는 미간을 찌푸리면서 메마른 목소리로 말했다.

"응? 시도, 왜 그래?"

"아, 아무것도 아냐."

오리가미에게서 메일이 왔다는 사실을 밝히면 또 골치 아픈 일이 벌어질지도 모른다. 시도는 대충 둘러대면서 핸드폰을 호주머니에 넣은 후, 서둘러 걸음을 옮겼다.

잠시 후, 시도는 그리운 집(농담이 아니라 진짜로 오래간만에 돌아온 것 같은 느낌이 들었다)에 도착했다. 그는 익숙한 손놀림으로 문을 연 후, 신발을 벗고 집 안으로 들어갔다.

"다녀왔어……."

기지개를 켜면서 그렇게 말한 시도는 손을 씻은 후, 방금 사 온 식재료를 냉장고에 넣었다.

"……아, 이건 오늘 저녁에 써야지."

시도는 그렇게 말하면서 돼지고기 등심과 생강, 양배추를 싱크대 위에 올려놓았다. 아무리 지쳤더라도 저녁 준비를 거를 수는 없었다.

"오오, 시도. 오늘 저녁에는 뭘 만들 것이냐?"

소파에 앉아 있던 토카가 등받이 너머로 부엌에 있는 시도를 바라보며 물었다. 시도는 고개를 끄덕이면서 입을 열었다.

"오늘 저녁 반찬은 돼지고기 생강구이야. 완전 밥도둑이지~."

"오, 오오……!"

토카는 눈을 반짝이면서 침을 삼켰다.

그 모습을 본 시도는 쓴웃음을 흘렸다. 이렇게 솔직하게 기뻐해주는 토카를 보니, 시도도 요리하는 맛이 났다.

"뭐, 시간은 그렇게 많이 걸리지 않으니까, 그 동안 토카는 식탁 위를 정리해줘."

"음! 맡겨만 다오!"

토카는 힘차게 고개를 끄덕인 후, 식탁 위를 정리했다. 거실을 보니 요시노와 코토리가 세탁물을 개는 중이었다. ……그리고 두 사람은 세탁물을 개면서 낮은 목소리로 중얼거리고 있었다.

『……니까, 우선 단둘이 있을 수 있는 상황을 만들어야 해. 예를 들자면 시도가 화장실에—.』

"뭐……. 하, 하지만…… 그건……."

요시노는 『요시농』과 대화 중인 것 같았다.

"……어떻게 할까? 확 수면 가스를 뿌려서 의식을 잃게…… 아냐. 그래선 그 여자와 다를 게 없잖아. 그건 어디까지나 최종 수단이야……."

코토리는 무시무시한 소리를 혼잣말로 해대고 있었다.

고개를 갸웃거리면서 그 모습을 보던 시도는 의자에 걸쳐둔 앞치마를 쥐려다…… 말았다.

"아, 맞다. 그 전에……."

부엌에서 나온 시도는 복도를 걸었다.

방금까지 여자애들에게 둘러싸여 있었기 때문에 화장실을 못 갔다는 사실을 떠올린 것이다. 요리를 시작하기 전에 볼일을 보는 편이 좋으리라.

손잡이를 돌려서 문을 연 시도는 화장실 안에 들어갔다. 바로 그때—.

"어?"

시도는 엉뚱한 소리를 냈다. 그것도 그럴 것이 시도가 화장실에 들어간 순간, 그의 뒤를 쫓듯 요시노가 화장실 안으로 쏙 들어왔기 때문이다.

"요, 요시노?"

예상외의 사태가 벌어진 탓에 놀랐는지 당황한 목소리로 요시노의 이름을 부른 시도는 갑자기 "아." 하고 탄성을 터뜨렸다.

"혹시 요시노도 화장실이 급했던 거야? 미안해. 그럼 나는 밖에 나가—."

하지만 시도가 요시노의 옆을 지나 복도로 나가려 한 순간, 퍼핏 인형『요시농』이 재빨리 문을 걸어 잠갔다.

"어……? 뭐, 뭐 하는 거야……?"

『자아, 요시노~. 이 기회를 놓치면 그걸로 끝이야~.』

『요시농』은 요시노를 부추기듯 그렇게 말했다. 그 말을 듣고 볼을 붉힌 요시노는 각오를 다지듯 입술을 깨물면서 고개를 치켜들었다.

"죄송해요. 단둘이 있기 위해서는…… 이 방법밖에 없다고…… 요시농이…… 그래서……."

"단둘이……? 그게 무슨 소리야?"

"아, 저기……."

요시노의 얼굴이 연기가 날 것처럼 새빨개졌다. 평소와 다른 요시노의 모습을 본 시도는 무심코 긴장하고 말았다.

……요시노에게 그렇고 그런 짓을 할 생각이 없다는 것은 알지만, 시도도 남자다. 요시노 같은 귀여운 여자애와 이렇게 좁은 밀실에 단둘이 있으면 심장 박동이 빨라질 수밖에 없는 것이다.

　　그런 남자의 마음을 알 리 없는 요시노는 시도보다 몇 배는 더 긴장한 듯한 표정으로 말을 이었다.

　　"저기…… 시도 씨."

　　"으, 응. 왜?"

　　"저기, 이런 부탁을 하면…… 이상하게 생각할지도 모르지만…… 저기, 혹시…… 괜찮다면, 그러니까…… 으음, 혹시 싫다면 거절해도, 괜찮으니까……."

　　"아니, 그건……."

　　내성적인 요시노가 이렇게 최선을 다하는 것을 보면 뭔가 심상치 않은 일이 터진 게 분명했다. 그렇게 생각한 시도는 요시노의 눈을 지그시 응시하며 고개를 끄덕였다.

　　"요시노가 모처럼 용기를 쥐어짜내서 부탁하는 거잖아. 내가 할 수 있는 일이라면 뭐든 할게. 말해봐."

　　"ㅡ아!"

　　그 말을 들은 요시노는 깜짝 놀랐는지 눈을 치켜떴다. 그리고 작지만 힘차게 고개를 끄덕인 후, 떨리는 목소리로 말했다.

　　"저, 저기, 저…… 저, 저랑…… 그러니까, 키, 키, 키ㅡ."

　　하지만. 그 순간, 요시노의 머리에서 연기가 피어올랐다.

　　"아우……."

"요. 요시노?!"

시도는 그 자리에서 무너지듯 쓰러지려 하는 요시노를 잡기 위해 양손을 뻗었다.

하지만 그 순간, 요시노가 왼손에 낀 퍼펫 인형『요시농』이 엄청난 속도로 시도의 손목을 덥석 물더니, 그대로 그를 잡아당겼다.

"우, 우왓?! 요, 요시농, 뭐 하는 거야?!"

『요이오! 짝쩐B야!』

『요시농』이 시도의 손을 문 채 외쳤다. 그 말을 들은 요시노는 어깨를 부르르 떨면서 한순간 주저한 후, 시도를 향해 고개를 숙였다.

"시, 실례할게요……."

그리고『요시농』때문에 꼼짝도 할 수 없는 팔의 손등에 쪽 하고 입맞춤을 했다.

"어?"

시도는 의외의 행동을 하는 요시노를 보고 눈을 동그랗게 떴다. 왜, 왜 손등에 키스를 한 거지……?

『좋아! 잘했어, 요시노!』

"으, 응……! 이걸로…… 성공한 거지……?"

『틀림없어! 이걸로 아내 자리는 요시노 거야!』

"……읍!"

요시노는『요시농』의 말을 듣고 또다시 얼굴을 붉혔다.

하지만 이 자리에 시도가 있다는 사실을 떠올린 요시노는 그를 향해 깊이 고개를 숙였다.

"죄, 죄송해요……. 그, 그럼 실례할게요……."

그렇게 말한 요시노는 허둥지둥 화장실 문을 열더니, 복도로 뛰쳐나갔다.

"뭐, 뭐야……?"

홀로 남은 시도는 망연자실한 눈으로 손등을 바라보며 멍하니 그 자리에 서 있었다.

"""잘 먹겠습니다!"""

요시노가 영문 모를 행동을 하고 20분 정도 흘렀을 즈음. 이츠카 가(家)의 식탁에 맛있어 보이는 요리가 놓였다. 메뉴는 돼지고기 생강구이와 어제 사둔 통조림, 밥과 바지락 된장국이었다.

"음, 오늘도 정말 맛있구나, 시도!"

토카는 만면에 미소를 지으면서 고기를 씹었다.

"아하하…… 고마워. 하지만 이야기는 밥 먹고 나서 해."

"음! 알았다!"

힘차게 고개를 끄덕인 토카는 된장국을 한 모금 마시더니 행복한 표정을 지었다. 그 모습을 본 시도는 쓴웃음을 지었다.

"음, 뭐, 나쁘지는 않네."

"맛있……어요."

코토리와 요시노도 토카만큼 오버스러운 리액션을 취하지는 않았지만, 꽤 만족한 것 같았다. ……참고로 여전히 볼이 발그레한 요시노는 시도의 시선을 피하듯 때때로 고개를 돌리면서 식사를 하고 있었다.

"……."

시도는 조금 전에 요시노가 입맞춤했던 손등을 아무 말 없이 바라보았다. ……그건 대체 뭐였을까. 뭔가 특별한 의미가 있는 것일까?

"음? 시도, 왜 그러느냐? 밥 안 먹을 것이냐?"

"아, 아무것도 아냐."

시도는 토카의 말을 듣고 식사를 시작했다. 자화자찬일지도 모르지만 꽤 맛있었다. 그 후, 그들은 단란한 분위기 속에서 가벼운 이야기를 나누며 식사를 즐겼고— 얼마 지나지 않아 모두가 식사를 마쳤다.

""""잘 먹었습니다.""""

식사를 마친 그들은 동시에 그렇게 말했다. 그리고 토카와 요시노는 자리에서 일어나 자신들의 식기를 싱크대에 가져다 뒀다.

"아, 두 사람 다 고마워."

토카와 요시노가 시도의 말을 듣고 멋쩍은 미소를 지었다.

그리고 시도 옆에 앉아 있던 코토리가 작게 기지개를 켰다.

"으음…… 왠지 디저트가 먹고 싶네."

"디저트?"

시도가 되묻자, 코토리는 고개를 끄덕이면서 토카 쪽을 바라보았다.

 "저기, 토카. 푸딩 같은 거 먹고 싶지 않아?"

 "—푸딩?!"

 토카는 그 말을 듣고 눈을 반짝였다.

 "오, 오오…… 먹고 싶다! 푸딩이 있는 것이냐?!"

 "유감이지만 집에는 없어. 그러니까—"

 코토리는 지갑에서 천 엔짜리 지폐를 꺼냈다.

 "요시노랑 근처 편의점에 가서 사다 줄래? 두 사람 마음에 드는 걸로 사 와도 돼."

 "오오! 좋다! 갔다 오마!"

 토카는 힘차게 고개를 끄덕이고 코토리에게서 천 엔짜리 지폐를 건네받았다.

 "자, 가자, 요시노! 요시농!"

 "아, 으음, 저는……."

 『어~라~라~.』

 요시노와 『요시농』이 무슨 말을 하려 했지만, 토카에게 팔을 잡힌 두 사람은 그대로 끌려가고 말았다.

 "하하……. 활기차네."

 "……좋아. 방해꾼은 사라졌어."

 "응? 방금 뭐라고 했어?"

 시도의 말을 들은 코토리는 깜짝 놀란 얼굴로 고개를 지었다.

"……흐음."

코토리의 반응이 조금 미심쩍기는 하지만 왜 저러는지 물어봐도 가르쳐줄 것 같지는 않았다. 그렇게 생각한 시도는 토카와 요시노, 『요시농』이 돌아오기 전에 설거지를 끝내두자고 생각하며 일어서려 했다.

—하지만. 몸을 일으키려는 시도의 옷소매를 코토리가 잡았다.

"코토리?"

"아…… 자, 잠깐만."

코토리는 약간 삐친, 그리고 약간 부끄러움이 섞인 목소리로 그렇게 말한 뒤 고개를 돌렸다. 왠지 그녀의 볼이 발그레해진 듯한 느낌이 들었다.

"……볼에. 밥풀. 붙었어."

코토리는 문장을 짧게 끊어가면서 그렇게 말했다. 그 말을 들은 시도는 고개를 약간 갸웃거린 후, 입을 열었다.

"정말? 고마워. 으음……."

"……아!"

시도가 볼에 붙은 밥풀을 떼려 하자, 코토리가 그의 소매를 잡은 손에 더욱 힘을 줬다.

"우왓. 뭐, 뭐하는 거야?"

"잔말 말고……! 가만히 있어!"

"뭐, 뭐어……?"

"내, 내가…… 떼어줄게……!"

코토리는 그렇게 외치며 시도와 몸을 밀착시켰다. 코토리의 따뜻한 체온이 시도의 오른팔을 감쌌다.

"뭐……? 그 정도는 혼자서도 할 수 있는데……."

"잔말 말고! 시도는 입 다물어!"

"으, 응……."

코토리의 무시무시한 박력에 압도당한 시도는 순순히 팔에서 힘을 뺐다.

"……."

"……."

그리고 두 사람 다 침묵에 잠긴 가운데, 시간만이 서서히 흘러갔다.

째깍째깍하는 시계 소리가 고막을 뒤흔들었다.

그리고 어느 정도 시간이 흐른 후, 입술을 삐죽 내민 코토리는 생각에 잠긴 채 시도의 손바닥에 손가락으로 동그라미를 그려댔다. ……그 탓에 손바닥이 간지러웠다.

"어, 어이, 코토리. 아직 멀었어? 나, 설거지해야 하는데…… 딴 애들이 돌아올 때도 됐고……."

"……아!"

코토리는 시도의 말을 듣고 온몸을 부르르 떨었다.

그리고 각오를 다지듯 어금니를 깨문 코토리는 시도를 향해 천천히 고개를 돌렸다. 그런 코토리의 얼굴은 사과처럼 새빨갰고, 눈은 엉엉 울기라도 한 것처럼 충혈되어 있었다.

"코, 코토리?"

"……내가 떼어줄 테니까, 잠시 동안만…… 눈 감고 있어."

"뭐? 왜 눈을—."

"시키는 대로 해!"

시도가 순순히 눈을 감지 않자, 코토리는 한 손으로 그의 두 눈을 가려버렸다.

"우왓?!"

"움직이지 마!"

시야가 어둠으로 가득 찬 가운데, 코토리의 고함 소리가 시도의 귀에 꽂혔다.

그 후, 의자가 삐걱거리는 소리와 옷깃 스치는 소리. 그리고 숨을 삼키는 소리가 들리더니—.

"어……?"

다음 순간, 시도는 볼을 통해 불가사의한 감촉을 느꼈다. 정황상으로 볼 때 코토리의 손가락이 닿은 거겠지만…… 뭔가가 다른 듯한 느낌이 들었다. 그렇다. 손가락보다 부드럽고, 촉촉한—.

바로 그때, 어둠으로 가득 찼던 시야에 빛이 드리워졌다.

오른쪽을 쳐다보니, 얼굴을 새빨갛게 붉힌 코토리가 주먹을 힘차게 쥐며 작은 목소리로 혼잣말을 중얼거렸다.

"……좋아. 이걸로 오빠는 내……."

"코토리?"

"……읔?! 뭐뭐뭐뭐, 뭐야?!"

"아니, 너, 방금……."

"돌아왔다, 시도! 몽글몽글 밀크 푸딩과 생크림 듬뿍 푸딩 중 어느 게 좋으냐?!"

시도가 코토리에게 질문을 던지려 한 순간, 거실 문이 열리더니 토카의 쾌활한 목소리가 들렸다.

"……음? 두 사람 다 왜 그러느냐?"

"아, 그게…… 아무것도 아닐…… 거야."

시도는 애매한 대답을 할 수밖에 없었다.

오후 11시 10분. 시도는 가로등 불빛이 드리워진 길을 홀로 걸었다.

토카와 요시노가 맨션으로 돌아가고 코토리도 이미 잠들었기 때문에, 집에서 빠져나오는 것은 그렇게 힘들지 않았다. 물론 코토리가 잠에서 깼을 때를 대비해 근처 편의점에 다녀오겠다는 쪽지도 두고 왔다.

현재 시도가 향하고 있는 곳은 오리가미와 만나기로 한 공원이었다.

시도도 썩 내키지는 않았지만 오리가미가 중대한 안건이라는 표현을 써가면서 자신을 불러낸 데에는 분명 이유가 있을 것이다. 게다가…… 시도가 오지 않으면 일어난다는 『큰일』이라는 말이 너무나도 신경 쓰였다. 그 큰일이라는 게 뭔지 메일로 물어봤지만, 오리가미는 『기다릴게.』라고 짤막하게 적힌 답장을 보냈다.

"으음…… 아직 시간적으로는 여유가 있네."

시도는 혼잣말을 중얼거리며 갈림길에서 오른쪽으로 돌았다. 이 길을 따라 곧장 가면 목적지인 공원이 보일 것이다.

바로 그때—.

"……윽?!"

느닷없이.

시도는 걸음을 멈췄다.

아니— **걸음을 멈출 수밖에 없었다.**

무언가를 발견하고 멈춰선 것도, 긴장한 탓에 걸음이 떼어지지 않는 것도 아니었다. 단순히 누군가에게 발을 잡혀 걸음을 뗄 수가 없었다.

시도는 허둥지둥 발치를 바라보았다. 그리고 지면에 펼쳐진 비정상적인 현상을 보고 미간을 찌푸렸다.

가로등 불빛이 비친 지면에 칠흑빛 그림자가 드리워져 있었다. 그리고 그 그림자에서 튀어나온 가늘고 새하얀 손 두 개가 시도의 발을 잡고 있었던 것이다.

"앗……!"

시도는 눈을 치켜떴다. 너무나도— 비정상적인 상황이었다. 공포 영화에서나 일어날 법한 사태가 자신에게 일어난 것이다.

하지만 시도가 경악한 이유는 단순히 이 상황 자체에 놀랐기 때문은 아니었다.

시도는— 이 그림자와 손을 전에도 본 적이 있었다.

"쿠루미……?!"

"—키히, 히히히. 정답이에요."

시도가 그 이름을 외친 순간, 그의 눈앞에 있는 그림자에서 한 소녀가 기어 나왔다.

좌우 불균형하게 묶은 검은 머리카락과 병적일 만큼 새하얀 피부. 그 소녀의 몸을 감싼 것은 피와 칠흑빛으로 채색된 드레스였다. 그런 그녀에게서 가장 인상적인 부분은 바로 눈이었다. 황금색으로 빛나는 왼쪽 눈에는 시계 문자판이 떠올라 있었으며, 그 시계에 달린 바늘은 규칙적인 소리를 내면서 움직이고 있었다.

쿠루미. 과거 시도가 지닌 정령의 힘을 빼앗기 위해 나타났던, 인간에게 해를 끼치는 정령이다.

"안녕하세요. 건강해 보여서 기뻐요, 시도 씨."

요염한 미소를 입가에 머금은 쿠루미는 치맛자락을 들어 올리면서 무릎을 살짝 굽혔다.

"—하~ 지~ 만~ 조심성이 부족한 것 아닌가요? 이렇게 인적 없는 장소를 혼자 돌아다니는 건 위험하잖아요. 우후후, 그러다 위험한 사람이랑 맞닥뜨리면 어쩌려고 그래요."

그리 말하면서 시도에게 다가간 쿠루미는 그의 볼을 손가락으로 간지럽혔다.

"큭……."

시도는 미간을 찌푸리면서 쿠루미의 팔을 쳐내려 했다. 하지만 그 순간, 시도의 등 뒤에 있는 벽에서 또 다른 손이 튀어나오더니 그의 팔을 잡았다.

"크, 윽……."

"키히히히, 히히히히히힛. 그러면 안, 돼, 죠~."

쿠루미는 처절한 미소를 지으며 시도의 볼과 어깨에 손을 댔다. 그리고 마치 시도를 포옹하듯 그의 귓가에 입을 댔다.

"후후, 아프게는 안 할 테니까 잠시 동안 가만히 있어요."

"크— 아—."

—이대로 있을 수는, 없다. 시도는 필사적으로 머리를 굴렸다. 고함을 지를까? 하지만 고함 소리를 듣고 근처 주민들이 달려오기라도 하면 피해만 커질 뿐이다. 그렇다고 해서 핸드폰을 꺼내 도움을 청할 수도 없었다. 하필이면 인터컴도 귀에 꽂지 않았다. 대체 어떻게 해야—.

"—어?"

바로 그 순간, 시도는 귓가에서 어떤 감촉이 느끼고 엉뚱한 소리를 냈다.

시도가 느낀 것은 강렬한 고통이 아니라…… 부드러운 혀의 감촉이었다.

"후후……."

쿠루미는 작게 웃으면서 시도의 귀를 혀로 핥았다. 침에 젖은 혀가 귀를 핥는 소리와 거친 숨소리가 시도의 고막을 뒤흔들었다. 쾌감과 공포가 뒤섞여 만들어진 오싹하기까지 한 감각이 시도의 온몸을 꿰뚫고 지나갔다.

"이, 이게 무슨 짓……?!"

시도가 얼굴을 붉히면서 상기된 목소리로 그렇게 말하자, 쿠루미는 미소를 머금으며 시도에게서 떨어졌다.

그리고 쿠루미가 혀로 입술을 핥은 순간, 시도의 손발을 잡고 있던 새하얀 손이 일제히 그림자 안으로 사라졌다.

"우, 우왓……."

갑자기 해방된 탓에 시도는 균형을 약간 잃었다. 두 발에 힘을 주며 버틴 그는 미심쩍은 눈길로 쿠루미를 바라보았다.

"뭐, 뭐야? 너 대체 무슨 짓이 하고 싶은 건데……?"

시도가 묻자, 쿠루미는 입술에 손을 대면서 웃음을 터뜨렸다.

"우후후……. 이걸로 시도 씨는 제 것……인 거죠?"

"그, 그게 무슨……."

"후후. 목적을 달성했으니 오늘은 이만 실례하겠어요."

"목적……?"

"그게 뭔지는 비밀이랍니다. —제가 **먹으러 올 때까지**, 더욱 맛있어지세요."

쿠루미는 그렇게 말하면서 손가락 하나를 세우더니, 춤추는 듯한 동작으로 뒤돌아선 후— 그대로 그림자 안으로 사라졌다.

"……."

몇 초 동안 침묵을 지킨 후, 시도는 땅이 꺼져라 한숨을 내쉬었다.

"죽는 줄…… 알았네……."

쿠루미는 수많은 인간을 죽인 정령이다. 그녀가 변덕을 부린 덕분에 목숨을 건지기는 했지만, 다음번에도 이런 상황에서 목숨을 부지할 수 있을 것이라는 보증은 없었다. 시도는 자신이 경솔하기 그지없는 행동을 했다고 생각하며 반성했다.

"역시…… 코토리에게 보고해야겠지……?"

시도는 그렇게 중얼거리면서 호주머니에서 핸드폰을 꺼낸 후, 발신 이력 화면을 띄웠다. 바로 그때—.

"—시도."

시도는 자신을 부르는 목소리를 듣고 온몸을 부르르 떨었다.

한순간, 쿠루미가 돌아왔다고 생각했지만— 그렇지 않았다. 그리고 시도는 핸드폰 화면에 표시된 시계를 통해 약속 시간이 훌쩍 지났다는 것을 깨달았다.

"오리가미……."

그렇다. 방금 그 목소리의 주인은 바로 공원에서 기다리고 있을 거라 생각했던 오리가미였다.

"다행이야. 약속 시간이 됐는데도 안 와서 무슨 일 있는 줄 알았어."

"으, 응……."

시도는 애매하게 대답하면서 핸드폰을 호주머니에 넣었다. 그 사이, 오리가미는 소리 없이 시도에게 다가갔다.

그리고 미심쩍은 눈빛으로 시도의 어깨에 손을 얹더니 몸 곳곳의 냄새를 맡았다.

"오, 오리가미……?"

"여자 냄새가 나."

"……윽?!"

오리가미가 날카로운 눈길로 자신을 바라보면서 한 말을 들은 시도는 무심코 숨을 삼켰다.

"대체 어떻게 된—."

"그, 그것보다 오리가미! 중요한 안건이라는 건 대체 뭐야?!"

시도는 오리가미의 말을 막듯 큰 목소리로 말했다. ……방금 쿠루미와 마주쳤다는 사실을 오리가미가 알면 상황이 골치 아파질 것 같은 느낌이 들었기 때문이다.

"……."

오리가미는 약간 석연치 않은 표정을 지었지만, 잡념을 떨쳐내듯 고개를 가볍게 저은 후 다시 시도의 얼굴을 응시했다.

"—움직이지 마."

"뭐?"

시도가 얼굴에 물음표를 띠우자, 오리가미는 시도의 어깨에 둔 손을 그대로 그의 목에 두르더니, 시도의 목에 쪼오오오오오오오오옥, 하는 소리가 날 만큼 강하게 입맞춤을 했다.

"오, 오리가미?!"

"푸하."

오리가미는 숨이 막힐 지경이 되어서야 시도의 피부에서 입술을 뗐다. 시도의 목덜미에 멋진 키스 마크가 새겨졌다.

"가, 갑자기, 이게, 무슨 짓, 이야……."

시도가 당혹스러운 표정을 지으면서 미간을 모은 순간, 오리가미는 뒤돌아섰다.

"―목적은 달성했어. 이걸로 우리는 장래를 약속한 거야. 그럼 가볼게. 좋은 꿈 꿔."

"뭐? 아, 자, 잠깐만. 오리가미?"

시도가 오리가미를 향해 손을 뻗으며 말을 걸었지만― 그녀는 아무 말 없이 걸음을 옮겼다.

"정말…… 오늘 대체 뭐가 어떻게 된 거야?"

시도는 밤길을 홀로 걸으며 신음을 흘렸다.

오리가미는 항상 영문 모를 행동을 하지만, 오늘 그녀가 한 짓은 평소보다 한 술 더 떴다. 아니, 오리가미만이 아니다. 토카, 코토리, 요시노― 그리고 쿠루미. 왜 그녀들까지 영문 모를 행동을 한 것인지 도무지 이해가 되지 않았다.

"으음……."

미간을 찌푸린 채 걸음을 옮기던 시도는 밤 열두 시가 다 되어서야 집에 도착했다.

오늘은 왠지 너무 피곤했다. 한시라도 빨리 침대를 향해 다이빙하고 싶었지만 땀과 타액으로 온몸이 범벅이 된지라 그럴 수도 없었다. 뜨거운 물로 후딱 샤워하고 자자. 시도는 마음속으로 그렇게 결의를 다지며 현관 문손잡이를 잡았다.

―하지만 바로 그 순간.

"시도오오오오오오옷!"

시도네 집 옆에 있는 맨션 쪽에서 고함 소리가 들리자, 시도는 문손잡이를 잡은 채 맨션을 향해 고개를 돌렸다.

그러자 잠옷 차림의 토카가 맨션 입구에서 고개를 내밀고 있는 모습이 눈에 들어왔다. 그녀는 초조함으로 가득 찬 표정을 짓고 있었다.

"토카……?"

"바, 방금 깨달은 건데— 크, 큰일 났다! 오늘 하루 동안 착한 아이로 지내면 상으로 키스를 해준다는 건, 오늘 안에 키스를 받을 수 없다는 뜻이지 않느냐……!"

금방이라도 울음을 터뜨릴 것 같은 표정을 지으며 그렇게 말한 토카는 무시무시한 속도로 시도를 향해 달려왔다.

"시도! 시간이 없다! 자, 빨리해다오!"

"어, 어이…… 토카?!"

"우왓?!"

시도가 입을 연 순간, 토카는 계단에 발이 걸려 균형을 잃고 말았다.

균형을 잃은 토카의 몸이 공중으로 붕 떠오르더니 시도를 향해 쓰러졌다.

"우갸앗!"

"우읍…… 윽?!"

토카에게 깔린 시도는 등을 바닥에 찧으면서 쓰러졌다. 그와 동시에 둔탁한 통증이 온몸으로 퍼져나갔다.

하지만 다음 순간, 시도는 고통 이외의 감촉이 느껴지고 있다는 사실을 깨달았다. 토카의 부드러운 육체가 그를 짓누르고 있었던 것이다. 그리고 시도의 이마에는 토카의 입술이 닿아 있었다.

"윽……?!"

당황한 시도는 그대로 비명을 지르려다— 억지로 삼켰다. 부끄러움을 느끼지 않은 것은 아니지만, 지금은 토카가 무사한지가 더 신경 쓰였다.

"토, 토카! 괜찮아?! 다친 데는—."

"오…… 오오!"

하지만 토카는 자신을 걱정해주는 시도를 아랑곳하지 않으면서 환성을 터뜨렸다.

"시도! 지금은 몇 시냐?!"

"응? 으음……."

토카의 말을 들은 시도는 핸드폰 화면을 바라보았다.

"방금 자정이 됐어……."

시도가 그렇게 말하자, 토카는 시도 위에 올라탄 채 안도의 한숨을 내쉬었다.

"다행이구나……. 늦지 않았어……."

"어, 어이. 대체 무슨 소리를 하는 거야? 늦지 않았다니……."

"시도."

시도의 말을 막듯, 토카가 입을 열었다.

"이걸로…… 영원히 함께 있을 수 있게 됐구나."

그리고 토카가 환한 미소를 지으면서 그렇게 말하자⋯⋯
시도는 더 추궁할 수가 없었다.

◇

　"하아암⋯⋯."

　다음 날 아침. 피로가 가시지 않은 몸을 억지로 움직이며
거실에 가보니, 토카와 코토리, 요시노가 모여 있었다.

　"응? 이 시간에 웬일이야?"

　시도는 눈가를 비비면서 말했다.

　휴일이었던 어제와 달리 오늘은 학교에 가야 하는 평일이
다. 그리고 토카는 평일이면 등교 도중이나 학교에서 시도와
합류하지만, 오늘은 이른 아침부터 시도의 집에 와 있었다.
아무래도 오늘은 꽤나 일찍 일어난 것 같았다.

　"음! 오늘은 기분이 좋아서 아침 일찍 일어났다!"

　토카는 힘찬 목소리로 그렇게 말하며 팔짱을 꼈다. 왠지
어제보다 더 자신감이 넘치는 것 같다고나 할까, 기력이 충만
한 것 같은 느낌이 들었다.

　"후후. 뭐, 살다 보면 이런 날도 있지 않겠어?"

　이번에는 코토리가 입을 열었다. 그녀 또한 토카와 마찬가
지로 꽤 기분이 좋아 보였다. ⋯⋯뭔가 좋은 일이라도 있었던
걸까?

　그리고 혹시나 하는 마음에 요시노를 쳐다보자, 그녀도 평

소와 달라 보였다. 토카나 코토리처럼 기력이 넘쳐 보이지는 않지만, 때때로 시도를 바라보면서 볼을 붉혔다.

"뭐야? 오늘은 다들 기운이 넘치잖아……."

힘없는 미소를 지으며 의자에 걸쳐둔 앞치마를 착용한 시도는 팔을 걷어붙이고 손을 씻었다.

그리고 냉장고를 열어 베이컨과 달걀을 꺼냈다. 평소보다 인원수가 많지만…… 뭐, 재료는 충분해 보였다.

『—그럼 다음은 운세 코너입니다.』

시도가 아침 준비를 하고 있을 때, 거실 쪽에서 그런 음성이 들렸다. 아무래도 코토리가 텔레비전을 켠 것 같았다.

"음? 코토리, 저 여자는 어제 텔레비전에 나온 여자 아니냐?"

"맞아. 어제는 일요일이라 그런 시간대에 나왔지만 평소에는 아침에 나와."

"흠…… 그렇구나."

세 사람은 대화를 나누면서 텔레비전을 뚫어져라 쳐다보았다. 그 모습을 본 시도는 쓴웃음을 지으면서 선반에서 프라이팬을 꺼냈다.

바로 그때, 텔레비전에서 흘러나온 음성이 들렸다.

『—저기~ 저는 이니셜이 S·I예요. 그리고 어제 남친이 저에게 키스해줬죠. 그럼 그 남친이 제 운명의 상대인 건가요~? 어제 키스한 사람은 생애의 반려자가 된다고 했잖아요~.』

『축하드립니다. —그런데 입술에 키스했나요?』

『아뇨, 볼이었는데······.』

『유감이군요. 입술이 아니면 효과가 없답니다.』

『예에에에에엣?!』

"뭐······?!"

"응?"

"아······."

시도는 고개를 갸웃거렸다. 텔레비전을 시청 중인 세 소녀가 숨을 삼키는 소리를 들은 듯한 느낌이 들었기 때문이다.

"응? 어이, 무슨 일······ 이야······."

그리고 거실을 돌아본 시도는······ 그 자리에서 딱딱하게 굳어버렸다.

소파에 사이좋게 나란히 앉아 텔레비전을 보던 세 소녀가 눈을 반짝이면서 시도를 바라보고 있었던 것이다.

"으, 음······ 저기······."

시도는 무심코 뒷걸음질 치다 싱크대와 부딪혔다. 그 순간, 싱크대 옆에 놓인 수저가 바닥에 떨어지면서 땡그랑하는 소리를 냈다.

─그 소리가 신호였다.

"시도오오오오옷!"

"시도!"

"시, 시도······ 씨······."

세 사람은 동시에 시도를 부르면서 몸을 날렸다.

"우, 우와아아아아아아앗?!"

시도의 절규가 아침녘의 주택가에 울려 퍼졌다.

미확인 서머 버케이션

Summervacation Unidentified

DATE A LIVE ENCORE 2

"시도! 같이 목욕하자!"

⋯⋯그런 말을 여성에게 듣는다면, 이 세상 대부분의 남자들은 가슴이 두근거릴 것이다.

게다가 그 말을 한 여성이 칠흑빛 머리카락과 수정 같은 눈동자를 지닌 절세의 미소녀라면 가슴이 너무 뛴 나머지 터질 것 같은 느낌이 들지도 모른다.

하지만 그 말을 들은 시도는 그저 쓴웃음을 지었다.

그런 시도의 반응을 보고 위화감을 느낀 소녀— 토카는 고개를 갸웃거리다⋯⋯ 자신이 방금 한 말이 무슨 뜻인지 이해했는지 허둥지둥 고개를 저었다.

"오, 오해하지 마라! 방금 그건 한 욕조에 같이 들어가자는 의미가 아니다! 그러니까, 시도와 알몸, 으로⋯⋯ 그, 그것도 아니다! 그, 그러니까, 으음⋯⋯!"

얼굴이 새빨개진 토카는 필사적으로 부정했다. 시도는 토카를 진정시키려는 것처럼 그녀의 머리를 부드럽게 쓰다듬어 준 후, 한 번 더 쓴웃음을 지었다.

"아니까 걱정하지 마."

"으…… 으음."

토카는 그제야 진정하고 낮은 신음을 흘렸다.

시도는 어깨를 가볍게 으쓱한 후, 주위를 둘러보았다. —어쩌면 시도도 이런 상황이 아니었다면 방금 토카가 한 말을 듣고 당황했을지도 모른다.

현재 시도 일행이 있는 곳은 그의 집이 아니라— 한 해안가에 있는 여관이었다.

토카가 방금 한 말도 남탕과 여탕의 입구 근처까지 같이 가자, 는 의미였으리라.

시도 일행이 이런 곳에 있는 이유는…… 지극히 단순했다.

(—여름 방학이니까 다 같이 여행이나 가자!)

지금으로부터 약 몇 시간 전. 시도의 여동생인 코토리가 느닷없이 그런 소리를 한 것이다.

시도는 그 느닷없는 제안을 듣고 당황했지만, 사령관 모드인 코토리의 의견에 반대해봤자 부질없다는 사실을 잘 알고 있었다. ……게다가 그 자리에 같이 있던 토카와 요시노, 카구야, 유즈루가 그 말을 들은 순간 눈을 반짝였댔기에 반대하고 싶어도 할 수가 없었다.

　결국 서둘러 여행 준비를 한 시도 일행은 〈프락시너스〉를 이용해— 〈라타토스크〉가 소유한 전세식 해변 여관『펜살리르』로 이동했다.

　"—두 사람, 거기서 뭐 하는 거야?"

　바로 그때, 등 뒤에서 날카로운 목소리가 들렸다.

　목소리가 들린 방향으로 고개를 돌린 시도의 눈에 두 소녀가 들어왔다. 방금 시도에게 말을 건, 검은색 리본으로 머리카락을 둘로 나눠 묶은 소녀— 코토리와, 눌러쓴 밀짚모자와 왼손에 낀 토끼 모양 퍼핏 인형이 인상적인 소녀— 요시노였다.

　"엄청 큰 목욕탕…… 기대, 돼요."

　『저기~ 저기~ 코토리. 요시농용 특제 웨어를 빨리 줘~! 카구야와 유즈루는 벌써 들어갔단 말이야~!』

　요시노와『요시농』은 흥분한 목소리로 말했다.

　"그래, 알았어……. 자, 시도와 토카도 빨리 들어가자."

　"음!"

　토카는 크게 고개를 끄덕이면서 노천탕을 향해 걸음을 옮겼다. 시도와 코토리, 요시노도 그 뒤를 쫓았다.

　시도는 걸음을 옮기면서 낮은 목소리로 코토리에게 말을 걸었다.

　"……그런데 왜 느닷없이 여행을 가자고 한 거야?"

　"……정말, 모처럼의 여름 방학인데 정령들을 집 안에 계속 가둬둘 생각이야? 그리고 스트레스 발산과 추억 만들기를 동시에 할 수 있잖아. 꽤 괜찮은 아이디어 아냐?"

그렇다. 토카, 요시노, 그리고 야마이 자매는 인간이 아니다. 정령이라 불리는 특수 재해 지정 생명체인 것이다.

지금은 어떤 방법으로 그녀들의 힘을 대부분 봉인했기 때문에 그렇게 위험한 존재가 아니지만, 극도의 스트레스 등을 통해 정신 상태가 불안정해지면 봉인된 영력이 역류하고 만다.

그래서 코토리가 소속된 〈라타토스크〉는 보호 중인 정령들의 정신 상태 관리를 철저하게 행하고 있었다.

"뭐, 그건 그렇지만…… 아무리 그래도 너무 서두른 거 아냐?"

"어쩔 수 없잖아. 미리 알려줬다간 방해꾼에게 정보가 새어나갈 가능성이 있다구. 모처럼 정령들끼리 즐거운 여행을 즐기려고 하는데, 거꾸로 스트레스를 받기라도 하면 아무 의미 없잖아."

"방해꾼?"

"토비이치 오리가미 말이야."

"……아……."

땀 한 방울이 시도의 얼굴을 타고 흘러내렸다.

토비이치 오리가미는 시도의 클래스메이트이자…… 정령 섬멸을 목적으로 하는 부대, AST의 일원이다. 그래서 토카와는 사이가 정말 나쁘다. 만약 그녀가 이곳에 있다면 토카는 스트레스를 풀기는커녕 오히려 쌓이고 말리라.

"그건 그렇지만…… 오리가미라면 아무리 비밀로 해도 우리가 있는 이 여관에 침입할 것 같은데 말이야."

"······윽!"

코토리는 시도가 농담 삼아 한 말을 듣고 인상을 썼다.

"그러게······ 놔둘 것 같아?! 이 여관의 경비는 완벽 그 자체야! 고양이 한 마리 들어올 수 없단 말이야!"

"노, 농담이야······. 코토리, 갑자기 왜 그래?"

코토리는 시도의 말을 듣고 어깨를 부르르 떨었다.

"······시, 시도가 이상한 소리를 해서 과민 반응한 것뿐이야."

코토리는 흥 하고 코웃음 친 후, 말을 이었다.

"······아무튼, 오늘은 다른 애들을 신경 쓰지 않아도 돼."

"뭐?"

"야마이 자매 때문에 수학여행이 엉망진창이 됐었잖아? ······그 대신이라기엔 뭐하지만, 하다못해 이곳에서는 마음 편히 지내줬으면 좋겠어."

"코토리······."

시도는 볼을 긁적인 후, 가볍게 한숨을 내쉬면서 말했다.

"─응, 알았어. 고마워."

그 말을 들은 코토리는 볼을 붉히면서 고개를 휙 돌렸다.

"흥, 검사검사야. 어디까지나 이 여행은 정령들을 위한 거란 말이야."

"그래. 나도 알─"

시도가 입을 연 순간, 여관 밖에서 쿵! 하는 폭발음이 들려왔다.

"음?!"

"꺄아······!"

『오오~? 무슨 일이지~?』

토카, 요시노, 그리고 『요시농』은 깜짝 놀랐는지 몸을 움츠렸다. 그녀들과 마찬가지로 깜짝 놀란 시도는 눈을 치켜뜨면서 창밖을 쳐다보았다.

"바, 방금 그 소리는 뭐지······?"

"······윽! 아, 그, 그러니까······ 부, 불꽃놀이 하는 소리야. 그러니까 신경 쓰지 마."

시도의 말을 들은 코토리는 당황한 목소리로 그렇게 말했다.

그 말을 들은 토카의 표정이 환해졌다.

"불꽃놀이! 불꽃놀이라면 그거 아니냐? 쿵! 한 후에 하늘에서 파직파직! 하는 거 말이다! 보고와도 되겠느냐?!"

"뭐?! 안 돼!"

토카의 말을 들은 코토리는 느닷없이 큰 목소리로 외쳤다. 그 말을 들은 토카는 깜짝 놀랐는지 어깨를 부르르 떨었다.

"으, 으음······ 코, 코토리. 왜 그러는 것이냐?"

"······놀라게 했다면 미안해. ─그래도 우리는 지금 목욕하러 가는 길이잖아. 자, 빨리 가자."

"으, 음······."

토카는 어리둥절한 표정을 지은 채 고개를 끄덕였다.

시도는 영문을 모르겠다는 듯이 고개를 갸웃거리면서 코토리의 뒤를 따랐다.

　—참고로 같은 시각.

　당연하다면 당연한 일이겠지만, 토비이치 오리가미는 여관 뒤편에 있는 숲에서 다수의 경비원들에게 쫓기고 있었다.

　"젠장, 어디 간 거지?!"

　"여기는 포인트A! 타깃을 놓쳤다! 근처에 있을 거다! 긴장을 풀지 마라!"

　나무 위에 숨은 오리가미를 찾기 위해, 남자들은 숲을 뛰어다녔다. 옷차림만 보면 이 지역 주민 같지만 얼굴에 착용한 암시 고글과 손에 쥔 비살상용 전기 총이 기묘한 분위기를 자아냈다.

　정확한 숫자는 알 수 없지만 적어도 2, 30명은 되는 것 같았다. 단순한 여관 경비원치고는 숫자가 너무 많았다.

　"시도……."

　오리가미는 아무에게도 들리지 않을 만큼 낮은 목소리로 한 소년의 이름을 중얼거린 후, 시선을 날카롭게 만들었다.

　지금은 8월이며, 여름 방학 기간이라 학교가 쉰다. 그리고 오리가미는 AST로서 해야 하는 일과 훈련이 있기 때문에 시도를 매일 볼 수는 없다.

　그러니 하다못해 쉬는 날에는 꼭 시도를 만나러 가자고 결심했지만— 오늘 집에 가보니 그가 없었다.

그래서 미약한 전파를 발신하는 여자의 감으로 감지해본 결과, 시도가 텐구 시에서 꽤 떨어진 해안 지역에 있다는 사실을 알아냈다.

혹시나 하는 마음이 든 오리가미는 즉시 준비를 끝낸 후, 각종 교통수단을 구사해 여자의 감이 가리키는 장소에 온 것이다.

그리고— 그녀를 맞이한 것은 이 엄청난 계엄 태세였다.

"……."

오리가미는 확인을 위해 핸드폰을 꺼내 주소록에서 시도의 전화번호를 찾은 후, 그에게 전화를 걸었다.

하지만 시도는 전화를 받지 않았다. 몇 번 신호가 간 후 자동응답 모드로 이어졌다.

"……."

오리가미는 아무 말 없이 전화를 끊었다. 불길한 상상이 그녀의 머릿속을 가득 채웠다.

구체적으로 설명하자면 의자에 손발이 묶인 시도와, 악당 조직의 여간부처럼 노출도 높은 검은색 가죽옷으로 몸을 감싼 증오스러운 야토가미 토카의 모습이었다.

(우, 우와앗! 토카가 완강하게 거부하는 나를 억지로 이런 곳까지 끌고 왔어!)

(큭큭큭, 시도여. 너는 오늘부터 이곳에서 나와 함께 살아야 한다)

(오, 오리가미가…… 오리가미가 반드시 나를 구하러 올 거

야!)

(헛된 희망을 가지지 마라! 내 부하들이 숲에서 대기하고 있지! 그 녀석이 여기까지 오는 것은 불가능하다! 후후…… 그 딴 녀석은 잊고, 나와 즐기자꾸나, 시도……)

(그, 그만해! 나에게는 연인이…… 진심으로 사랑하는 사람이 있다고!)

(후후후……)

(우, 우와아아아아아아아앗!)

"……아!"

눈을 치켜뜬 오리가미는 어금니를 깨물었다.

"시도……!"

토카가 어째서 이렇게 광대한 사유지 안에 있는 것인가, 어째서 곳곳에 수많은 함정을 설치한 것인가, 같은 것들이 신경 쓰였지만 지금 중요한 것은 그런 게 아니다.

"……."

오리가미는 아래쪽을 바라보았다. 남자 두 명이 오리가미를 찾고 있었다.

"하아…… 겨우 한 명밖에 안 되는 침입자를 잡으라고 우리를 총동원한 거야? 완전 인력 낭비 아냐?"

"방심하지 마라. 사령관님께 혼나고 싶나?"

"어이쿠, 그건 사양하겠어. 침입자보다 백배는 무섭거든."

남자들은 농담을 주고받으면서 천천히 걸음을 옮겼다.

"……."

오리가미는 소리 없이 나무에서 내려온 후, 오른편에 있는 남자의 연수(延髓)에 무릎을 날렸다.

"컥……?!"

그는 신음을 흘리면서 앞으로 쓰러졌다.

"우, 우와앗?!"

왼쪽에 있는 남자는 당황했는지 비명을 지르면서 허둥지둥 방아쇠를 당겼다. 파직 하는 소리와 함께 튄 불꽃이 한순간 어둠 속에서 밝게 빛났다. 하지만 당황한 상태에서 제대로 조준할 수 있을 리가 없었다. 총을 피한 오리가미는 남자에게 육박한 후, 그의 명치를 향해 날카로운 발차기를 날렸다.

"끄윽……."

그 자리에서 쓰러진 남자는— 의식을 잃었는지 꼼짝도 하지 못했다.

오리가미는 쓰러진 남자들의 장비를 빼앗은 후, 여자의 감이 가리키는 방향을 바라보았다.

—시도는, 내가 구하겠다.

그 어떤 장애물도, 한 치의 주저나 자비 없이 배제하겠다.

가는 숨을 내쉰 오리가미는 어둠 속에 숨은 채— 진군을, 시작했다.

『응답바랍니다, 〈프락시너스〉! 뭔가가…… 뭔가가 숲 속에 있습니다!』

여관 상공에 부유 중인 〈프락시너스〉 함교의 스피커에서 비명에 가까운 목소리가 흘러나왔다.

"뭔가가 있다고요? 그, 그게 대체 뭐죠?!"

시이자키가 당혹스러운 목소리로 되묻자, 경비 담당 요원들이 절박한 목소리로 외쳤다.

『저희도 모릅니다……! 하지만, 분명 뭔가가 있습니다……! 젠장, 타케하라와 아와시마도 당했어! 저, 저 녀석은 대체 뭐야아아아앗!』

"지, 진정하세요! 일단 좀 더 상세하게 상황을—."

모니터에는 주변 지역의 지도와 그곳에 배치된 삼십여 명의 경비 담당 요원들의 반응이 표시되어 있었다.

그리고 지도 위에서 허둥지둥 움직이고 있는 경비 담당 요원들의 반응이 일정한 페이스로 차례차례 정지되었다.

침입자가 확인된 후로 30분이 채 지나지 않았는데, 벌써 열 명 이상의 요원이 당해버리고 만 것이다.

그야말로 비정상적이었다. 그리고 전혀 예상하지 못한 사태이기도 했다.

"사령관님은 어디 계시지?!"

"현재 정령들을 욕실로 안내 중이십니다! 나중에 연락 주겠다고 하셨습니다!"

"부사령관님은?!"

"어, 어딘가에 가신 후, 행방을 알 수 없습니다!"

"젠장, 하필이면 이럴 때……!"

카와고에가 머리를 쥐어뜯었다. 현재 함교에 있는 이는 카와

고에, 미키모토, 시이자키, 나카츠가와, 미노와뿐이었다. 사령관·부사령관이 부재중인 함교는 완벽하게 혼란에 휩싸였다.

『여, 여기는 사이토! 포인트D에서 테시로기와 카와니시를 발견! 장비를 빼앗긴 채 기절한 상태입니다!』

『포인트E! 숲 속에서 수상한 자를 발견! 추적하겠습― 우, 우와아앗?!』

『칸바야시! 칸바야시이이잇!』

함교 안에서 아비규환을 연상케 하는 목소리가 울려 퍼졌다. 승무원들은 혼란에 빠진 상태에서도 어떻게든 태세를 정비하기 위해 콘솔을 조작했다.

"이…… 일단 누군가가 숲에 침입한 것은 틀림없어요! 침입자를 찾아볼게요!"

시이자키는 그렇게 외치며 콘솔을 조작했다.

그리고 잠시 후, 스피커에서 쿵! 하는 소리가 흘러나왔다.

"무, 무슨 일이죠?!"

"함정 발동 확인! 아무래도 적은 포인트F에 설치한 지뢰에 걸린 것 같습니다!"

"좋았어……! 비살상용이지만 기절하지 않고는 못 배길 거야! 이 틈에 요원들을 보내 상대를 제압하면―"

"좋아! 키자키·카시와다 조는 타깃을 제압하도록!"

『라져!』

카와고에가 지시를 내리자 요원들은 지체 없이 응답했다. 하지만―.

『—타, 타깃이 포인트F에 없습니다. 이 장소가 분명합니까?』

"틀림없어. 폭발에 휘말려 튕겨져 날아간 거 아냐?"

『라져. 주위를 수색하겠— 앗, 우, 윽……?!』

『어, 어이. 키자키, 왜 그래? 어이! 어— 우, 우왓?! 너, 너는 누구냐아아앗?!』

고함 소리와 함께 총성이 들린 후— 이윽고 스피커에서는 아무런 소리도 흘러나오지 않았다.

"서, 설마…… 지뢰에 걸린 게 아니라, 요원들을 유인하기 위해 일부러……?"

승무원들은 나카츠가와의 말을 듣고 마른침을 삼켰다.

"마, 말도 안 돼……. 대, 대체, 숲 속에서 무슨 일이……."

미노와는 떨리는 목소리로 중얼거렸다.

정체를 알 수 없는 무언가가 숲 속에 있다.

그 무언가는 건장한 경비 담당 요원들을 차례차례 쓰러뜨리고, 지뢰조차 피하면서 여관으로 향하고 있었다.

"……아! 5번 카메라 영상! 띄우겠습니다!"

바로 그때, 시이자키가 입을 열었다. 다음 순간, 메인 모니터에 숲 내부의 영상이 떠올랐다.

어둠과 폭풍 속을— 한 소녀가 질풍처럼 내달리고 있었다.

"""아니……!"""

그 모습을 본 승무원들은 숨을 삼켰다.

어깨 근처까지 기른 머리카락. 가녀린 육체. 그리고 인형을 연상케 할 만큼 표정 없는 얼굴.

틀림없다. 저 소녀는— 토카의 숙적이자 AST인 토비이치 오리가미다.

"거짓말…… 혼자서 그 많은 사람들을 쓰러뜨린 거야……?!"

"그것보다 대체 왜 저런 곳에 있는 거죠?! 여기는 텐구 시에서 몇백 킬로미터는 떨어진 곳이란 말이에요!"

"대, 대체, 어떻게 해야……."

"이, 일단, 사령관님에게 보고하죠!"

시이자키는 입에 거품을 물면서 코토리 전용 통신 회선을 켰다.

"……저기 미안한데 먼저 가주겠어?"

시도와 헤어진 후. 여탕 입구 앞에 도착한 코토리는 갑자기 걸음을 멈추면서 자신의 뒤를 따르던 두 소녀와 한 인형에게 그렇게 말했다.

"음? 코토리. 왜 그러느냐?"

"목욕…… 같이 안 할 건가요?"

『왜~? 코토리도 목욕 좋아하잖아~.』

토카, 요시노, 그리고 『요시농』이 그렇게 말했다. 코토리는 시선을 약간 들더니, 볼을 긁적이면서 대답했다.

"아…… 그게 말이야. 볼일 좀 보고 올게. 금방 갈 테니까 먼저 들어가 있어."

"음, 그러하냐. 알았다."

84 데이트 어 라이브 앙코르 2

"그럼…… 먼저, 들어가 있을게요."

『좀 있다 봐~.』

코토리의 말을 들은 두 사람과 한 인형은 고개를 끄덕이면서 탈의실을 향해 걸음을 옮겼다.

코토리는 손을 흔들면서 그녀들을 배웅한 후— 호주머니에서 소형 인터컴을 꺼내 귀에 꽂았다. 그리고 목욕 수건으로 감싼 채 방에서 가져온 휴대형 단말기를 열었다.

"—나야. 많이 기다렸지?"

『사, 사령관님!』

그리고 코토리가 입을 연 순간, 인터컴에서 카와고에의 당황한 목소리가 흘러나왔다.

『침입자의 정체가 판명됐습니다! AST 소속인…… 토비이치 오리가미입니다!』

카와고에의 목소리를 들은 코토리의 눈썹이 희미하게 떨렸다.

"……역시 그랬네. 침입자라는 말을 들은 순간부터 그녀일 것 같은 예감이 들었어."

『현재 타깃은 포인트G에 들어섰습니다! 저희 쪽 부상자는 현재 열두 명! 함정을 수동 조작해서 요격해봤습니다만, 전부 돌파당했습니다! 상대가 인간이라는 게 믿기지 않을 정도입니다!』

"현현장치(顯現裝置)를 쓰고 있는 거야?"

『아, 아뇨. 그런 반응은 확인되지 않았습니다! 순수한 신체

능력만으로 함정을 돌파하고 있는 듯 합니다……!』

"……쳇. 완전 괴물이네."

코토리는 혀를 찬 후, 휴대용 단말기에 표시된 맵을 바라보았다.

"오오! 정말 엄청나구나!"

목욕탕에 들어간 토카는 탄성을 터뜨렸다.

투박한 바위로 된 거대한 탕에서는 김이 피어오르고 있었고, 그 탕 너머로는 남빛 수평선이 펼쳐져 있었다. 이것이 소문으로 들었던 오션 뷰라는 것 같았다.

"정말, 넓……어요."

『오~! 개방적인 느낌이 마구 드는걸~!』

요시노와 『요시농』도 토카와 마찬가지로 흥분을 감추지 못했다.

바로 그때, 그녀들의 목소리에 응답하듯 탕 안쪽에서 귀에 익은 목소리가 들렸다.

"크큭…… 여전히 원기왕성하구나. 하지만 야마이들은 이미 이 탕 안의 물을 마음껏 즐겼느니라."

"호응. 드디어 왔군요. 토카, 요시노, 요시농."

목소리가 들린 곳을 향해 고개를 돌려보니, 탕 안에서 온몸을 드러낸 채 당당하게 서 있는 슬렌더한 체형의 소녀―카구야와, 가슴과 사타구니 언저리를 교묘하게 가린 글래머 소녀— 유즈루가 눈에 들어왔다.

그녀들은 쌍둥이 정령이다. 그러고 보니 먼저 목욕하러 가겠다고 했었다.

"크큭, 정말 오래 기다렸느니라. 자아, 빨리 우리의 성에 들어오거라!"

카구야는 그렇게 말하며 손짓을 했다. 하지만 토카는 고개를 저었다.

"음, 조금만 기다려라. 탕 안에는 몸을 깨끗하게 씻은 후에 들어가야 한다고 배웠다."

토카는 그렇게 말한 후 세면장에 놓인 의자에 앉아 몸을 씻었다. 요시노와 『요시농』도 토카와 마찬가지로 몸을 씻었다.

"……음. 토카와 요시노는 그걸 기억하는구나. 대단한걸."

바로 그때, 카구야와 유즈루 옆에서 차분한 목소리가 들려왔다.

그곳에는 〈라타토스크〉의 해석관인 무라사메 레이네가 있었다. 졸린 듯한 두 눈이 인상적인 여성이었다. 항상 옷에 가려 있던 엄청난 사이즈의 가슴이 구속에서 해방된 채 물 위에 둥둥 떠 있었다. 참고로 가슴 옆에 떠 있는 나무통 안에는 상처투성이 곰 인형이 놓여 있었다.

"아…… 그, 그러고 보니……."

"자책. ……깜빡했어요."

카구야와 유즈루는 기세가 꺾였는지 고개를 푹 숙였다.

서로를 바라본 두 사람은 탕에서 나오더니 다른 정령들 옆에 앉아 몸을 씻기 시작했다.

그 후, 그녀들은 다 함께 탕에 들어갔다.

"흐응…… 으, 음. 이거…… 정말 기분이 좋구나……."

"예……. 기분 좋……아요."

『이야~. 완전 극락이네~.』

토카, 요시노, 『요시농』은 한숨을 내쉬면서 온몸의 근육을 이완시켰다.

그리고 그제야 방금까지의 위세를 되찾은 카구야와 유즈루가 벌떡 일어섰다.

"크크큭, 드디어 준비가 끝났도다! 코토리가 아직 오지 않았지만 그대로 진행하겠노라! 토카, 요시노여. 단순히 탕 안에 있기만 하면 곧 질리고 말 게다. 그러니 우리와 승부를 하지 않겠느냐?"

"승부?"

토카가 고개를 갸웃거리자, 이번에는 유즈루가 입을 열었다.

"설명. 모처럼 이렇게 넓은 탕에 다 같이 들어왔잖아요. 그러니 정령 대항 목욕탕 수영 대결(100미터 자유형)을 하지 않겠어요?"

"오오!"

그 말을 들은 토카는 눈을 반짝이면서 벌떡 일어섰다.

하지만— 그녀는 마음이 바뀌었는지 고개를 붕붕 저었다.

"화, 확실히 재미있을 듯하다만…… 시도가 목욕탕에서는 수영을 해선 안 된다고 했다."

"으……."

"주저. 그건……."

말문이 막힌 카구야와 유즈루는 둘이서 낮은 목소리로 소곤거렸다. 그리고 멋진 포즈를 취하면서 외쳤다.

"그렇다면! 종목을 바꾸면 되지 않느냐!"

"제안. 즉, 가장 오랫동안 탕 안에서 잠수한 사람이 승리자예요."

그 말을 들고 가장 먼저 환성을 지른 이는 바로 『요시농』이었다.

『오오~? 그건 요시농의 특기인데~? 진짜 그걸로 승부할 거야~?』

""……윽!""

『요시농』의 말을 들은 야마이 자매의 눈썹이 희미하게 떨렸다. 『요시농』은 독립된 인격이지만…… 보다시피 신체 기능은 요시노에게 의존하고 있다. 『요시농』이 물속에 들어가 있어도, 요시노만 숨을 쉴 수 있다면 호흡이 곤란해지지 않는 것이다. 아무리 생각해도 『요시농』에게 잠수 대결로 이기는 것은 불가능해 보였다.

두 사람은 또 낮은 목소리로 소곤거린 후, 다른 포즈를 취했다.

"그, 그렇다면, 다른 종목으로 승부를 하자꾸나! 이 종목이라면 공평할 게다!"

"제안. 이곳은 젊고 아름다운 소녀들이 실오라기 하나 걸치지 않은 채 뛰어노는 꿈만 같은 공간이에요. 이 정경을 말로 표현해, 심사 위원을 가장 흥분시킨 사람이 승자인 걸로 하는 건 어떨까요?"

"심사 위원……?"

토카가 미간을 찌푸리자, 카구야와 유즈루는 왼쪽 상단을 쳐다보면서 큰 목소리로 말했다.

"이 승부라면 시도, 너도 이의는 없을 거라 생각하느니라!"

"설명. 일단 현재 상황을 말로 설명해둘게요. 우선 레이네의 가슴은 정말 부시부시해요. 조금 전에 잠시 만져봤는데, 이 세상의 진리를 엿본 듯한 느낌마저 들었어요. 시도는 누구의 알몸에 가장 관심이 가죠? 상세하게 조사한 후 알려줄게요."

두 사람이 그렇게 말한 순간, 탕 옆에 있는 벽 너머에서 가라앉은 목소리가 들렸다.

『—나, 나까지 휘말리게 하지 마!』

"시도?! 그런 곳에 있는 거냐?!"

여탕과 남탕의 입구는 꽤 떨어져 있지만 탕 자체는 붙어 있는 것 같았다. 토카는 시도의 목소리를 듣고 깜짝 놀라고 말았다.

"……."

토카는 벽 너머에 시도가 있다는 사실을 알고 불가사의한 기분을 맛봤다. 알몸을 실외에서 내놓고 있는 것이 부끄러워진 그녀는 몸을 물속에 담갔다.

그 모습을 본 야마이 자매는 서로의 얼굴을 쳐다본 후, 토카를 향해 고개를 돌리면서 손가락을 꼼지락거렸다.

"크큭, 좋다. 우선 토카, 그대부터이니라!"

"동의. 토카의 속살이 지닌 감촉을 숨김없이 시도에게 전하겠어요."

"뭐……?! 무, 무슨 소리를 하는 것이냐?! 다, 다른 걸로 승부하자!"

야마이 자매는 도망치는 토카를 뒤쫓았다. 결국 토카는 속도를 올릴 수밖에 없었고— 결국 정령 대항 목욕탕 수영 대결(무제한 자유형)이 시작되고 말았다.

"하아……. 저 녀석들, 대체 뭐 하고 있는 거야?"

시도는 벽 너머에 있는 여탕에서 들려오는 목소리를 듣고 쓴웃음을 지으며 기지개를 켰다.

모공을 통해 온몸에 축적되어 있던 피로가 빠져나가는 느낌이 들었다. 시도는 "으응……." 하고 신음을 흘리면서 온몸에서 힘을 뺐다.

"아아……. 정말 좋은 물이야."

그리고 솔직하게 감상을 말했다.

느닷없이 "여행 갈 거니까 짐 챙겨."라는 말을 들었을 때는 당황했지만, 지금은 코토리에게 고마워해야겠다는 생각이 들었다.

그러고 보니 최근 몇 달 동안은 주변에서 수많은 일들이 쉴 새 없이 터져서 몸도 마음도 제대로 쉬지를 못했다. 이렇게 느긋하고 평화로운 시간을 보내는 것은 정말 오래간만이라는 생각이 들었다.

시도는 감청색 수평선을 바라보면서 가는 한숨을 내쉬었다.

"아아…… 정말 평화로워……."

"젠장, 젠장! 대체 뭐야?! 저건 대체 뭐냐고?! 우리가 맡은 건 단순한 경비 임무 아니었어?! 이런 괴물을 상대해야 한다는 소리는 전혀 못 들었다고오오오오옷!"

"지, 진정해! 상대는 우리가 패닉에 빠지길 원한단 말이야!"

"포인트G, 응답하라! 포인트G! 젠장, 하마키와 우라타도 당했어!"

그런 평화로운 장소에서 약 800미터가량 떨어진 곳에 있는 여관 뒤편 숲에서는 아비규환의 지옥도가 펼쳐지고 있었다.

숲 속에 숨어 있는 보이지 않는 적. 적절하지 못한 지시. 차례차례 쓰러지는 동료들.

〈라타토스크〉의 경비 담당 요원들은 이미 공황 상태에 빠지고 말았다.

"아, 아무튼, 적이 여관에 접근하는 것을 막아!"

"시끄러워! 누구는 그러기 싫어서 안 하는 줄 알아?! 적 자체가 안 보이는데 어떻게 막―."

바로 그 순간. 오른쪽의 수풀이 흔들렸다.

"히익―!"

경비 담당 요원 중 한 명인 카사이가 수풀을 향해 전기 총을 들더니, 몇 번이나 방아쇠를 당겼다. 파직, 파직 하고 연속해서 불꽃이 튄 후, 탄창이 비었는지 총에서 찰칵찰칵하는 소리만 났다. 그런 상황에서도 카사이는 방아쇠를 계속 당겨댔다. 핏발 선 눈으로 아무것도 없는 장소를 향해 탄창이 비어버린 전기 총을 계속 쏴댄 것이다.

"어이, 그만해! 거기에는 아무것도 없어!"

"총알을 낭비하지 마! 빨리 탄창을 갈라고! 만약 지금—."

갑자기 말을 멈춘 이시다는 숨을 삼켰다. 카사이의 등 뒤에 서 있는 한 소녀가 눈에 들어왔기 때문이다.

그 소녀는 스파이더맨처럼 나무에 거꾸로 매달린 채 소리 없이 카사이의 등에 접근한 후, 손을 재빠르게 휘둘렀다.

다음 순간, 그 소녀의 손 언저리가 번쩍였다. 그와 동시에 카사이가 "휴웃." 하고 기묘한 소리를 내며 눈을 까뒤집더니 총을 그 자리에서 놓치고 말았다. —아마도 튼튼한 섬유를 카사이의 목에 감아 정맥과 기관지를 졸라 기절시킨 것이리라.

"카, 카사이!"

이시다는 전기 총으로 그 소녀를 겨눈 후 방아쇠를 당겼다.

하지만 그녀는 몸을 비틀면서 카사이의 몸을 방패 삼아 전기 총을 막아냈다.

"아니—."

다음 순간, 거꾸로 매달린 채 다른 요원에게서 빼앗은 전기 총을 꺼내 든 그녀는 한 치의 주저도 없이 남은 두 사람을 향해 전기 총을 발사했다.

"큭!"

"끄악?!"

두 사람은 고통에 찬 신음을 흘리면서…… 그 자리에서 쓰러지고 말았다.

『타깃은 현재 포인트H에서 교전 중! 저희 쪽 부상자 수는 스무 명을 넘어섰습니다!』

『트랩도 차례차례 돌파하고 있습니다!』

『적의 접근을 저지할 수가 없습니다!』

"쳇—."

코토리는 줄지어 들어오는 부정적인 보고를 듣고 혀를 찼다.

이대로 있다간 토비이치 오리가미가 여관에 침입하고 말 것이다. 그렇게 되면 토카의 기분은 나빠질 테고, 요시노의 정신 상태는 악화되고 말리라. 게다가— 모처럼 편안히 쉬는 시도에게 괜한 부담을 줄지도 모른다.

코토리는 날카로운 시선으로 인터컴을 통해 말했다.

"대상을 여관에 침입하게 할 수는 없어. 포인트H를 뚫리기 전에 무슨 수를 써서라도 격파해. —일부 리얼라이저의 사용을 허가하겠어. 칸나즈키에게 맡기도록 해."

하지만 코토리가 그렇게 말한 순간, 〈프락시너스〉의 승무원들은 동요하고 말았다.

"······뭐? 리얼라이저 사용을 주저하는 거야? 걱정하지 마. 칸나즈키라면 충분히—"

『아, 저기······ 그게 말이죠, 사령관님······.』

『현재, 부사령관님이 함교에 계시지 않습니다······.』

"뭐엇?! 그게 무슨 소리야?! 이 비상시국에 어디 간 건데?!"

『그, 그게 저희도 잘······.』

코토리는 시이자키가 당혹 섞인 목소리로 한 말을 듣고 머리카락을 헝클어뜨렸다.

"아아, 정말······ 하필 이럴 때에 어딜 간 거야?!"

"음? 왜 그러십니까, 사령관님."

"왜긴 왜야! 토비이치 오리가미가 여관에 접근하고 있는데, 칸나즈키가 사라져버렸단 말이야!"

"그거 큰일이군요. 어떻게 할까요?"

"뻔하잖아! 빨리 찾아봐! 그리고 만일의 사태를 고려해서 체인지 키를 준비해둬! 토비이치 오리가미가 여관에 침입한다면—"

바로 그 순간, 위화감을 느낀 코토리는 말을 멈췄다.

왠지 귀에 익은 목소리를 지닌 이와 대화를 나누고 있는 듯한 느낌이 들었다. 게다가 그 목소리는 인터컴 너머에서가 아니라 코앞에서 들려온 것처럼 음질이 깨끗했다.

"······."

코토리는 휴대용 단말기를 주시하던 시선을 천천히 들었다.

그러자 귀에 헤드폰을 끼고 손에 커다란 집음 마이크를 든 장신의 남성이 여탕 입구에 걸린 막을 걷으면서 밝은 미소를 짓고 있는 모습이 눈에 들어왔다.

칸나즈키 쿄헤이. 코토리가 찾던 〈라타토스크〉 부사령관 겸 〈프락시너스〉 부함장이다.

"……너, 거기서 뭐 하고 있는 거야?"

"사령관님이야말로 뭐 하고 계신 겁니까? 사령관님이 입욕하실 줄 알고 기자재까지 전부 챙겨 들고 왔습니다만……."

"……."

코토리는 아무 말 없이 주먹을 쥔 후, 칸나즈키의 턱을 향해 날카로운 어퍼컷을 날렸다.

"커억……?!"

"이 비상시국에 여탕이나 엿보고 있었던 거야?!"

"오, 오해하지 마십시오! 여탕을 엿보다니요……! 저는 신사입니다! 그런 짓을 할 리가 없지 않습니까!"

"방금 그 말, 설득력 제로거든?! 그럼 네가 들고 있는 그 기자재들은 다 뭔데?! 여탕 엿볼 생각으로 가져온 거잖아!"

"당치도 않습니다! 이건 전부 녹음 기기입니다! 사실 저는 소리만 들을 때 더욱 흥분하는 타입이거든요!"

"내·알·바·아·냐아아아아아아아앗!"

"꺄우웃?!"

코토리가 칸나즈키의 명치에 코크스크류 펀치를 작렬시키자, 그는 신음 섞인 목소리로 "가, 감사합니다……!"라고 중얼거리며 그 자리에서 무너졌다.

『포인트H, 돌파당했습니다!』

"앗……!"

인터컴에서 흘러나온 승무원의 목소리를 들은 코토리는 그제야 정신을 차렸다.

"어이, 칸나즈키! 왜 자고 있는 거야?! 빨리 일어나!"

"……."

코토리는 허둥지둥 칸나즈키의 어깨를 흔들었지만 그는 정신을 차리지 못했다. 아무래도 완전히 기절하고 만 것 같았다.

"꼭 필요할 때는 도움이 안 되는 녀석이라니깐……!"

불합리하기 그지없는 소리를 한 코토리는 다시 단말기를 쳐다보았다.

"어쩔 수 없지……. 이것만은 쓰고 싶지 않았지만, 다른 애들이 목욕하는 사이에 결판을 내고 말겠어. 이쪽 단말기에 조작권을 넘겨! 체인지 키 확인! 여관『펜살리르』, 트랜스폼!"

『『『예……!』』』

코토리의 말을 들은 승무원들이 한 목소리로 대답했다.

수많은 병사. 엄청난 숫자의 지뢰. 악의적으로 위장된 구덩이 함정과 그물 같은 트랩. 끝없이 날아오는 전기 총과 진압용 고무 탄환.

비정상적일 정도로 삼엄한 경비 태세와 수많은 함정들을

돌파한 오리가미는 드디어 목적지인 여관에 도착했다.

"시도…… 기다려."

여관 뒷문에 달린 손잡이를 잡―으려던 오리가미는 갑자기 움직임을 멈췄다.

그리고 가방에서 소녀의 필수 아이템, 플라스틱 폭탄을 꺼내 문손잡이 주변에 뇌관을 꽂은 후 귀를 막은 채 스위치를 눌렀다.

펑! 하는 소리가 나면서 뒷문이 날아갔다. 자욱한 연기를 가르면서 여관 안으로 들어간 오리가미는 방금 파괴한 문을 쳐다보았다. 문 안쪽에는 끊어진 전기선이 달려 있었다. 아마 문손잡이에 전기가 흐르고 있었던 것이리라. 조심성 없이 손잡이를 잡았다면 지금쯤 기절하고 말았을지도 모른다. 혹시나 하는 마음에 폭파 처리를 하길 잘했다.

하지만 시도를 구하기 전까지는 안도할 수 없다. 오리가미는 마음을 다잡은 후, 호주머니에서 단말기를 꺼내 들며 여자의 감을 발휘했다.

"동쪽 건물 3층에 있는…… 객실."

낮은 목소리로 그렇게 중얼거린 오리가미는 신발을 신은 채 여관 복도를 내달렸다.

복도 끝에서 고개를 내민 자동 보초 총을 허리춤에서 뽑아 든 소녀의 필수 아이템 2, 9mm 권총으로 파괴한 오리가미는 바닥에 깔린 함정을 회피한 후 목적지로 향했다.

실내에 설치된 함정은 피하기 힘든 반면, 밖에 있던 것들보다 규모가 작았다. 게다가 실내는 밝기 때문에 발견하기도 쉬웠다. 게다가— 오리가미는 자신의 방에 비슷한 종류의 함정을 설치하기 때문에 이런 함정들의 가동 범위와 사각지대를 정확하게 알고 있었다.

—잠시 후, 오리가미는 시도의 반응이 확인된 방 앞에 도착했다.

이 문에도 함정이 설치되어 있을지도 모르지만, 여기서 폭탄을 썼다간 시도가 다칠 가능성이 있었다. 9mm 권총으로 손잡이를 부순 오리가미는 안전을 확인한 후, 문에 다가갔다.

"……앗?!"

하지만 그 순간, 고오오오…… 하는 낮은 소리가 나면서 오리가미의 발치가 희미하게 진동했다.

"지진……?"

오리가미는 미심쩍은 듯이 고개를 갸웃거리면서 말했다. 하지만 지금은 그런 것을 신경 쓸 때가 아니었다. 그녀는 권총을 쥔 채 문을 걷어차고 방 안으로 들어갔다.

"시도. 구하러—."

하지만. 오리가미는 말을 끝까지 잇지 못했다.

방 안에는 아무도 없었기 때문이다.

"……어?"

오리가미는 자신이 방을 잘못 찾았을 리가 없다고 생각했지만…… 혹시나 하는 마음에 여자의 감으로 시도의 위치를 확인해봤다.

"……앗! 이건……."

오리가미는 눈을 치켜떴다. 시도의 반응이…… 움직이고 있었다.

한순간, 시도가 자기 발로 이동하고 있다고 생각했지만…… 그렇지 않았다.

여관의 형태 자체가 방금과 달라진 것이다.

"어떻게— 된……."

오리가미가 그렇게 중얼거린 순간. 방금 오리가미가 걷어찬 방문의 상단 부분에서 금속제 셔터가 쿵! 하는 소리를 내면서 내려왔다.

그 뒤를 이어 환기구 쪽에서 연기 같은 것이 흘러나오기 시작했다.

"큭……!"

입가를 가린 오리가미는 셔터를 향해 총구를 든 후 방아쇠를 몇 번이나 당겼다. 하지만 셔터는 오리가미가 애용하는 9mm 권총의 탄환을 몇 발이나 맞고도 꿈쩍도 하지 않았다.

이렇게 되면 폭파하는 수밖에 없다고 판단한 오리가미는 허리춤에 손을 뻗어 소녀의 필수 아이템을 꺼내려 했다. 하지만 그러는 사이에도 점점 의식이 몽롱해지더니, 결국 제대로 서 있을 수도 없게 되었다.

"으……."

시야가 흐릿해졌다. 의식이 어딘가로 끌려가는 느낌이 들었다. 입안의 살을 깨물면서 어떻게든 버텨보려 했지만— 수마

(睡魔)에 가까운 이 감각은 점점 오리가미의 머릿속을 뒤덮어 갔다.

"시, 도—."

오리가미는 시야가 흐릿해져가는 와중에도 시도의 이름을 불렀다.

"……잠깐만. 그러고 보니 지금은 몇 시지……?"

시도는 탕 안에서 꾸벅꾸벅 졸다가 문득 눈을 떴다.

그러고 보니 다 같이 저녁 식사를 할 거니까 여덟 시까지는 응접실로 와달라고 코토리가 말했던 것 같은 느낌이 들었다.

시도는 현재 시각을 확인하기 위해 주위를 둘러봤지만— 남탕 안에는 시계가 없었다.

"으음……."

볼을 긁적이면서 잠시 동안 생각에 잠겼던 시도는 탕에서 나와 탈의실을 향해 걸음을 옮겼다.

코토리라면 시도가 1분 1초라도 늦는다면 부끄럽기 그지없는 벌칙 게임을 시킬 게 틀림없다. 그러니 절대 늦을 수 없다.

게다가 오랫동안 탕 안에 있어서 그런지 몸을 조금 식히고 싶었다. 가지고 온 수건으로 몸을 닦은 시도는 탈의실로 향했다.

"휴우……."

시도는 가볍게 숨을 내쉬면서 시계를 찾아봤지만…… 탈의실에도 시계는 걸려 있지 않았다.

어쩔 수 없이 옷을 넣어둔 바구니가 있는 곳까지 걸어간 시도는 바지 호주머니에서 핸드폰을 꺼냈다.

바로 그때, 시도는 한 사실을 깨닫고 말았다.

"응……?"

시도의 핸드폰에 부재중 전화가 들어와 있었다. 핸드폰 화면을 켜보니 『토비이치 오리가미』라는 이름이 표시되었다.

"오리가미……?"

뭔가 급한 용건이라도 있는 걸까. 시도는 그 이름을 선택한 후, 발신 화면을 띄웠다.

코토리는 오리가미에게 이 장소를 알려주지 말라고 했지만…… 시도는 이곳이 어디인지 알지 못하기에 알려주고 싶어도 알려줄 수가 없었다. 그러니 전화로 용건만 확인하는 정도는 괜찮으리라.

시도는 통화 버튼을 눌렀다.

"…………아!"

몽롱해져가는 오리가미의 의식을 각성시킨 것은, 호주머니에 넣어둔 핸드폰의 진동이었다.

오리가미는 힘이 들어가지 않는 손을 억지로 움직여 핸드폰을 꺼냈다. 착신 화면에—『이츠카 시도』의 이름이 표시되어 있었다.

"아……."

오리가미는 힘없는 신음을 흘리며 통화 버튼을 눌렀다.

『여보세요? 오리가미?』

"시, 도……?"

『아, 그래. ……그런데 목소리가 좋지 않은 것 같네. 무슨 일 있어?』

"무사해서…… 다행이야……."

『뭐?』

오리가미의 말을 들은 시도는 뚱딴지같은 목소리를 냈다.

『무사……? 뭐, 그것보다 나한테 전화했던데 무슨 볼일이라도 있어?』

"시, ……도…… 나, 는…… 이제……. 야토가미…… 토카 곁에서— 떨어……져……."

오리가미가 잘 돌아가지 않는 혀를 억지로 놀리면서 그렇게 말하자, 시도는 약간 당황한 목소리로 말했다.

『으음…… 간단한 용건이면 지금 듣겠지만…… 혹시 긴 거면 나중에 들어도 될까? 나 지금 욕실이거든…….』

"……윽?!"

—그 순간.

오리가미의 머릿속을 뒤덮었던 안개가 거짓말처럼 사라졌다.

"—욕실?"

『응?』

"지금, 목욕 중이야?"

『응. 그런데…… 그게 왜?』

"……"

오리가미는 천천히 일어나더니, 허리춤에서 소녀의 필수 아이템 3, 수류탄을 꺼내 가급적 빠르게 셔터를 폭파했다. 엄청난 소리와 폭풍이 방 안을 뒤흔들었다.

『우, 우왓?! 오, 오리가미?! 방금 그 소리는 대체―.』

"기다려. ―나도 금방 갈게."

『뭐? 잠깐만. 미안한데 한 번 더 말해주지 않겠어? 방금 그 소리 때문에 귀가 먹먹해져서 안 들―.』

오리가미는 전화를 끊은 후, 욕실을 향해 진격했다.

갑자기 전화가 끊어지자, 시도는 고개를 갸웃거렸다.

"……대체 뭐가 어떻게 된 거지?"

용건이 뭔지는 결국 듣지 못했지만…… 뭐, 중요한 용건이라면 다시 전화가 올 것이다.

그렇게 결론을 내린 시도는 화면에 표시된 시간을 확인한 후, 다시 욕실 안으로 들어갔다.

"아니……?!"

여탕 앞. 휴대용 단말기를 조작하면서 승리를 확신했던 코토리는 낭패한 목소리를 냈다.

여관 변형 후 셔터와 최면 가스로 완벽하게 제압한 줄 알았던 표적이 느닷없이 기운을 되찾더니 셔터를 폭파하고 방에서 탈출한 것이다.

"어떻게 된 거야?! 가스 분출된 것 맞아?!"

『마, 맞습니다! 조금 전까지만 해도 몸도 제대로 가누지 못했어요!』

"그런데 어떻게 부활한 거야?!"

『모, 모르겠습니다⋯⋯!』

시이자키가 비명에 가까운 목소리로 말했다. 코토리는 어금니를 깨문 후, 휴대용 단말기를 다시 조작했다.

"어쩔 수 없지⋯⋯! 이렇게 된 이상 인정사정 봐주지 않겠어. 기동 여관『펜살리르』의 모든 장치를 동원해 타깃을 막아⋯⋯!"

『라져!』

"⋯⋯."

지진을 연상케 하는 땅울림을 발생시키면서, 여관의 복도가 퍼즐처럼 변형되어갔다. 어떤 부분은 오른쪽으로. 어떤 부분은 왼쪽으로. 종횡무진으로 변화하는 벽과 복도, 그리고 천장의 모습은 괴기스러움과 아름다움을 동시에 내포했다.

마치 거대한 시계나 복잡한 구조를 지닌 엔진 안에 내던져진 느낌이었다. 평범한 인간이라면 거대한 존재에게 삼켜지는 듯한 원시적인 공포 때문에 온몸이 굳고 말지도 모른다.

하지만. 오리가미는, 지금의 오리가미는 이 세상 그 누구보다도 강했다.

머릿속이 맑아졌다. 의식이 날카로워졌다. 온몸에서 힘이 끓어오르면서 태어나서 처음 느껴보는 엄청난 충실감이 그녀의 몸을 지배했다.

"—거기."

작은 목소리로 그렇게 중얼거린 오리가미는 메고 있던 가방을 벗어 던지면서 그 자리에서 도약했다.

그리고 다른 길을 잇기 위해 잠시 동안 개폐된 벽에 몸을 맡긴 후, 그곳에서 또 도약했다. 그리고 천장을 박차면서 길 끝에 있는 복도를 향해 몸을 날렸다.

여관의 변형 형태를 완벽하게 파악한 것 같은, 낭비가 전혀 없는 움직임이었다.

사실 오리가미도 내심 놀랐다. —그녀는 알 수 있었던 것이다. 감각적으로, 본능적으로, 직감적으로. 마치 자신이 나아가야 할 길에 빛으로 된 융단이 깔린 것처럼, 변형 장치에 존재하는 빈틈이 보였다.

—시도가, 욕실에서 목욕을 하고 있다.

그리고 수건으로 허리춤을 감춘 채 탕 안에 들어가는 것은 매너 위반이다. 즉, 탕 안에 있는 시도의 몸을 감싸고 있는 것은 물뿐이다. 만약 오리가미가 그 탕 안에 들어갈 수 있다면, 두 사람은 옷 한 벌을 같이 입고 있는 것이나 다름없었다. 그 모습을 상상하는 것만으로도 오리가미의 혈류가 빨라졌다.

정신과 육체의 싱크로율은 400%를 돌파했다. 이런 마음으로 싸우는 것은 처음이었다. 그 무엇도 두렵지 않았다.

오리가미의 진격을 저지하려는 것처럼, 여관 복도가 변형되면서 길을 차단했다.

"……."

하지만 오리가미는 당황하지 않았다. 허리춤에 손을 뻗어 조금 전과 마찬가지로 수류탄을 꺼내 들고 물 흐르는 듯한 동작으로 핀을 뽑은 후 수류탄을 던졌다.

—엄청난 폭음이 터지면서 영광의 길이 다시 오리가미의 눈앞에 펼쳐졌다.

그리고 빛이 이끄는 대로 몸을 날린 오리가미는— 약속된 성지에 도착했다.

『男』이라 적힌 천이 눈에 들어왔다. 드디어 시도가 입욕 중인 남탕에 도착한 것이다.

"시도— 지금, 하나가—."

천을 걷고 안으로 들어간 오리가미는 너덜너덜해진 옷과 시도에게 보여주기 위해 입고 온 승부 속옷을 벗었다.

그리고 실오라기 하나 걸치지 않은 오리가미는 욕실을 향해 걸음을 옮—.

"……앗!"

그 순간. 오리가미는 한가지 사실을 깨닫고 숨을 삼켰다.

넓은 탈의실의 중앙 부근. 그곳에 옷이 담긴 바구니가 놓여 있었다.

"저건—."

오리가미는 해충 퇴치용 전등에 다가가는 해충처럼, 무의식적으로 그 바구니에 다가갔다.

그리고 바구니 앞에 선 오리가미는 합장하듯 양손을 맞대면서 고개를 숙였다.

"큭……!"

여관 어딘가에서 엄청난 폭음이 들려오더니, 천장에서 건축 자재 파편이 떨어졌다.

아무래도 길을 차단당한 토비이치 오리가미가 폭발물을 사용한 것 같았다. 정말 말도 안 되는 여자다. 코토리는 인상을 한껏 썼다.

"꽤 하네……! 좋아. 이렇게 되면—!"

바로 그때, 코토리는 말을 멈췄다.

휴대용 단말기에 표시된 맵에 노이즈가 발생하더니, 갑자기 아무것도 표시되지 않은 것이다.

"뭐…… 뭐, 뭐야?! 뭐가 어떻게 된 거야?!"

『바, 방금 폭발 때문에 기기가 고장 난 듯해요! 타깃의 반응이 사라졌습니다!』

"뭐, 뭐라고오옷?!"

코토리는 금방이라도 휴대용 단말기를 바닥에 내던질 듯한 표정을 지으며 고함을 질렀다.

"서둘러 복구해! 지금은 에일리언이 배 안에 잠입한 거나 다름없는 상황이란 말이야! 하다못해 위치라도 파악해두지 않으면 큰일—."

"응? 큰일이라니?"

"……윽!"

코토리는 느닷없이 들려온 목소리를 듣고 어깨를 부르르 떨었다.

고개를 돌려보니 막 목욕을 마치고 나온 유카타#1 차림의 토카가 고개를 갸웃거리면서 서 있었다.

"토, 토카…… 그, 그리고 너희들……."

토카의 뒤편에는 그녀와 마찬가지로 유카타를 입은 요시노, 레이네, 그리고 유카타를 가지러 가지도 않고 목욕탕으로 직행했는지 조금 전과 똑같은 옷을 입은 야마이 자매가 서 있었다. 다들 목욕을 마치고 나온 것 같았다.

"음. 미안하다, 코토리. 네가 올 때까지 기다릴 생각이었는데 네가 하도 안 오는 데다 배가 고파서 나와 버렸다."

토카가 그렇게 말한 직후, 마치 짜기라도 한 것처럼 꼬르르르르륵…… 하는 귀여운 소리가 그녀의 배에서 흘러나왔다.

"그, 그렇구나……."

코토리는 상기된 목소리로 말했다. 바로 그때, 무슨 일이

#1 유카타 목욕 후 혹은 여름철에 평상복 대신 입는 옷으로 두루마기 모양의 긴 무명 홑옷. 옷고름이나 단추 대신 허리띠로 옷을 고정시킨다.

있었다는 사실을 눈치챈 레이네가 눈썹을 살며시 모으면서 고개를 가로저었다.

—아마 정령들을 불안하게 하지 말라는 뜻이리라.

"……."

타임 오버—였다. 코토리는 하아 하고 한숨을 내쉬면서 낮은 목소리로 인터컴 너머에 있는 승무원들에게 말했다.

"……나는 잠시 빠질게. 토비이치 오리가미의 반응이 확인되면 무슨 수를 써도 상관없으니까 반드시 포획해. 그리고 파괴된 부분이 정령들의 눈에 띄지 않게 변형시키도록 해."

『아, 알겠습니다!』

대답을 들은 코토리는 토카 일행을 향해 고개를 돌렸다. 그러자 야마이 자매가 좌우 대칭 되는 포즈를 취하면서 입을 열었다.

"크큭, 마침 잘됐구나. 코토리여. 그대도 따라오도록 하거라."

"동행. 지금부터 시도를 마중 갈까 해요."

"뭐……? 아, 잠깐……."

야마이 자매에게 양손을 잡힌 코토리는 거의 강제적으로 전선에서 이탈하고 말았다.

"……."

—뷰티풀.

오리가미는 만족 섞인 한숨을 내쉬었다. 마음이 가득 채워져 갔다. 아아, 세상은 이렇게나 아름다운 것이었구나.

……참고로 오리가미의 눈앞에는 구겨진 의복들이 놓여 있었다.

오리가미는 천천히 욕실 쪽을 돌아보았다.

전채_{오르되브르}는 즐겼다. 이제는— 주요리_{메인 디시}를 맛볼 차례다.

바로 그때. 오리가미의 눈썹이 희미하게 떨렸다.

복도 쪽에서 다수의 발소리와 목소리가 들린 것이다. 아무래도 전채를 맛보는 데 시간을 너무 허비한 것 같았다.

"큭……."

오리가미는 생각에 잠겼다. —도망칠까? 숨을까? 아니면 여기서 맞상대할까?

그리고— 1초도 채 지나기 전에 결론을 내렸다.

"쳇—."

강행군의 연속으로 체력을 소비한 지금 상태에서 다수의 적을 동시에 상대하는 것은 어려우리라. 오리가미는 혀를 차면서 옷을 고쳐 입은 후, 커다란 로커 안에 숨었다.

"아……."

그리고 눈치챘다.

시도의 속옷을 챙기는 데 신경이 팔린 나머지—

자신의 속옷을 벗어두고 왔다는 사실을 말이다.

"시도! 저녁 식사 시간 다 됐다!"

"크크크, 언제까지 씻고 있을 게냐! 설마 휴프노스의 주박에 걸리고 만 것은 아니겠지?"

"경고. 너무 오랫동안 탕에 들어가 있으면 건강을 해칠 수도 있어요. 조심하세요."

그런 말을 하면서 토카, 카구야, 유즈루가 주저 없이 남자 탈의실에 들어갔다.

"아, 자, 잠깐만……!"

코토리가 말리는데도 세 사람은 주저 없이 안으로 들어갔다. ……다른 손님이 있는 것도 아니니 괜찮을 것이라고 생각한 코토리는 한숨을 내쉬면서 그녀들의 뒤를 따랐다.

"어이! 시도!"

『……으응, 아…… 토카……?』

토카가 탈의실에서 시도를 부르자, 욕실 쪽에서 그의 목소리가 들려왔다.

"음! 식사 시간이 다 됐다!"

『아…… 벌써 시간이 그렇게 됐구나. 미안. 좀 전에 시간을 확인하고 바로 잠들어 버렸던 것 같아. 금방 나갈 테니까 먼저 가서 기다려줄래?』

"오오! 알았다!"

시도의 목소리를 들은 코토리는 안도의 한숨을 내쉬었다. 혹시 반응이 사라진 오리가미가 시도를 덮쳤을지도 모른다고 생각했었던 것이다.

코토리는 아직 안심하기는 이르지만 시도가 무사하다는 사실을 확인한 것만으로도 다행이라고 생각하기로 하며 또 한숨을 내쉬었다.

바로 그때, 그녀는 탈의실 바닥에 옷을 넣어두는 바구니가 놓여 있다는 사실을 눈치챘다. 그리고 원래 그 안에 있어야 하는 옷가지가 엉망진창으로 구겨진 채 바닥에 아무렇게나 놓여 있었다.

"정말……. 아무리 딴 사람이 없어도 그렇지 아무렇게나 벗어서 내던져 놓으면 어쩌냔 말이야."

코토리는 투덜거리면서 바닥에 놓인 옷을 개어서 바구니에 넣었다.

—바로 그 순간.

"어……?"

코토리는 그 자리에서 딱딱하게 굳어버렸다.

그녀는 바닥에 놓인 옷들을 바라보면서 마른침을 삼켰다.

커다란 목욕 수건과 반소매 셔츠. 청바지.

그것들은 딱히 문제될 것이 없다. 조금 전까지 시도가 입고 있었던 옷이니까 말이다.

하지만— 다른 것들이 문제였다.

여성용 실크 팬티와 브래지어가 시도의 옷가지와 함께 바닥을 굴러다니고 있었던 것이다.

"어…… 이, 이건……."

한순간, '시, 시도. 설마 범죄를 저지른 거야……?'라고 생각했지만, 여성진 중 그 누구도 속옷을 도둑맞았다는 말을 하지 않았다.

게다가…… 시도가 벗어놓았을 남성용 속옷이 보이지 않았다.

"서, 설마……."

코토리는 머릿속으로 화장을 두껍게 한 시도가 허리를 좌우로 흔들면서 "언니라고 부·르·렴♡" 같은 대사를 뱉으며 손키스를 날리는 모습을 상상하고 고개를 내저었다.

"화, 확실히, 여자애의 마음을 이해할 수 있게 되라고 말하기는 했지만…… 이, 이런 의미는—."

"음? 코토리, 왜 그러는 것이냐."

"……윽!"

토카가 느닷없이 말을 걸자, 코토리는 숨을 삼키면서 바닥에 떨어져 있던 속옷들을 목욕 수건 밑에 숨겼다.

"무슨 일 있는 것이냐?"

"아, 아무것도 아냐! 자, 자아, 빨리 가자! 응?!"

"으음……? 아, 알았다……."

혼란스러운 감정을 필사적으로 억누른 코토리는 토카의 등을 밀면서 탈의실 밖으로 나갔다.

미확인 브라더

Brother Unidentified

DATE A LIVE ENCORE 2

"하아암……."

아침. 이츠카 코토리는 크게 하품하며 자택 계단을 내려갔다.

검은색 리본으로 머리카락을 둘로 나눠 묶은 그녀는 도토리처럼 동그란 눈을 비비면서 세면실로 향했다.

바로 그때.

"어머, 좋은 아침이야, 코토리."

코토리가 세면실에 들어가자, 세면실 안에 있던 사람이 그녀에게 말을 걸었다.

"으응…… 좋은 아침……."

코토리는 졸린 목소리로 그렇게 대답했고— 다음 순간, 그 자리에서 딱딱하게 굳어버렸다.

이유는 단순했다. 세면실 안에 있는 이의 모습이 눈에 익지 않았기 때문이다.

아니, 정확하게 말하자면 눈에 익지…… 않은 것은 아니었다.

중성적인 얼굴 생김새와 상냥해 보이는 두 눈. 그 사람은 바로 코토리의 오빠인 이츠카 시도다. 그 점은 틀림없다.

하지만 오빠의 머리카락이 묘하게 길 뿐만 아니라 행동거지가 묘하게 나긋나긋하고, 순백색 브래지어와 팬티를 입었다는 점이 문제였다.

"뭐…… 뭐뭐뭐뭐뭐……?!"

너무 충격적인 광경을 본 코토리는 눈을 치켜뜬 채 그 자리에서 딱딱하게 굳어버렸다. 그런 코토리의 리액션을 본 시도는 부드러운 미소를 머금었다.

"왜 그러니? 아, 혹시 아직 잠이 덜 깬 거야? 코토리는 정말 잠·꾸·러·기라니깐~."

그렇게 말한 시도는 코토리의 코끝을 손가락으로 살며시 두드렸다. 시도의 손가락이 닿은 부분을 기점으로 코토리의 온몸에 소름이 돋았다.

"오, 옷차림이 그게 뭐야……."

코토리는 시도의 온몸을 훑어보면서 떨리는 목소리로 말하다— 말을 끝까지 잇지 못한 채 숨을 삼켰다.

그렇다. 시도의 복장만 이상한 것이 아니라는 사실을 깨닫고 만 것이다.

시도는 현재 속옷만 걸쳤다. 즉, 온몸의 라인이 확연하게 드러났다.

시도는 남자다. 그것은 틀림없는 사실이다. 하지만…… 코토리의 머릿속은 기묘한 위화감으로 가득 찼다.

코토리의 눈에 비친 시도의 몸매가 동글동글하다고나 할까, 묘하게 부드러워 보인다고나 할까, 남자가 브래지어를 착용하고 있는데도 전혀 위화감이 없다고나 할까―.

"……"

코토리의 시선을 느낀 시도는 "우후후." 하고 웃으면서 몸을 배배 꼬았다.

"코토리, 왜 그러니?"

"……윽?!"

코토리는 번개라도 맞은 듯한 충격을 받았다.

"시, 시도. 너, 설마……."

"으음, 정말~. 시도라고 부르지 말라고 했잖니~. 언니라고 부·르·렴♡"

시도가 귀여운 포즈를 취하면서 말했다.

코토리는 폐부를 가득 채운 절망을 목소리로 바꿔, 엄청난 절규를 내질렀다.

"우…… 우갸아아아아아아아아아아아아아아아아아앗!"

코토리가 절규를 지르자, 주위에 있던 토카와 요시노, 카구야, 유즈루, 그리고 시도가 일제히 깜짝 놀랐다. 코토리의 맞은편에 앉은 레이네만이 차분한 표정을 유지한 채 고개를 갸웃거렸다.

"코, 코토리. 왜 갑자기 고함을 지른 것이냐."

옆에 앉은 토카가 눈을 동그랗게 뜨면서 물었다. 칠흑빛 장발과 수정 같은 눈동자가 인상적인 아름다운 소녀다. 그녀는 현재 넉넉한 유카타와 보라색 겉옷을 걸치고 있었다.

"윽?! 아, 아무것도 아냐……."

코토리는 대충 얼버무리면서 손을 내저은 후, 헛기침을 하면서 식사를 했다.

코토리 일행은 현재 여름 방학을 이용해 〈라타토스크〉가 소유한 여관에 놀러 왔다. 그들은 목욕을 마친 후, 다 같이 바다의 진미들을 맛보고 있었다.

그들은 평화롭고 즐거운 시간을 보내고 있었다. 하지만 코토리의 정신 상태는 겨울 바다처럼 거칠어질 대로 거칠어져 있었다.

이유는 크게 나누자면 두 개였다.

하나는 AST·토비이치 오리가미가 이 여관 어딘가에 숨어 있다는 점이다.

하지만 〈프락시너스〉가 그녀의 위치를 수색 중이니 곧 해결될 것이다.

문제가 되는 것은 바로 다른 이유였다. 그렇다. 그것은―.

"……."

코토리는 아무 말 없이 시도를 쳐다보았다.

그렇다. 방금, 남탕에서 나오지 않는 시도를 다 같이 마중

갔을 때, 코토리는 보고 말았다.

—시도가 옷을 벗어서 넣어둔 바구니에서 흘러나온 것으로 보이는 여자 속옷을 말이다.

시도가 누군가의 속옷을 훔쳤다면 그나마 다행이었다(뭐, 진짜로 그런 짓을 했다면 묵사발을 냈겠지만 말이다). 하지만 원래 있어야 하는 시도의 팬티가 존재하지 않았다는 것은…… 단 하나의 사실을 의미했다.

확실히 코토리는 시도에게 몇 번이나 여자애의 마음을 이해하라고 말했다.

하지만 그것은 어디까지나 정령과의 대화를 위해 필요하다는 의미에서 한 말이었지, YOU가 여자애가 되어버려YO☆라는 의미에서 한 말이 결코 아니었다.

하지만 아직 시도는 커밍아웃을 하지도, 트랜스젠더 흉내를 내지도 않았다. 여자 속옷을 몰래 착용하고 다닌 것을 보면 상태가 심각해 보이기는 하지만, 어쩌면 여자 속옷을 착용하면 흥분하는 성적 취향을 가졌을 뿐일 가능성도 존재했다. ……뭐, 그것도 그것대로 문제지만 말이다.

아무튼, 시도가 완전히 잘못된 길로 접어들기 전에 손을 써야만 한다. 그렇게 생각한 코토리는 주먹을 쥐면서 힘차게 고개를 끄덕였다.

"……."

해변 여관의 지붕 아래편에 숨은 오리가미는 몸을 살짝 비틀었다.

　오리가미는 정령·토카에게 억지로(이 점이 중요) 이런 곳까지 끌려온 시도를 구출하기 위해 이 여관에 침입했지만, 시도를 탈환할 기회를 코앞에서 놓치고 말았다.

　오리가미는 조금 전, 수많은 함정을 돌파하고 시도가 입욕 중인 노천탕 옆 탈의실까지 진격했다. 하지만 노천탕으로 이어지는 문을 향해 손을 뻗기 직전, 그녀는 무언가를 발견하고 말았다.

　그것은 바로— 시도가 입었던 옷이 들어 있는 바구니였다.

　그런 것을 보고도 아무 짓도 하지 않는 것은 그야말로 신성모독이다. 오리가미는 올바른 순서에 따라 시도의 옷가지를 마음껏 『즐겼다』.

　하지만 그러는 사이 탈의실에 토카 일행이 쳐들어왔고— 결국 오리가미는 알몸인 채 로커 안에 숨어야만 했다.

　게다가 오리가미는 그 과정에서 뼈아픈 미스를 범하고 말았다.

　물론 자신이 벗은 의복은 빠짐없이 회수했지만, 그 과정에서 자신의 속옷 대신 시도의 속옷을 회수하고 말았다.

　시도가 여성용 속옷을 입을 리가 없다. 누군가가 그 속옷을 보면 오리가미가 근처에 숨어 있다는 사실을 눈치챌 것이다.

　하지만…… 오리가미의 속옷을 발견한 시도의 여동생·쿠토리는 온몸을 부르르 떤 후 다른 이들에게 들키지 않게 그 속옷을 바구니에 넣었다. 그리고 탈의실에서 나가버린 것이다.

코토리가 어떤 생각으로 그런 행동을 했는지는 알 수 없다. 하지만 그 덕분에 오리가미가 구사일생한 것은 사실이다. 오리가미는 재빨리 시도와 자신의 속옷을 바꾼 후(정말 아쉽지만, 둘이 함께 이 마굴에서 빠져나가기 위해서라도 아직 자신의 위치를 들킬 수는 없다), 지붕 아래편에 숨어서 시도를 탈환한 후 이용할 도주 루트를 찾는 작업을 진행했다.

"시도…… 조금만 기다려. 금방 구해줄게."

오리가미는 낮은 목소리로 그렇게 중얼거리며 가슴 언저리의 단추를 잠갔다.

"다들 내 말 좀 들어봐."

식사를 끝낸 후, 시도는 남자 방으로 이동했다. 그리고 다른 이들과 함께 여자 방으로 이동한 코토리는 타이밍을 봐서 입을 열었다.

"왜 그러……세요, 코토리 씨."

『뭐야 뭐야~. 표정이 심각한 걸 보니 무슨 일 있나 봐~?』

아름다운 푸른 머리카락을 묶어 올린 소녀·요시노, 그리고 그녀가 왼손에 낀 토끼 모양 퍼핏 인형『요시농』이 입을 열었다.

그와 동시에, 가방에서 트럼프를 꺼내 카드 게임을 하려던 쌍둥이·야마이 자매가 좌우 대칭으로 고개를 갸웃거렸다.

"크큭. 왜 그러느냐, 코토리. 사보문장(四寶紋章)이 새겨진 마부(魔符)에는 자신이 없는 게냐? 뭐, 천운과 지력을 고루 갖춘 우리를 상대하는 것을 그대가 두려워하는 것도 무리는 아닐 것이니라."

"밀고. 걱정하지 마세요. 카구야의 얼굴만 봐도 무슨 카드를 들고 있는지 금방 알 수 있으니까 지고 싶어도 질 수 없을 거예요."

자신만만한 표정을 지은 소녀·카구야는 가슴을 활짝 폈고, 눈을 가늘게 뜬 소녀·유즈루는 낮은 목소리로 그렇게 말했다.

"유, 유즈루! 무슨 소리를 하는 것이냐! 구풍(颶風)의 왕녀·야마이 카구야가…… 어, 저, 정말이야?"

"긍정. 제35시합, 도둑잡기 대결에서 대패한 걸 벌써 잊었어요?"

"어, 거짓말. 아……."

아무래도 카구야는 그 사실을 몰랐던 것 같았다. 그녀는 자신의 볼을 매만지면서 당혹스러운 표정을 지었다.

그 모습을 본 코토리는 고개를 저은 후, 차분한 목소리로 말했다.

"저기 말이야. ―다 같이, 트럼프 말고 다른 게임을 하지 않겠어?"

"……게임?"

방 한쪽에서 멍하니 있던 레이네가 영문을 모르겠다는 표정으로 물었다. 코토리는 고개를 끄덕이면서 조금 전에 준비해둔 카드를 펼쳤다.

"룰은 간단해. 우선 이 롤플레이 카드를 한 장씩 나눠줄게. 그리고 순서대로 시도에게 가서 거기 적힌 배역을『연기하면서』노는 거야. 그리고 그 결과— 시도의, 남자의 본능을 깨운 사람의 승리야!"

"""뭐……?"""

레이네 이외의 전원이 코토리의 제안을 듣고 어안이 벙벙한 표정을 지었다.

"남자의 본능을 깨우라고……?"

"으음…… 그게 무슨, 말이죠?"

"홋. 승부라면 사양할 생각이 없다만, 어떤 게임인지 잘 이해가 되지 않는구나."

"동의. 좀 더 명확한 기준이 필요하다고 생각해요."

다들 당혹스러운 표정을 지었다.

"그, 그건…… 으음……."

코토리는 말을 더듬었다. 그녀 또한 말도 안 되는 소리를 하고 있다는 사실은 안다. 하지만 냉정함이 결여되어 괜찮은 변명이 떠오르지 않았다. 머리를 쥐어뜯던 그녀는 고개를 번쩍 치켜들었다.

"우갸아아아아아아아아아아아아아아앗!"

"""오옷……?!"""

코토리가 평소의 그녀답지 않게 고함을 지르자, 다른 소녀들은 깜짝 놀란 표정을 지었다.

"아무튼······! 너희의 도움이 필요해! 만약······ 만약 이 작전이 실패한다면, 시도는······ 시도가 아니게 될지도 모른단 말이야······!"

"""······윽?!"""

코토리의 말을 들은 소녀들은 동시에 숨을 삼켰다.

"그, 그게 무슨 소리냐?! 시도가, 시도가 아니게 된다고······?!"

"······그래. 자세한 건 말해줄 수 없지만, 위기 상황인 건 틀림없어. ─내가 말도 안 되는 소리를 하고 있다는 건 알아. 그래도 너희의 협력이 필요하단 말이야······!"

코토리가 그렇게 말한 직후, 누군가가 그녀의 어깨에 손을 얹었다. ─토카였다.

"좋다. 협력하마. 그러니 고개를 들어라, 코토리."

"저, 정말?! 고마워, 토카······!"

코토리는 금방이라도 울음을 터뜨릴 것 같은 표정을 지으면서 토카의 손을 잡았다. 토카는 "음." 하고 말하면서 고개를 끄덕였다.

"신경 쓰지 마라. 시도는, 코토리는, 나를 구해줬지 않느냐. 시도가 위기에 처했고, 코토리는 그런 시도를 구해달라고 나에게 부탁했다. 그것만으로도 내가 나설 이유로는 충분하다."

"토카······."

그 뒤를 따르듯, 요시노와 야마이 자매도 코토리를 바라보았다.

"저도…… 도울게요……!"

『하지만 아무 포상 없이 그냥 돕는 건 재미없을 것 같네~. 그래~. 일전의 수영복 대결 때처럼 1등을 한 사람에게 시도 군 일일 독점권을 주는 건 어때~?』

"크큭, 그거 재미있겠구나. 좋다. 아직 이해가 안 되는 부분이 있다만 일단 협력하겠노라."

"동의. 시도를 장난감으로 삼을 사람은 유즈루와 카구야예요."

정령들은 그렇게 말하면서 코토리의 주변에 모여들었다. 코토리는 눈가에 맺힌 감동의 눈물을 손으로 훔친 후, 힘차게 고개를 끄덕였다.

"좋아. 시도가 남자로서의 행복을 가장 크게 느끼게 한 사람에게, 시도를 하루 동안 독점하게 해줄게."

코토리의 말을 들은 정령들은 『오오!』하고 환성을 질렀다.

"하지만! 그만큼 난이도가 높은 미션이야. ―우선 이걸 봐."

코토리는 자신이 직접 만든 롤플레이 카드를 펼쳐 보였다.

그 카드에는 남자라면 한번쯤은 체험하고 싶어 할 만큼 꿈 같은 이벤트가 적혀 있었다. 이런 기적 같은 일들을 시도에게 체험하게 해줌으로써, 그가 "아아…… 역시 남자로 살래……!"라고 생각하게 하는 것이 목적인 것이다.

"다들 카드를 한 장씩 뽑아줘."

코토리의 말을 들은 그녀들은 일제히 카드를 뽑았다. 그리고 그 카드에 적힌 글을 읽어보고 고개를 끄덕이거나, 미간을 찌푸리거나, 당혹스럽다는 듯이 고개를 갸웃거렸다.

"코토리. 이 카드 말이다만······."

바로 그때, 토카가 카드를 손가락으로 가리키면서 말했다.

"─아, 『항상 함께 자라왔기 때문에 이성으로 생각하지 않았던 무방비한 소꿉친구의 유혹에 무심코 두근!』 말이구나."

"음. 대체 뭘 어떻게 하면 되는 것이냐?"

"그러니까 말이야······."

코토리는 진지한 표정으로 설명하기 시작했다.

"휴우······. 목욕탕 물도 좋았고, 요리도 정말 맛있었어. 천국이 따로 없네."

방에 돌아온 시도는 창 너머로 보이는 밤바다를 바라보면서 중얼거렸다. 감청색 수평선에 달빛이 드리워지면서 환상적인 풍경을 자아냈다.

"자······ 이제부터 뭐 하지?"

가볍게 기지개를 켠 시도는 방을 둘러보았다. 방에는 이미 이부자리가 깔려 있었지만 잠을 자기에는 조금 시간이 일렀다.

매점 구경이나 할까, 다른 애들과 탁구라도 칠까─ 시도가 그런 생각을 하고 있을 때, 갑자기 노크 소리가 들리더니 유카타 차림의 토카가 방에 들어왔다.

"시도. 있느냐?"

"응……? 아, 토카구나. 마침 잘 됐네. 지금 부르러 가려던 참이었거든. 코토리가 별관 쪽에 탁구대가 있다고 했었잖아? 괜찮다면─."

시도가 말을 하는 사이 신발을 벗은 토카는 시도를 향해 걸음을 옮기더니, 창가에 앉은 시도의 옆에 앉았다.

그리고 그대로 시도에게 기대면서 그의 어깨에 머리를 얹었다.

"저기, 시도."

"왜, 왜 그래?"

토카의 갑작스러운 행동 때문에 당황한 시도는 떨리는 목소리로 말했다. 그러자 토카가 창밖을 바라보면서 말을 이었다.

"이렇게 단둘이 있는 건 정말 오래간만이구나."

"응? 아…… 그, 그런가?"

"음. 10년 전에는 항상 단둘이 놀았지 않느냐."

"……응?"

시도는 고개를 갸웃거렸다. 토카와 시도는 올해 4월에 처음 만났다. 10년은커녕 반년 전에도 만난 적이 없었다.

하지만 토카는 시도가 당혹스러워한다는 사실을 눈치채지 못한 채 말을 이었다.

"하지만 중학교에 들어간 후, 여자 소꿉친구와 노는 게 부끄러워진 시도가 나를 피하기 시작했지. 하지만 고등학교 2학년이 된 후, 서로의 마음을 눈치챈 너와 나는 다른 이들 몰래 빠져나와 이렇게 단둘만의 시간을 보내게 된 것이지 않느냐."

"……어? 응? 잠깐, 무슨 소리를 하는 거야?"

토카가 당황한 시도를 아랑곳하지 않고 몸을 일으키더니, 시도 뒤에 있는 창문을 쿵! 소리가 나게 손으로 짚었다.

"그러니, 시도."

"으, 응……."

시도는 당황할 대로 당황한 채 토카의 얼굴을 올려다보았다. 그러자 홍당무처럼 새빨갛게 달아오른 토카의 볼이 눈에 들어왔다.

토카는 마음을 진정시키기 위해 심호흡을 한 후, 각오를 다지듯 고개를 끄덕이면서 입을 열었다.

"나, 나와 함께 목욕하지 않겠느냐……?!"

"뭐…… 뭐어?!"

토카의 말을 들은 시도는 무심코 눈썹을 모았다.

"느닷없이 무슨 소리를 하는 거야……?! 어, 어떻게 그런 걸……."

"그러는 너야말로 무슨 소리를 하는 것이냐. 옛날에는 자주 같이 목욕했지 않느냐!"

"아니, 그러니까 대체 언제 적 이야기를 하는 거야?!"

시도의 말을 약간 곡해해서 이해한 토카는 "크으……." 하고 낮은 신음을 흘린 후, 식은땀을 흘리면서 말을 이었다.

"……좋다! 목욕 수건으로 몸을 가리지 않겠다!"

"더 악화됐잖아?!"

시도가 고함을 지르자, 토카는 "그 정도로도 만족 못 하는 것이냐."라고 말하는 듯한 표정을 지었다. 그리고 눈을 꼭 감더니 쥐어짜내는 듯한 목소리로 말했다.

"그, 그렇다면……! 눈가리개를 하고 서로의 몸을 씻겨주는 건 어떠냐……?!"

"아니, 왜 계속 이상한 쪽으로 에스컬레이트되는 건데?!"

시도는 토카의 의도를 전혀 파악하지 못했는지 비명에 가까운 목소리로 그렇게 말했다. 그 말을 듣고 깜짝 놀랐는지 토카가 눈을 동그랗게 떴다.

"으으……! 설마 내 말을 거짓말이라고 생각하는 것이냐?! 미, 믿어다오! 나는 한 번 한다면 하는 사람이다!"

그렇게 말한 토카는 천천히 유카타의 허리띠를 풀었다. 유카타의 앞섶이 중력에 따라 아래로 처지면서 토카의 새하얀 피부가 서서히 모습을 드러냈다.

"으윽……?!"

"어, 어떠냐. 이걸로 내가 진심이라는 걸 알았겠지?! 그러니까, 시도. 나와 같이 목욕—."

"제발 부탁이니까 내 이야기 좀 들어어어어어어엇!"

시도는 목청껏 절규를 터뜨렸다.

"……"

토카가 시도의 방에 가고 15분 정도 흘렀을 즈음. 코토리는 마음이 진정되지 않는지 입에 문 막대 사탕의 막대를 쉴 새 없이 흔들어댔다.

"……코토리. 무릎 좀 떨지 마."

"응? 아, 응……."

코토리는 레이네의 지적을 듣고서야 자신이 막대 사탕의 막대와 같은 리듬으로 무릎을 떨고 있다는 사실을 눈치챘다. 손으로 무릎을 누른 코토리는 어떻게든 마음을 진정시키기 위해 심호흡을 했다.

바로 그때, 낮은 소리를 내면서 여자 방의 문이 열렸다. 아무래도 토카가 돌아온 것 같았다.

"아! 토카! 빨리 왔네. 어떻게 됐어?!"

코토리가 부리나케 고개를 돌리면서 묻자, 토카는 어두운 표정을 지은 채 고개를 좌우로 저었다.

"실패했다. 코토리가 가르쳐준 대로 같이 목욕하자고 유혹해봤는데, 완강하게 거절하더구나……."

"뭐……?!"

코토리는 토카가 침울한 목소리로 한 말을 듣고 전율했다.

"토, 토카와 같이 목욕하는 걸 거절했다는 거야……? 마, 말도 안 돼……."

양손을 부들부들 떠는 코토리의 얼굴에 식은땀이 잔뜩 맺혔다.

참고로 현재 코토리의 머릿속에서는…….

토카가 같이 목욕하자고 제안함. → 평범한 남자라면 기뻐할 일. → 그런데 거절했음. → 시도의 여성 호르몬 때문에 지구가 위험해졌다.

……라는 공포의 방정식이 성립되어갔다.

"아, 안 돼…… 거짓말이지……? 시도……."

"……잠깐만. 그렇게 놀랄 일은 아니지 않아? 평소와 다름없는 반응을 보인 것 같은데……."

레이네가 뭐라고 말했지만 코토리에게는 들리지 않았다. 그녀는 절망에 빠진 채 그 자리에서 무너지듯 주저앉아 손바닥으로 이마를 짚었다.

"코, 코토리! 괜찮으냐?"

"으, 응…… 괜찮아. 이대로…… 포기하진 않을 거야……!"

코토리는 토카의 손을 잡고 일어난 후, 방 안을 둘러보듯 고개를 돌렸다.

"아무튼, 다음! 다음 차례는 누구야?!"

코토리가 그렇게 외치자, 이번에는 요시노가 머뭇거리면서 손을 들었다.

"요시노구나……. 요시노의 시추에이션은……."

"으, 으음…… 『귀엽고 순진무구한 여동생 같은 존재에게, 남들에게는 말할 수 없는 일에 대한 상담을 부탁받은 순간, 배덕(背德)의 불꽃은 격렬하게 타오른다.』……예요."

"좋아, 파이팅! 좀 전에 준 소도구도 꼭 챙겨 가!"

코토리는 그렇게 말하면서 요시노 앞에 놓인 커버를 씌운 책을 손가락으로 가리켰다. 페이지를 펼치기 쉽도록 한가운데 언저리에 책갈피가 꽂혀 있었다.

"아, 예. 그런데, 이 책은, 뭐죠……?"

"그런 건 신경 쓰지 마. 그리고 요시노는 책 안의 내용을 보면 안 돼."

"으, 으음……."

"내가 가르쳐준 대로 하기만 하면 돼. 시도는 여동생이라면 환장하거든!"

"화, 환장……?"

요시노가 당혹스러운 표정을 지었다. 코토리는 자신이 방금 이상한 소리를 한 것 같은 느낌이 들었지만, 지금은 그런 것을 신경 쓸 때가 아니었다. 그녀는 방문을 손가락으로 가리키면서 외쳤다.

"자! 갔다 와, 요시노! 너의 로리틱한 매력으로 시도를 갱생해줘! 아! 그래도 어디까지나 너는 『여동생 같은 존재』야! 『여동생』이 아니라구! 여동생은 바로 나란 말이야!"

"으, 으음……."

"대답 안 해?!"

"아, 알았어요……!"

요시노는 어깨를 부르르 떨면서 대답한 후, 슬리퍼를 끄는 소리를 내면서 시도의 방으로 향했다.

"토, 토카 녀석, 뭐라도 잘못 먹었나……."

겨우 토카를 돌려보낸 시도는 미친 듯이 뛰는 심장을 진정시키면서 숨을 내쉬었다.

조금 전의 토카는 평소와 달라도 너무 달랐다. 또 코토리가 쓸데없는 것을 가르쳐준 것일까……? 만약 그렇다면 나중에 한 소리 하는 편이 좋을지도 모른다.

시도가 미간을 찌푸리며 그런 생각을 하고 있을 때, 또 누군가가 방문에 노크를 했다.

"윽?! 누, 누구야……?"

"저, 저기……."

시도가 입구 쪽을 쳐다보자, 문이 천천히 열리면서 요시노가 고개를 내밀었다.

"뭐야…… 요시노구나. 무슨 일이야? 그런 데 서 있지 말고 안으로 들어와."

"죄송해요. 그, 그럼 실례, 할게요."

『이야~. 벌써 이불을 깔았구나. 시도 군은 성급하다니깐~.』

"……아! 요, 요시농……!"

"어이 어이……."

시도는 『요시농』의 말을 듣고 쓴웃음을 지었다. 요시노는 볼을 새빨갛게 붉히면서 고개를 숙이더니, 머뭇거리면서 시도를 향해 걸음을 옮겼다.

"저, 저기……."

"그래. 무슨 일이야, 요시―."

"오, 오빠……."

요시노의 입에서 느닷없이 튀어나온 말을 들은 시도는 말을 멈추고 말았다.

"저, 저기, 나, 오빠에게 부탁이 있……어."

"자, 잠깐만. 그것보다 왜 나를 오빠라고 부르는 거야……?"

요시노는 시도의 질문에 대답하지 않고 옆구리에 끼고 있던 책을 펼쳐서 시도에게 보여줬다.

"저, 저기, 오빠. 이거, 대체 뭐 하고 있는 장면이야……? 설명 좀, 해줘."

"응? 이건……."

요시노가 내민 책의 지면을 본 시도는― 숨을 삼켰다.

그것도 그럴 것이, 그 책에는 실오라기 하나 걸치지 않은 채 포옹하고 있는 남녀가 실려 있었던 것이다.

"요, 요시노……? 그, 그 책, 대체 어디서 났어……?"

얼굴에 식은땀이 맺힌 시도는 떨리는 손가락으로 책을 가리켰다.

"어……?"

그런 시도의 반응에서 위화감을 느낀 요시노는 자신이 펼쳐 든 책의 지면을 보았고― 다음 순간, 그녀의 얼굴이 새빨갛게 달아올랐다.

"아, 저기, 그게, 이건……!"

책을 놓친 요시노는 허둥지둥 양손을 내저었다.

"아, 아니에요. 이건…… 그러니까, 저, 저는 그저, 시도 씨가 남자의 좋은 점을 알아줬으면 해서……!"

"나, 남자의 좋은 점……?"

시도는 요시노의 말을 듣고 눈썹을 살짝 찌푸렸다. 그러자 더 당황했는지 요시노의 눈이 빙글빙글 돌았다.

"저, 저기, 그게 아니라, 으음…… 저, 저는 시도 씨에게는, 남자가 어울린다고 생각해서……! 시, 시도 씨도, 남자가…… 좋죠……?"

"아, 아니, 그게…… 솔직히 그건 좀 거부감이 든다고나 할까……."

불길한 상상을 한 시도의 볼이 희미하게 떨렸다.

"……아!"

그 모습을 본 요시노는 아연실색한 표정을 지었다. 그리고 책을 방에 둔 채 밖으로 나가버렸다.

"대, 대체 무슨 일이야……."

시도는 어딘가로 뛰어가는 요시노의 발소리를 들으면서 망연자실한 목소리로 중얼거렸다.

두 번째 자객을 보내고 10분 정도가 흘렀을 즈음. 요시노가 여자 방으로 돌아왔다.

"하아, 하아……."

당황한 기색이 역력한 요시노의 볼은 홍조를 띠고 있었으며, 여기까지 쉬지 않고 뛰어왔는지 호흡도 거칠었다.

코토리는 그 모습을 보고 주먹을 쥐었다.

"요시노, 어떻게 됐어?! 혹시 시도가 본능에 몸을 맡기면서 너를 덮친 거야?!"

"……왜 그렇게 기뻐하는 거야?"

방 안쪽에서 레이네의 목소리가 들렸다. 그 말을 듣고 놀란 코토리는 표정을 굳히면서 요시노를 바라보았다.

그 사이 호흡을 진정시킨 요시노가 고개를 절레절레 저었다.

"아니…… 저기…….

그리고 요시노는 송구스러워하듯 고개를 푹 숙였다.

"저, 너무 당황한 나머지……. 시도 씨에게, 시도 씨는 남자가 어울린다고…… 말해버렸어요."

"뭐?! 그…… 그래서? 시도는 뭐라고 했어?"

"그게……『남자는 싫다.』고…….

"…………으윽!!"

요시노의 말을 들은 코토리는 그 자리에서 무릎을 꿇었다.

남자는 싫다. → 남자 따위 이제 지긋지긋하다. → 나는 태어날 때 주어진 성별에 얽매이고 싶지 않다. → 언니라고 불러 줄래?

악몽 같은 공식이 코토리의 머릿속을 유린했다.

―아무리 그래도 그렇지, 남들 앞에서 대놓고 밝힐 줄이

야……!

"……아니, 단순히 다른 의미로 받아들였을 뿐인 것 같은데……."

또 레이네가 입을 열었지만, 머릿속이 뒤죽박죽이 되고 만 코토리의 귀에는 들리지 않았다.

"다음! 카구야! 유즈루! 너희 둘이 시도에게 남자의 기쁨을 가르쳐줘!"

코토리는 울먹거리는 목소리로 그렇게 외치며 손가락으로 문을 가리켰다. 그러자 유즈루는 힘차게, 카구야는 힘없이 자리에서 일어났다.

"청부(請負). 맡겨주세요. 유즈루의 테크닉이면 시도 정도는 단숨에 보내버릴 수 있어요."

"……흥. 영 내키지 않는구나. 왜 하필 이런 카드를 뽑아가지고……."

조금 전까지만 해도 의욕을 불태우던 카구야는 불만을 표시하듯 입술을 삐죽 내민 채 말했다.

그럴 만도 했다. 유즈루의 카드는 『절대 무적의 여왕님. 복종하는 기쁨을 가르쳐 주·겠·어.』라고 적혀 있었다. 그리고 카구야의 카드에는 『절대 복종의 암컷 노예. 주인님이 바라는 것이라면 뭐든 하겠어요.』라고 적혀 있었다.

그렇다. 토카, 요시노의 달콤쌉싸름한 시추에이션 공격으로도 흔들리지 않은 시도를 갱생시키기 위해서는 그가 지닌 남자의 본능을 다이렉트하게 자극하는 수밖에 없다!

"자아! 두 사람 다 갔다 와! S와 M의 동시 공격으로 시도의 이성을 붕괴시키는 거야!"

"……붕괴시켜선 안 되잖아."

코토리가 단호한 목소리로 그렇게 외치자, 레이네는 태클을 걸 듯, 차분한 목소리로 그렇게 말했다.

"하아……. 두 사람 다 어떻게 된 거야? 참, 밥 먹을 때 보니 코토리도 좀 이상해 보이던데……."

요시노가 두고 간 책을 어떻게 처리할지 시도가 고민하고 있을 때, 이번에는 노크도 없이 방문이 쾅! 하고 열렸다.

"뭐, 뭐야?"

깜짝 놀란 시도가 고개를 돌리자, 기묘한 2인조가 방 안으로 들어오는 모습이 보였다.

시도는 그 두 사람이 야마이 자매라는 사실을 바로 눈치챘지만…… 문제는 그녀들의 옷차림이었다.

그것도 그럴 것이, 유즈루는 노출도 높은 검은색 가죽옷을 입고, 손에 가죽 채찍을 쥐고 있었다. 카구야는 SM플레이를 하듯 유카타를 걸친 자신의 온몸을 밧줄로 묶고, 목에 개목걸이 같은 것을 찬 채 바닥을 네 발로 기고 있었다.

"뭐…… 너, 너희 지금, 뭐 하고 있는 거야……?"

시도가 망연자실한 표정을 짓자, 야마이 자매가 마치 개와 주인이 된 듯한 걸음걸이로 시도를 향해 다가왔다. 참고로 유즈루는 왠지 즐거워 보였고, 카구야는 시종일관 분통을 터뜨려댔다.

"명령. 시도, 왜 앉아 있는 거죠? 빨리 바닥을 기세요. 당신에게 지배당하는 기쁨을 가르쳐주겠어요."

유즈루는 그렇게 말한 뒤 채찍으로 바닥에 깔린 다다미를 때렸다.

그 뒤를 이어 유즈루의 발치에 엎드려 있던 카구야가 얼굴을 새빨갛게 붉히면서 시도에게 다가가더니, 더듬거리면서 말했다.

"큭…… 저, 저는, 주인님의…… 노예, 예요. 욕망이 이끄는 대로, 그 어떤 명령이라도 내려 주세요……."

말투는 순종적이지만 그녀의 눈은 맹금류를 연상케 할 만큼 날카로웠다. 하지만 그것이 고귀한 신분인 여성을 강제로 복종시키고 있는 듯한 갭을 자아내면서 보는 이의 마음을 술렁이게 만들었다.

"뭐, 뭐 하는 거야……."

하지만 시도는 그런 감정보다 당혹스러움을 더 강하게 느꼈다. 느닷없이 기묘한 복장을 하고 나타난 두 사람의 의도를 이해 못 하고 무심코 뒷걸음질 쳤다.

하지만 유즈루는 눈곱만큼도 부끄러워하지 않으면서 시도의 코앞까지 다가가더니 시도가 입은 유카타의 앞섶을 잡고 그를 지면에 쓰러뜨렸다.

"으윽……!"

"강제. 바닥을 기라고 했을 텐데요. 그리고 카구야는 드러누워서 배를 드러내세요."

"뭐……? 무, 무슨 소리 하는 거야, 유즈루. 그런 짓까지 할 거라고는 한 마디도……."

카구야가 무슨 말을 하려 한 순간, 유즈루가 채찍을 휘둘렀다.

"히익……?!"

"확인. 유즈루의 말이 안 들렸나요? 방금 유즈루가 드러누우라고 했을 텐데요. 한심하기 그지없는 배를 드러내면서 복종의 자세를 취하란 말이에요."

유즈루는 그렇게 말하면서 카구야를 바닥에 눕힌 후, 여며져 있던 유카타의 앞섶을 벌려 그녀의 새하얀 배를 노출시켰다.

"자, 잠깐…… 유, 유즈루!"

"분노. 입 다물라고 했을 텐데요, 카구야. 자아, 시도. 유즈루가 됐다고 할 때까지 카구야의 배꼽을 핥으세요."

""뭐……?!""

시도와 카구야의 목소리가 겹쳐졌다.

하지만 그 목소리가 들리지 않는지, 유즈루는 볼을 붉힌 채 하아~ 하아~ 하고 거친 숨을 내쉬었다.

"황홀. 하아, 하아……. 유즈루의 명령을 받은 시도가 카구야의 배꼽을……. 후후, 굴욕적인 자세를 취한 채, 시도에게 배꼽을 애무당하는 카구야의 치욕에 물든 얼굴도 정말 끝내줄 것 같군요. 자아, 빨리해요……!"

유즈루는 흥분에 찬 목소리로 그렇게 말하며 시도의 머리를 카구야의 배 쪽으로 들이밀었다.

"자, 잠깐만! 이건 너무 심하잖아, 유즈루!"

"어, 어이, 유즈루?! 아무리 그래도 이건 좀—."

"무시. 자아. 너무 걱정하지 마세요. 시도. 카구야의 배꼽은 정말 달콤하답니다. 자아, 빨리 해보세요."

유즈루는 두 사람의 말을 무시하고 시도의 머리를 잡은 손에 더욱 힘을 줬다.

시도의 얼굴이 카구야의 배에 점점 가까워지자, 그의 숨결이 그녀의 배꼽을 쓰다듬었다. 그 순간, 카구야가 "꺄앗……." 하고 달콤한 목소리를 냈다.

"희열. 봐요. 말은 저렇게 해도 카구야도 기뻐하고 있잖아요. 자아, 돼지끼리 사이좋게 지내세요. 자아, 빨리—."

""적·당·히— 해애애애앳!""

20분 후. 여자 방으로 돌아온 카구야와 유즈루는 방을 나설 때와는 배역이 정반대였다.

복장은 두 사람 다 갈 때와 같았지만, 화가 잔뜩 난 카구야는 손에 채찍을 쥐고 있었고, 유즈루는 목에 개목걸이를 찼다.

"……무, 무슨 일이 있었던 거야?"

"흥. 실은 이러쿵저러쿵 되고 말았느니라."

언짢은 표정을 지으며 팔짱을 낀 유즈루는 남자 방에서 있었던 일의 전말을 간단하게 설명했다.

"반성. 지나친 권력은 인간을 미치게 해요."

유즈루는 반성을 하는 것인지 안 하는 것인지 알 수 없는 목소리로 그렇게 말했다. 두 사람의 말을 들은 코토리는 땅이 꺼져라 한숨을 내쉬면서 이마에 손을 댔다.

"정말…… 대체 뭐 하다 온 거야. ……그런데, 시도가 다른 말은 안 했어?"

설령 당초에 원했던 결과를 얻지 못했다고 해도, 야마이 자매의 요염한 공격에 시도가 약간이나마 반응을 했다면…… 하는 희망에 매달리면서 코토리는 물었다.

그러자 카구야와 유즈루는 잠시 동안 생각에 잠긴 후, 동시에 무언가가 생각난 듯한 표정을 지으며 고개를 끄덕였다.

"다른 말…… 아, 그러고 보니 하긴 했었느니라."

"동의. 그러고 보니 〃나는 여자애에게 괴롭힘당하면서 기뻐하는 취미도, 여자애를 괴롭히면서 기뻐하는 취미도 없어!〃라고 말했던 것도 같아요."

"뭐…… 뭐라고……?!"

코토리는 두 사람의 증언을 듣고 눈을 치켜떴다.

여자애에게 괴롭힘당하고 기뻐하는 취미도, 여자애를 괴롭히면서 기뻐하는 취미도 없다. → 남자에게 괴롭힘당하고 싶다. 남자를 괴롭히고 싶다.

분명 그런 뜻이리라.

코토리의 머릿속에서는, 몸에 딱 달라붙는 가죽옷을 입은 우락부락 남자들과 에로틱하게 뒤엉켜 있는 시도의 모습이 재생되고 있었다.

"마, 말도 안 돼······. 거기까지 타락해버리다니······."

약간 방향성이 달라진 것 같은 느낌이 들었지만, 그쯤은 사소한 문제다. 시도가 잘못된 길로 들어서고 말았다는 것은 이제 의심할 여지가 없었다.

"······어떤 상상을 하는 건지는 모르겠지만, 아무래도 착각을 한 것 같네."

레이네가 차분한 목소리로 말했다. 하지만 코토리에게는 그 말이 들리지 않았다.

코토리는 머리를 헝클어뜨린 후, 토카, 요시노, 야마이 자매가 뽑았던 카드를 전부 쥐면서 어금니를 깨물었다.

이렇게 되면····· 최후의 수단을 쓸 수밖에 없다.

"이렇게 되면····· 내가 나서는 수밖에 없겠네."

코토리는 자리에서 일어나더니 자신의 머리카락을 묶은 리본에 손을 대면서 문으로 향했다.

"좋아. ······『피가 섞이지 않은 여동생』이야말로 최강의 속성이라는 것을 가르쳐주겠어."

"하아…… 대체 뭐가 어떻게 된 거야……."

야마이 자매를 쫓아낸 시도는 그제야 한숨 돌렸다.

대체 다들 왜 저러는 것일까. 다들 정말 이상했다. 아무래도 나중에 코토리나 레이네에게 무슨 일이 있는 것인지 확인해봐야겠다는 생각이 들었다.

시도가 그런 생각을 하고 있을 때, 또 문이 열리더니 이번에는 코토리가 들어왔다.

"에잇!"

방에 들어온 코토리는 시도의 이부자리를 향해 다이빙을 감행했다.

"아하하하하하! 폭신폭신~!"

"코토리?"

조금 전까지의 코토리와 달라도 너무 다른 그 모습을 본 시도는 약간 놀랐지만…… 곧 그 이유를 눈치챘다.

코토리의 머리에 한 리본 색깔이 검은색에서 흰색으로 바뀌어 있었던 것이다.

자기 자신에게 강력한 마인드 세팅을 건 코토리는 리본의 색깔에 따라 성격이 180도 바뀌었다.

왜 이 타이밍에 흰색 리본을 하고 나타난 것인지는 모르겠지만…… 그것보다 더 신경 쓰이는 일이 있었기에 시도는 코토리를 바라보면서 입을 열었다.

"저기, 코토리. 좀 전에 토카와 다른 애들이 차례차례 내 방에 와서 영문 모를 소리를 하고 갔는데…… 너 혹시 걔들이 왜 그랬는지 알아?"

"으음~ 몰라. 나는 여자 방이 너무 시끄러워서 도망 나온 것뿐이거든~."

"응? 그래?"

"맞아~. 그러니까 이 방에서 좀 쉬었다 갈래~. 그래도 돼?"

"아…… 그거야 당연히 괜찮지만……."

"만세~! 고마워~ 오빠~."

코토리는 환한 미소를 지으면서 그대로 이부자리 위에 드러눕더니, 가지고 온 핸드폰을 만지작거리기 시작했다.

그리고 3분 정도 흘렀을 즈음, 코토리가 핸드폰 화면을 바라보면서 태연한 목소리로 말했다.

"참, 오빠. 이 여관의 노천탕, 엄청 끝내줬지~?"

"응? 아, 그래. 물 온도도 적당하고, 바다도 한눈에 들어와서……."

"뭐~?!"

그 말을 들은 코토리가 이부자리에서 벌떡 일어나더니 시도의 팔을 잡았다.

"너~무~해~! 여탕은 울타리 때문에 바다가 안 보였는데~!"

"뭐? 너, 여탕도 오션 뷰라고 안 했어?"

"그런 말 안 했어~! 너무해, 너무해~! 오빠만 오션 뷰를 즐기고, 너무해~!"

"아, 아니, 그게 말이야……."

시도가 난처한 표정을 지으면서 볼을 긁적이자, 코토리가 시도의 팔을 잡아당겼다.

"한 번 더 목욕할래! 남탕을 혼욕으로 해달라고 해서 오빠도 같이 들어가자!"

"그래, 알았…… 어, 어이, 너 지금 무슨 소리를 하는 거야?!"

반사적으로 고개를 끄덕이려 했던 시도는 고개를 멈추면서 외쳤다.

하지만 코토리는 포기하지 않았다. 그녀는 시도의 팔을 잡아끌면서 말을 이었다.

"괜찮아! 이 여관에는 우리밖에 없다구! 그리고 옛날에는 자주 같이 목욕했잖아~!"

"그, 그건 초등학교 저학년 때 일이라고!"

시도는 그렇게 말하며 미간을 찌푸렸다. 왠지 이런 이야기를 몇십 분 전에도 했었던 것 같은 느낌이 들었다.

하지만 그런 생각은 코토리가 입에 담은 말 때문에 머릿속에서 깨끗하게 사라졌다.

"거짓말~! 이번 달에도 같이 목욕했었어~!"

시도는 코토리의 말을 듣고 깜짝 놀랐다. 그러고 보니 이달 초에 있었던 코토리의 생일날, 집의 전기가 갑자기 나가는 바람에 공포에 질린 코토리가 같이 목욕하자고 말한 적이 있었다.

그때 일을 떠올린 시도는…… 더욱 거세게 고개를 저었다. 그렇다. 그때는 예상했던 것보다 더 성장한 코토리의 몸을 보고 가슴이 뛰고 말았다.

"안 돼, 안 돼, 안 돼! 절대 안 돼! 들어가고 싶으면 혼자 들어가!"

"……으으. 오빠는 여자애와 같이 목욕하기 싫은 거야……?"

"그래! 하기 싫어!"

"…………뭐?!"

시도가 단호한 어조로 그렇게 말하자, 코토리는 눈을 치켜떴다.

"……어? 코, 코토리……?"

코토리가 극심한 충격을 받은 듯한 느낌이 든 시도는 그녀에게 말을 걸었다. 그러자 코토리는 마음을 다잡으려는 것처럼 고개를 저은 후, 다시 이부자리에 드러누웠다.

그리고 조금 전에 요시노가 두고 간 책을 잡더니 페이지를 넘겨봤다.

"아, 그, 그건……!"

시도는 방심한 자신을 저주했다. 왜 저 책을 방치해둔 걸까.

하지만 이미 늦었다. 예의 그 페이지를 펼친 코토리는 해맑은 눈동자로 시도를 쳐다보았다.

"저기 저기~ 오빠. 이 사람들, 뭐 하고 있는 거야?"

"아, 아니, 그게……."

"왠지…… 즐거워 보여. 저기, 오빠. 우리도 이거 해볼까……? 이건 오빠 책이니까, 어떻게 하는지도…… 알지……?"

코토리는 그렇게 말하면서 시도에게 몸을 기댔다.

"으윽……?!"

시도는 미친 듯이 뛰는 심장을 겨우 진정시킨 후, 코토리의 어깨를 잡고 그녀를 떼어냈다.

"……어이, 장난이 너무 심하잖아."

"……윽! 이것도…… 안 통하는 거야……?"

시도가 약간 엄한 목소리로 그렇게 말하자, 코토리는 절망에 빠진 듯한 표정을 지었다.

하지만 코토리는 고개를 저었다. 그리고 책을 내려놓더니 눈에 보이지 않는 속도로 머리카락을 묶은 흰색 리본을 검은색 리본으로 교체했다.

그리고 유카타 안에서 가죽 채찍을 꺼내— 다다미를 향해 휘두르자, 찰싹! 하는 소리가 방 전체에 울려 퍼졌다.

"코, 코토리……?"

"어머, 누가 말해도 된다고 했지? 돼지가 사람 말을 하다니 정말 이상한걸……? 꿀꿀거려야 하는 거 아냐? 응?"

코토리는 방금까지와 인격이 180도 바뀌어 고압적인 말투로 말했다.

"어, 어이. 좀 전부터 뭐 하는 거야. 이상—."

"정말 눈치 없는 돼지네."

그렇게 말한 코토리는 시도의 목덜미를 잡고 바닥에 쓰러뜨려 강제로 엎드리게 했다. 그리고 발로 그의 머리를 꾹 밟았다.

"아하핫! 폼 한번 끝내주네. —자아, 불쌍한 돼지 씨. 내 발을 핥아보렴."

"야, 인, 마……."

코토리에게 머리를 밟힌 시도는 이를 갈았다. 검은색 리본을 한 코토리는 원래 고압적이지만, 그래도 이건 너무 심했다.

"적당히…… 해!"

시도는 고함을 지르면서 코토리에게 밟힌 머리를 들었다.

"우, 와앗?!"

그러자 코토리는 균형을 잃고 그 자리에서 쓰러졌다. 하지만―.

"아, 아야야야야. 우, 우왓, 이게 뭐야~."

코토리가 연기 톤으로 그렇게 말했다. 그녀를 향해 고개를 돌린 시도는 그대로 입을 쩍 벌렸다.

코토리는 시도를 향해 엉덩이를 쭉 내미는 듯한 자세로 쓰러져 있었다. 게다가 쓰러지면서 유카타가 흐트러졌는지 속옷이 언뜻언뜻 보였다. 그뿐만 아니라 쓰러지는 도중 채찍이 양손에 얽히면서 코토리의 자유를 빼앗았다. 솔직히 말해 부자연스럽기 그지없었다.

"코, 코토리……?"

"꺄앗! 지배자와 노예가 뒤바뀌고 말았어! 부끄러워 죽겠는데 움직일 수가 없단 말이야! 대, 대체 무슨 짓을 하려는 거야?! 자유를 빼앗기고 만 피가 섞이지 않은 여동생에게 무슨 짓을 하려는 거냐구!"

코토리가 시도의 반응을 살피면서 말했다. 여러 가지 의미에서 난처해진 시도는 그 자리에 멍하니 서 있었다.

그러자 안달이 난 코토리가 엉덩이를 흔들면서 뒷걸음질로 시도에게 다가가다— 그 자리에서 얼어붙었다.

"응……?"

시도가 코토리를 바라보니, 그녀의 얼굴 언저리에 목욕을 하기 전에 시도가 입었던 옷이 놓여 있었다. 그러고 보니 아직 가방에 넣지 않았다.

"…………윽!"

무언가를 눈치챈 코토리는 옷의 냄새를 맡은 후—.

"…………오."

"오?"

"오빠 바보오오오오오오오오오옷!"

—엄청난 절규를 토하면서 순식간에 손을 묶고 있던 채찍을 풀더니, 도망치듯 방에서 나가버렸다.

—최악이야! 최악이야! 최악이야!

코토리는 복도를 달리면서 마음속으로 몇 번이나 그렇게 외쳤다.

시도의 여성화(女性化)는 코토리가 예상했던 것보다 훨씬 심각한 수준에 도달해 있었다. 토카, 요시노, 야마이 자매의 유혹에도 흔들리지 않았을 뿐만 아니라, 코토리의 필살 피가 섞이지 않은 여동생 팬티 노출 작전에도 흥미를 보이지 않았다.

그리고 결정타는— 시도의 옷에서 나는 냄새였다.

그렇다. 방금 코토리가 그 옷에 얼굴을 묻은 순간…… 인정하고 싶지는 않지만, 여자 냄새가 그녀의 코를 찔렀다. 코토리는 이제 어떻게 하면 좋을지 감조차 오지 않았다.

　그녀는 여자 방의 문을 난폭하게 열어젖힌 후 그대로 자신의 이부자리에 다이빙하더니, 오열에 가까운 신음 소리를 내기 시작했다.

　"으…… 으으으…… 거, 거짓말이야…… 거짓말이라구…….
이건 꿈…… 악몽이 틀림없어……."

　코토리가 잔혹한 현실에 짓눌리고 있을 때, 누군가가 그녀의 등을 부드럽게 쓰다듬어줬다. ―레이네였다. 고개를 돌려보니 다른 소녀들도 걱정스러운 눈빛으로 코토리를 바라보고 있었다.

　"으음. 코토리, 대체 무슨 일이냐."

　"좀 전부터…… 왠지 좀, 이상해 보였어요……."

　"크큭. 뭔가 고민이 있다면 말해 보거라. 우리가 순식간에 해결해주겠노라."

　"동감. 무슨 일이 있는 건지는 모르겠지만, 털어놓으면 마음이 편해질 거예요."

　"다들……."

　코토리는 코를 훌쩍인 후, 체념하듯 한숨을 내쉬었다.

　가능하면 비밀리에 처리할 생각이었지만, 더는 혼자 끌어안고 있을 수 없었다. 결국 코토리는 다른 이들에게 시도의 비밀을 이야기했다.

"……그렇게 된 거야."

"마, 맙소사……."

코토리의 말을 들은 소녀들은 마른침을 삼키며 얼굴을 긴장으로 가득 채웠다.

하지만 그녀들이 느끼는 긴장을 갈가리 찢듯, 레이네가 차분한 목소리로 말했다.

"……무슨 말인지는 알았어. 하지만 솔직히 말해 믿기지가 않는걸."

"나도…… 믿고 싶지 않았어. 하지만— 보고 말았단 말이야! 그리고 일련의 작전들이 실패로 돌아갔다는 게, 내 짐작을 뒷받침하고 있잖아……!"

"……저기, 그것들을 판단 재료로 삼아서는 안 된다고 생각하는데……."

레이네는 볼을 긁적이면서 말을 이었다.

"……아무튼, 코토리. 네가 본 것은 시도의 옷가지와 함께 바닥에 흩어져 있는 여자 속옷이지, 신이 그걸 착용한 모습을 본 것은 아니지? 그렇다면 신이 그걸 진짜로 입었는지 확인한 후에 비관해도 늦지 않을 것 같은데?"

"확인한…… 후에……."

코토리는 그 말을 듣고 미간을 모았다.

확실히 레이네의 말도 일리가 있었다. 다행인지 불행인지 현재 그들은 여관에 묵고 있었다. 한밤중에 시도의 방에 숨어들어가 그가 입은 속옷을 확인하는 것은 불가능한 일이 아니었다.

하지만 만약 시도의 유카타 안에— 브래지어와 여자 팬티가 존재할 경우, 코토리는 염열(炎熱)의 악귀가 되어 이 일대를 불바다로 만들지도 모른다.

하지만. 코토리는 고개를 내저었다.

"……좋아. 해보자. 이대로 아무것도 하지 않고 꾸물대는 건 나답지 않아."

정령들은 코토리의 말을 듣고 동시에 고개를 끄덕였다.

—심야 세 시. 파도 소리와 벌레 소리만이 들리는 여관의 복도를, 코토리, 토카, 요시노, 카구야, 유즈루, 다섯 사람이 숨소리를 죽인 채 걷고 있었다.

그들이 향하는 곳은 물론 시도의 방이다. 잠에 빠진 시도의 유카타를 들춰, 그가 입은 속옷이 무엇인지 확인하는 것이 그녀들의 목적이었다.

"으음, 왠지…… 가슴이 두근거리는구나."

"해서는 안 되는 짓을…… 하고, 있는 것, 같아요……."

뒤쪽에서 토카와 요시노의 낮은 목소리가 들렸다. 그 말에 동의하듯, 야마이 자매가 흐흥 하고 코웃음 쳤다.

"크큭. 하긴, 꽤나 엉큼한 짓을 하러 가고 있으니 가슴이 두근거리는 것도 무리는 아닐 게야."

"긴장. 방에 몰래 숨어들어가 옷을 벗기는 건 명백한 범죄

행위예요."

"쉿. 다 왔으니까 조용히 해."

코토리는 손가락 하나를 세우면서 다른 이들을 조용히 시킨 후, 품속에서 마스터키를 꺼내 가능한 한 소리가 나지 않게 방문을 열었다.

"……자, 들어가자. 소리 안 나게 조심해."

코토리는 그렇게 말하면서 문을 열더니, 슬리퍼를 벗고 방 안으로 들어갔다. 그 뒤를 이어 토카, 요시노, 카구야, 유즈루도 방 안으로 들어갔다.

그리고 어둑어둑한 방 안을 가로지른 그녀들은― 시도가 자고 있는 것으로 짐작되는 이부자리 앞에 도착했다. 이불을 머리까지 뒤집어쓰고 있지만, 몸을 뒤척이는지 때때로 이불이 흔들렸다. 시도는 분명 이 이불 안에 있으리라.

"……."

이불 앞에 선 코토리는 마른침을 꿀꺽 삼켰다.

지금부터 해야 하는 행동 자체는 그렇게 어렵지 않았다. 이불을 걷고, 유카타를 들춰, 시도가 입은 속옷을 확인하기만 하면 된다.

하지만 그곳에 잔혹한 현실이 존재할지도 모른다는 가능성 때문에, 코토리는 한동안 꼼짝도 하지 못했다.

그러나 지금 이곳에는 그런 코토리의 어깨를, 등을, 살며시 밀어주는 소녀들이 있다. 그녀들은 코토리에게 용기를 주려는 것처럼 힘차게 고개를 끄덕였다.

"다들……."

코토리는 그녀들을 바라보며 마주 고개를 끄덕인 후, 한쪽 무릎을 꿇으면서 이불을 향해 손을 뻗었다.

그녀들이 하려는 짓은 변태나 이상 성욕자들이나 할 법한 짓이었다. 하지만 당사자들에게 있어 이것은 숭고하고 경건한 결의에 찬 행위였다.

코토리는 손에 힘을 주면서 천천히 이불을 걷어 올렸다.

가장 먼저 모습을 드러낸 것은 다리였다. 엎드려서 자는지, 그의 발바닥은 하늘을 보고 있었다.

코토리는 계속 이불을 걷어 올렸다. 몸부림을 치다 유카타가 흐트러졌는지 무릎, 허벅지가 훤히 모습을 드러내고 있었다.

"……윽!"

그리고 각오를 다진 코토리는 이불을 더욱 걷어 올렸다.

그러자—.

"거—짓말……."

코토리는 아연실색한 표정을 지었다.

드디어 모습을 드러낸 하복부. 그곳을 감싼 것은 시도가 애용하는 복서팬티가 아니라— 순백색의 여성용 팬티였다.

"——, ——, ——."

발작이라도 일어난 것처럼 폐 안의 숨이 히익, 히익 하는 소리를 내면서 코토리의 입 밖으로 흘러나왔다.

이걸로 확정됐다. 더는 부정하고 싶어도 부정할 수 없다. 시도는…… 여사애가 되고 싶어 하는 것이다.

머릿속이 뒤죽박죽으로 뒤엉키는 느낌이 들었다. 눈앞이 흐려지면서 평행 감각을 잃고 말았다. 눈앞의 현실을 부정하려는 것처럼, 코토리의 의식은 어둠 속으로 빠져들—.

"……음? 이 냄새는……."

바로 그때. 토카가 코를 킁킁거렸다.

"코토리, 잠시 실례하겠다."

"뭐……?"

코토리가 망연자실한 표정을 지은 채 서 있을 때, 토카가 코토리가 쥔 이불을 잡더니 단숨에 걷어 올렸다.

그러자…….

"으음…… 으으……."

악몽이라도 꾸는지 신음을 흘리고 있는 시도와…….

"……."

태연한 얼굴로 시도의 몸 위에 드러누워 있는 속옷 차림의 토비이치 오리가미의 모습이 보였다.

"토, 토비이치 오리가미……?!"

코토리는 새된 목소리로 그렇게 외쳤다. 그러고 보니— 시도의 여성화 문제 때문에 깜빡했는데, 저 여자가 이 여관에 잠입해 있었다.

그리고 코토리는 눈치챘다. 그녀가 입은 속옷. 그것은 코토리가 남탕 탈의실에서 본 여성용 속옷과 동일했다.

"아—."

머릿속에서 퍼즐이 맞춰지는 느낌이 들었다. 어쩌면 코토리는 엄청난 착각을 한 걸지도—.

"이 녀석! 네가 왜 여기 있는 것이냐?! 빨리 시도에게서 떨어져라!"

하지만 코토리는 토카의 고함 소리를 듣고 생각을 중단할 수밖에 없었다.

그렇다. 지금 신경 써야 할 것은 그것이 아니다. 시도의 이불 안에 수상한 여자가 몰래 숨어든 것이다. 경찰을 불러도 이상하지 않을 사태가 눈앞에 펼쳐져 있었다.

하지만 당사자인 오리가미는 기가 죽기는커녕 태연하기 그지없는 얼굴로 다른 소녀들을 바라보면서 말했다.

"한밤중에 남자 방에 몰래 들어오다니, 불결해."

"너한테 그런 소리를 할 자격이 있다고 생각하는 것이냐?! 아무튼, 시도에게서 떨어져라!"

토카는 고함을 지르면서 오리가미의 팔을 잡기 위해 손을 뻗었다.

그 순간, 오리가미가 이불 안쪽에 숨겨둔 수류탄을 꺼내 핀을 뽑더니 다른 소녀들을 향해 던졌다.

"아니……."

다음 순간, 수류탄에서 엄청난 양의 연막이 뿜어져 나와 방 전체를 뒤덮었다.

"이— 이건……?!"

"아, 아무것도 안 보여요……!"

"큭, 이게 무슨 짓인 게냐?!"

"감탄. 콜록, 콜록."

정령들은 다들 낭패한 기색을 보였다. 그 뒤를 이어 이번에는 방 안쪽에 있는 창문이 깨지는 소리가 들리더니, 방 안의 연기가 밖으로 빨려나가듯 옅어졌다.

하지만— 코토리 일행이 시야를 되찾았을 즈음에는, 방 안에서 시도와 오리가미의 모습을 찾아볼 수 없었다.

"시, 시도?!"

"코토리! 저쪽이다!"

창가를 향해 뛰어간 토카가 그렇게 외쳤다. 그녀가 가리키는 곳을 보니, 반라 상태의 오리가미가 시도를 안아 든 채 소형 행글라이더로 활강하고 있는 모습이 눈에 들어왔다. 마치 애니메이션에 나오는 괴도를 연상케 하는 도주 방식이었다.

"맙소사…… 어느새 저기까지……."

미간을 찌푸린 코토리는 인터컴을 통해 〈프락시너스〉에 지시를 내리려 했다. 하지만— 오리가미를 〈프락시너스〉에 들일 수는 없는 데다, 바다 위에 떠 있는 행글라이더를 격추할 수도 없었다.

코토리가 어떻게 할지 고민하고 있을 때, 옆에 있는 토카의 몸이 옅은 빛을 뿜기 시작했다.

토카가 입은 유카타의 주위에 옅은 빛으로 된 막이 생겼다. 영장(靈裝). 정령을 정령답게 해주는, 절대적인 갑옷이자 성(城). 아무래도 시도가 납치당한다고 하는 쇼킹한 사태를 보는 바람에 토카의 정신 상태가 흐트러진 것 같았다.

"시도를…… 돌려줘어어어어어어어어어엇!"

토카가 고함을 지른 순간, 방 안에 거대한 옥좌가 출현했다. 그리고 그 옥좌의 등받이에 꽂힌 대검이 토카의 손에 쥐어졌다.

"〈오살공(鏖殺公)〉!"
<small>산달폰</small>

"자, 잠깐, 토카—!"

코토리가 말리는데도 불구하고, 토카는 밤하늘을 향해 천사의 일격을 날렸다.

"……에, 에취!"

다음 날 아침. 모두가 한자리에 모여 아침을 먹고 있을 때, 시도가 크게 재채기했다.

"정말 매너 없네. 재채기를 해도 때와 장소를 봐가면서 해."

"으, 응……. 미안."

코토리의 말을 들은 시도는 미안해하면서 그렇게 말한 후, 미간을 살짝 찌푸렸다.

"저기, 물어볼 게 몇 개 있는데 말이야."

"뭔데?"

"……나, 왜 감기 걸린 거야?"

"그, 그걸 내가 어떻게 알아. 자다 이불을 걷어찬 거 아냐?"

"……그럼 왜 온몸에 상처가 난 거야?"

"그, 글쎄? 잠버릇이 고약해졌다든가?"

"……그리고 오늘 아침에 깨어난 방과 어젯밤에 있었던 방이 다른 것 같은 느낌이 드는데……."

"그, 그렇지 않아. 아직 잠이 덜 깼나 보네?"

"……."

코토리가 끝까지 시치미를 떼자, 시도는 고개를 갸웃거린 후 테이블 구석을 손가락으로 가리켰다.

"……그럼 왜 오리가미가 여기 있는 거야?"

그렇다. 그곳에는 시도와 마찬가지로 붕대와 반창고로 온몸을 휘감은 오리가미가 앉아 있었다. 참고로 양손에는 수갑이 채워져 있었고, 허리에도 두꺼운 밧줄이 매여 있었다. 마치 호송 중인 용의자를 연상케 하는 모습이었다.

"신경 쓰지 마."

오리가미가 시도에게 그렇게 말했다.

"……그, 그래?"

본인에게 신경 쓰지 말라는 말을 들은 시도는 더는 아무 말도 할 수 없었다. 그는 당혹스러운 표정을 지으면서 식사를 계속했다.

"……."

그런 시도의 모습을 본 코토리는 남들에게 들키지 않도록 몰래 한숨을 내쉬었다.

결국 어제 일은 전부 코토리의 착각이었다. 코토리가 시도의 것이라고 생각했던 속옷은 오리가미의 것이었으며, 시도는 남성용 팬티를 입고 있었다.

정령들에게 보인 반응도, 나중에 생각해보니 지극히 시도다웠다. 아무래도 시도가 여자애가 되어버릴 거야! 라는 쇼킹한 사태에 직면한 탓에 침착함을 잃고 말았던 것 같았다.

이런 일로 당황해서는 사령관 실격이다. 코토리는 새롭게 각오를 다지면서 밥을 먹었다.

……하지만.

"……왜, 왜 그래?"

코토리의 시선을 느낀 시도는 영문을 모르겠다는 표정으로 그녀를 바라보았다.

"……시도, 뭐 하나만 물어볼게."

"응? 뭔데?"

"너, 여자가 되고 싶다고 생각한 적 없지……?"

"뭐? 갑자기 무슨 소리 하는 거야……?"

"허튼소리 하지 말고 빨리 내 질문에나 대답해."

코토리가 진지한 목소리로 묻자, 시도는 영문을 모르겠다는 듯이 어깨를 으쓱하면서 대답했다.

"뭘 그렇게 당연한 걸 묻는 거야? 당연히 없지."

"……그래."

코토리는 시도의 대답을 듣고 안도의 한숨을 내쉬었다.

시도는 그런 코토리를 보며 눈썹을 살짝 찌푸렸다.

"그런데 왜 그런 걸 묻는 거야?"

코토리는 가볍게 코웃음을 친 후, 시선을 휙 돌리면서 말했다.

"아무 것도 아냐~."

코토리는 시도 때문에 마음고생을 무지막지하게 했다. 물론 시도에게 잘못이 없다는 것을 알고 있기에, 딱히 복수할 생각은 없지만—.

혹시 기회가 된다면 시도에게 여장을 시켜서 마구 놀려줘야겠다고 코토리는 마음속으로 결심했다.

정령 킹게임

KinggameSPIRIT

DATE A LIVE ENCORE 2

거대한 오븐 안에 갇혀 약한 불로 서서히 구워지는 것은, 분명 이런 기분일 것이다.

주위에서 날아오는 날카롭기 그지없는 시선을 받으면서 시도는 그런 생각을 했다.

"으……."

낮은 신음을 흘린 시도는 안구 운동만으로 주위를 둘러보았다.

세 평 정도 되는 공간에는 커다란 테이블이 놓여 있고, 그 주위에 토카, 코토리, 요시노, 카구야, 유즈루, 레이네, 그리고 오리가미가 앉아 있었다. ……그리고 요시노와 레이네를 제외한 전원은 의자에 엉덩이를 붙이고 있기는 했지만 금방이라도 시도에게 달려들 것처럼 몸을 앞으로 숙이고 있었다.

그리고 그녀들은 찬란히 빛나는 눈동자로 시도를 노려보고 있었다. 그녀들의 시선을 한 몸에 받은 시도의 등은 땀으로 범벅이 되었다.

하지만…… 정확하게 말하자면, 그녀들의 뜨거운 시선은 시도를 향하고 있지 않았다.

시도의 손. 그녀들은 그가 쥔 나무젓가락 다발을 주시하고 있었다.

"……윽."

시도는 주위를 지배하는 엄청난 긴장감을 느끼고 마른침을 삼켰다. 하지만 계속 이러고 있을 수는 없었다. 시도는 각오를 다지듯 숨을 삼킨 후, 떨리는 입술을 움직여 그 말을 입에 담았다.

"와, 왕은, 누구냐……!"

―그 순간.

"""이얍!"""

다들 일제히 몸을 앞으로 내밀면서 연못에 던진 고깃덩어리에 몰려드는 피라니아처럼 앞 다퉈 젓가락을 뽑았다.

"우, 우와……!"

눈 깜짝할 사이에 다섯 개의 나무젓가락이 시도의 손안에서 사라졌다. 스피드를 겨루는 경기가 아니지만…… 그녀들에게 그런 말을 해봤자 아무 의미도 없을 것이다.

"으, 으음…… 저도, 뽑을게요."

"······그럼 나는 이걸로 하겠어."

태풍이 지나간 후, 요시노는 머뭇거리면서, 그리고 레이네는 천천히 남은 젓가락을 뽑았다.

"좋았어!"

바로 그때, 토카는 환성을 지르면서 나무젓가락을 힘차게 치켜들었다.

그 나무젓가락에는 『왕』이라는 글자가 적혀 있었다.

"이번에는 내가 왕이다! 각오해라, 토비이치 오리가미······! 원망할 거면 네 평소 행실을 원망하거라!"

토카는 그렇게 말하면서 나무젓가락으로 오리가미를 가리켰다. 하지만 오리가미는 안색 하나 바꾸지 않은 채 토카를 바라보았다.

그 모습을 바라보던 시도는 절망적인 심정을 맛보면서 중얼거렸다.

"······왕게임이라는 게 원래 이런 거였나······?"

여름 방학이 끝나고 며칠이 흘렀을 즈음이었다.

4교시 종료와 점심시간의 시작을 알리는 종이 울리자, 시도는 교과서와 공책을 정리하고 점심 식사 준비를 하려고 했다. 바로 그때, 양옆에 있던 책상이 쿵! 하는 소리를 내면서 시도의 책상과 도킹했다.

"시도! 점심 먹자꾸나!"

"점심시간이야."

칠흑빛 머리카락과 수정 같은 눈동자를 지닌 소녀— 토카가 오른편에서, 인형 같은 외모를 소유한 소녀— 오리가미가 왼편에서 동시에 그렇게 말했다.

서로가 한 말을 들은 두 소녀는 눈썹을 모으며 상대를 향해 날카로운 시선을 보낸 후, 또 동시에 고개를 휙 돌렸다.

뭐랄까, 견원지간인데도 호흡 하나는 끝내주게 잘 맞았다. 그 광경을 옆에서 본 시도는 볼을 긁적이면서 그렇게 생각했다.

토카가 막 전학 왔을 때만 해도 서로 잡아먹지 못해 안달을 냈지만, 시도에게 꾸짖음을 당한 후부터는 두 사람 다 어느 정도는 자제했다. ……하지만 적극적 교전이 냉전으로 변했을 뿐이기에, 시도는 긴장을 풀고 싶어도 풀 수가 없었다.

시도가 식은땀을 흘리면서 도시락(만약에 대비해 토카와는 반찬 종류를 약간 다르게 했다)을 가방에서 꺼낸 순간, 교실 문이 활짝 열리더니 각각 팔짱을 낀 두 소녀가 의기양양한 걸음걸이로 들어왔다.

시도의 옆 반에 재적 중인 쌍둥이 자매, 야마이 카구야와 야마이 유즈루였다.

"크큭…… 호오. 꽤 시끌벅적하다 했더니, 시도와 토카, 오리가미가 아니더냐. 그대들도 오찬을 즐기고 있는 게냐? 그렇다면 우리와 함께 식사를 들지 않겠느냐. 실은 우리도 연옥

에서 꿈틀대는 망자들을 해치우고 식량을 조달해 오는 길이
니라."

"승리. 역시 유즈루와 카구야는 오늘도 최강이었어요. 야마
이 앞에 적은 없어요."

"크큭. 당연한 소리 하지 말거라! 만상(萬象)을 쓸어버리는
구풍의 왕녀 야마이를 막을 수 있는 자가 이 세상에 존재할
리가 없지 않느냐!"

"동의. 맞는 말이에요. 특히 카구야의 오늘 움직임은 정말
멋졌어요. 재빠르면서도 아름다운 그 몸놀림은 카구야만이
할 수 있는 예술이에요."

"아냐 아냐~. 그건 유즈루가 옆에서 도와줬기 때문에 가능
했던 거라구~."

"긍정. 하지만 역시 카구야의 움직임이 좋았기 때문에……."

"그래도 유즈루가 없었으면……."

"부정. 카구야야말로……."

판으로 찍어낸 것처럼 똑같이 생긴 소녀들은 잠시 동안 그
런 대화를 나눈 후, 헤벌쭉 웃으면서 시도를 향해 돌아서더니
가슴을 폈다.

저 자매는 여전히 샘이 날 만큼 사이가 좋았다. 시도는 쓴
웃음을 지으면서 두 사람을 바라보았다.

판으로 찍어낸 것처럼……이라는 표현을 쓰기는 했지만, 그
것은 어디까지나 얼굴에 한정된 이야기다.

틀어 올린 머리카락과 드세 보이는 인상을 지닌 카구야의

슬렌더한 몸매와, 길게 땋은 머리카락과 멍한 표정이 인상적인 유즈루의 육감적인 몸매는 두 사람이 가슴을 활짝 펴자 더욱 비교되었다. 솔직히 말해 카구야가 약간 불쌍해 보였다. ……뭐, 카구야에게는 그녀만의 매력이 있으니 어느 한쪽이 압도적으로 매력적이라고는 말하기 힘들지만 말이다.

한편, 시도가 어떤 생각을 하는지 눈치채지 못한 카구야와 유즈루는 들고 있던 빵이 든 봉투를 내밀었다.

카구야의 봉투에는 멜론 빵과 완두콩 앙금 팥빵, 딸기 우유가 들어 있었고, 유즈루의 봉투에는 참치 샌드위치와 카레 빵, 커피 우유가 들어 있었다.

"아, 오늘도 매점에 갔었구나."

시도의 말을 들은 카구야와 유즈루는 힘차게 고개를 끄덕였다.

얼마 전, 시도는 도시락을 준비하지 못한 두 사람을 매점에 데리고 간 적이 있었다. 그 후, 두 사람은 매점이 마음에 들었는지 최근 들어서는 매일같이 빵으로 점심을 해결했다.

"그건 그렇고 꽤 빨리 왔네. 점심시간 종이 울리고 얼마 지나지 않았잖아."

"크큭, 용병(用兵)은 신속함을 중히 여긴다는 말이 있지 않느냐. 지고의 일품을 얻기 위해서는 속도가 중요하니라."

"동의. 하지만 오늘 적은 꽤 강했어요."

유즈루가 한숨을 내쉬면서 말했다.

그 말을 들은 시도는 드문 일도 다 있다는 생각에 눈을 동

그렇게 떴다.

"대체 누군데? 매점 사천왕에 새로운 멤버라도 추가된 거야?"

시도의 말을 들은 두 소녀는 고개를 저었다.

"아니, 오늘 상대는 바로 매점 점주였느니라. 가진 돈이 없어서 외상을 부탁했다만 좀처럼 들어주지 않았지."

"동의. 나이에 비해 잽싸서 따돌리느라 고생했어요."

"뭐……?!"

두 사람의 말을 들은 시도는 깜짝 놀라고 말았다.

"너, 너희 둘…… 설마, 돈 안 낸 거야?!"

"외상을 했다고 방금 말했지 않느냐."

"동조. 내일 갚을 거예요."

시도는 두 사람의 머리에 꿀밤을 날렸다.

"아얏!"

"경악. 으윽."

카구야와 유즈루가 머리를 감싸 쥐면서 짧은 비명을 토했다.

"뭐, 뭐 하는 거야~?!"

"불복. 설명을 요구하겠어요."

"외상이라는 건 상대가 허락하지 않으면 성립하지 않는 거라고! 자, 내가 대신 내줄 테니까 따라와! 같이 사과하러 가자!"

"으윽~."

"불만. 으으~."

야마이 자매는 불만을 표시하듯 입술을 삐죽 내밀면서도 순순히 시도의 뒤를 따랐다.

　시도는 땅이 꺼져라 한숨을 내쉰 후, 토카와 오리가미를 향해 고개를 돌렸다.

　"······들었지? 나는 매점에 갔다 올 테니까, 먼저 식사······."

　"음?"

　"······."

　시도는 토카와 오리가미의 시선을 동시에 받고 말을 멈췄다.

　······냉전 상태인 토카와 오리가미를 단둘이 두고 가려니, 너무나도 불안했다.

　시도는 교실을 둘러보다— 벽 근처 자리에 모여 있는 이들을 발견했다.

　"······야마부키, 하자쿠라, 후지바카마!"

　시도가 이름을 부르자, 담소를 나누던 여자 클래스메이트들— 야마부키 아이, 하자쿠라 마이, 후지바카마 미이가 동시에 그를 쳐다보았다.

　"응? 뭐야?"

　"무슨 일이야?"

　"이츠카 군이 우리한테 먼저 말을 걸다니, 별일이 다 있네~."

　"잠시 자리 비울 테니까 그 동안 토카의 말상대가 되어주지 않겠어? 부탁해!"

　시도는 그렇게 말한 후, 야마이 자매를 데리고 걸음을 옮겼다.

    ……카구야와 유즈루에게 상대의 동의를 얻으라고 설교한 직후지만, 어쩔 수 없었다. 매점 아주머니가 선생님에게 이 일을 이야기했다간 최악의 경우 야마이 자매가 정학 당할 가능성도 있었다. ……뭐, 그렇게 되더라도 〈라타토스크〉가 손을 쓰겠지만 말이다.

"앗, 시도!"

"……"

"우와, 자기 말만 하고 가버렸어~!"

"설명이라도 해주고 가~!"

"우리는 몸값이 비싸단 말이야~!"

    시도는 등 뒤에서 들려오는 토카와 세 소녀의 목소리를 들으면서 교실을 나섰다.

"정말…… 부탁을 할 거라면 설명이라도 제대로 해줘야 할 거 아냐."

"맞아, 맞아~. 뭐, 토카 상대라면 얼마든지 해주겠지만 말이야~."

"그래도 이츠카 군이 우리를 멋대로 부리려고 하는 게 마음에 안 들어~."

    시도가 야마이 자매를 데리고 교실에서 나간 후, 아이, 마이, 미이 트리오는 불평을 늘어놓으면서도 토카를 향해 걸음을 옮겼다. 그리고 토카와 그녀 옆의 옆자리에 앉은 오리가미를 보고 어떻게 된 영문인지 눈치챈 그녀들은 쓴웃음을 지었다.

"아하…… 그렇게 된 거구나."

"뭐, 단둘이 있게 할 수는 없었겠지……."

"야·토 전쟁 발발의 위기~."

그렇게 말하면서 빈 의자를 가지고 온 세 사람은 토카를 둘러싸듯 앉았다.

"그런고로 토카. 이츠카 군이 돌아올 때까지 우리랑 이야기나 안 할래~?"

"그건 그렇고, 이츠카 군도 너무하네~. 토카를 내버려 두고 가버렸잖아~."

"용서 못 해. 돌아오면 다리 찢기 형벌에 처해야지."

세 사람의 말을 들은 토카는 괜찮다는 듯이 고개를 좌우로 저었다.

"아니…… 나는 시도의 입장을 이해한다. 시도는 해야 할 일이 많으니까 나만 신경 쓸 수는 없을 거다."

토카의 말을 듣고 감격한 세 사람은 눈물을 글썽거리면서 토카를 덥석 끌어안았다.

"으, 으음?!"

느닷없이 세 소녀에게 포옹 당한 토카는 무심코 비명에 가까운 목소리를 내고 말았다. 하지만 아이, 마이, 미이는 포옹을 풀기는커녕, 토카와 볼을 비비며 더욱 세게 끌어안았다.

"아앙, 토카는 정말 좋은 애라니깐!"

"그래도 무리하지는 마!"

"응! 여자애에게는 제멋대로 행동할 권리가 있어!"

"하, 하지만 나는 시도에게 폐를 끼치고 싶지 않다."

토카의 말을 들은 세 소녀는 고개를 끄덕이면서 포옹을 풀었다.

"그래도 이츠카 군에게 어리광 부리고 싶기는 하지?"

"그, 그건……."

말끝을 흐린 토카는…… 볼을 희미하게 붉히면서 고개를 끄덕였다. 그 순간, 아이, 마이, 미이가 꺄아~ 하고 새된 비명을 질렀다.

그리고 동그랗게 둘러선 세 소녀는 잠시 동안 소곤거린 후, 씨익 웃었다.

"그럼 토카에게 비장의 방법을 가르쳐줄게."

"이 방법을 쓰면 이츠카 군에게 얼마든지 어리광 부릴 수 있어."

"이츠카 군이 뭐든 다 해줄 거야!"

"뭐…… 그, 그런 방법이 있는 것이냐?!"

토카가 경악을 금치 못하면서 눈을 치켜뜨자, 세 소녀는 자신만만한 표정을 지으며 고개를 끄덕였다. 그 순간, 지금까지 아무런 반응도 보이지 않던 오리가미의 귀가 쫑긋했지만…… 세 소녀가 말한 비장의 방법에 정신이 팔린 토카는 신경 쓰지 않았다.

"저기, 그 방법은 말이야—."

아이, 마이, 미이는 자신만만한 미소를 지으면서 그 방법을 토카에게 전수해줬다.

"하아……. 앞으로는 이런 짓 하지 마."

교실을 나서고 15분 정도 흘렀을 즈음. 매점 아주머니에게 손이 발이 되게 빈 끝에 이 사태를 겨우 수습한 시도는 계단을 올라가면서 한숨을 내쉬었다.

"크큭. 수고했노라, 시도. 내 친히 칭찬해주마."

"동감. 수고 많았노라, 예요."

카구야와 유즈루는 시도의 뒤를 따르며 그렇게 말했다. 그녀들의 말을 들은 시도는 눈썹을 살짝 찌푸리면서 뒤쪽을 노려보았다.

"잘못했어요, 는?"

"……으음, 잘못했도다."

"반성. 앞으로는 이런 짓 안 할게요."

야마이 자매는 시도의 말을 듣고 순순히 고개를 숙였다. 시도는 머리를 긁적이면서 교실 문을 열었다.

시도의 책상 주변에는 토카와 오리가미, 그리고 아이, 마이, 미이가 있었다. 아무래도 토카와 오리가미가 다투지는 않은 것 같았다. 시도는 가슴을 쓸어내리면서 자신의 자리를 향해 걸음을 옮겼다.

바로 그때, 시도를 본 토카가 환한 표정을 지으며 자리에서 일어났다.

"시도!"

"응. 기다리게 해서 미안, 토카."

그렇게 말하면서 아이, 마이, 미이 쪽을 쳐다본 시도는 감사의 뜻을 표하듯 손을 가볍게 흔들었다. 그러자 세 사람은 불만 섞인 표정을 짓기는커녕, 뭔가 꿍꿍이가 있는 듯한 미소를 지었다.

"어……?"

시도는 그 미소를 보고 고개를 갸웃거렸지만, 그녀들에 대한 생각을 더는 할 수 없었다.

시도의 눈앞까지 온 토카가 힘찬 목소리로 말을 걸었기 때문이다.

"저기, 시도. 왕게임이라는 걸 아느냐?!"

"뭐……? 으, 응……. 그야, 알기는 하는데……."

시도는 당황한 표정으로 고개를 끄덕였다.

실제로 해본 적은 없지만 룰 정도는 알고 있었다. 사람 수만큼 준비한 나무젓가락 끝에『왕』이라는 글자와 숫자를 적은 후, 제비뽑기를 하듯 뽑는다. 그리고『왕』이라고 적힌 젓가락을 뽑은 사람은 왕이 되어, 다른 숫자를 뽑은 멤버들에게 명령을 내리는…… 게임이다.

왕의 명령은 절대적이며, 거부할 수 없다. 그런 룰 때문에 술자리나 미팅 자리에서 자주 하는…… 솔직히 말해 건전한 이미지의 게임은 아니었다.

"그 게임을 해보고 싶구나! 같이 하자!"

"뭐…… 뭐어?"

눈을 동그랗게 뜬 시도는— 다음 순간, 아이, 마이, 미이를 향해 고개를 돌렸다. 그러자 세 사람은 고개를 돌린 채 휘파람을 부는 시늉을 했다.

"저, 저 녀석들, 또 괜한 짓을……."

"안 되겠느냐? 시도."

"아, 아니…… 그건……."

난처해진 시도는 토카의 시선을 피했다.

바로 그때, 『게임』이라는 단어에 반응했는지 시도의 뒤편에 서 있던 카구야와 유즈루가 눈을 반짝이면서 끼어들었다.

"호오, 꽤 재미있는 이야기를 하고 있는 것 같구나."

"자부. 유즈루와 카구야는 게임에서도 절대 지지 않아요. 참가를 희망해요."

"음?"

야마이 자매의 말을 들은 토카는 영문을 모르겠다는 듯이 눈을 동그랗게 떴다.

"왕게임은 단둘이서 하는 거라고 들었는데…… 여러 명이서도 할 수 있는 것이냐?"

"뭐? 아…… 보통 단둘이서는 안 할 것 같은데……."

시도의 말을 들은 토카는 "그런 것이냐."라고 말하면서 고개를 끄덕였다. 뒤쪽에 서 있는 아이, 마이, 미이가 양손을 교차시켰지만, 토카의 눈에는 들어오지 않은 것 같았다.

"그래. 그렇다면 다 같이 하자꾸나! 시도, 그래도 괜찮지?"

"으, 으음……"

시도는 토카의 뜻을 꺾을 적당한 말이 생각나지 않아 볼을 긁적였다.

"그, 그럼, 코토리가 괜찮다고 하면…… 하자."

"음!"

토카는 만족스러운 표정을 지으면서 고개를 끄덕였다.

◇

"—뭐, 괜찮을 것 같은데?"

방과 후. 집으로 돌아온 시도가 여동생인 코토리에게 이 일에 대해 상의하자, 그녀는 별일 아니라는 듯이 그렇게 대답했다.

"저, 정말 괜찮은 거야?!"

시도는 무심코 고함을 실렀다. 토카에게는 그렇게 말했지만, 코토리라면 뭔가 합리적인 이유를 대서 토카의 뜻을 꺾어줄 것이라고 기대했던 것이다.

소파에 앉은 코토리는 검은색 리본으로 나눠 묶은 머리카락을 흔들면서 몸을 뒤로 젖히더니, 동그란 눈을 가늘게 뜨면서 시도를 바라보았다.

"괜찮잖아. 토카가 하고 싶어 한다면 그냥 같이 해주는 게 어때? 〈라타토스크〉는 정령의 자발적인 행동을 가능하면 방해하고 싶지 않아."

코토리는 그렇게 말하고 입에 문 막대 사탕의 막대를 꼿꼿이 세웠다.

그렇다. 시도의 여동생은 시내에 있는 학교에 다니는 중학생이면서, 토카를 비롯한 『정령』을 보호하고 행복한 생활을 영위하게 하는 것을 이념으로 삼는 조직 〈라타토스크 기관〉의 사령관이다.

"하, 하지만, 왕게임은 토카에게 너무 이르지 않을까……?"

시도가 식은땀을 흘리면서 그렇게 말하자, 코토리는 턱을 치켜들면서 어깨를 으쓱했다.

"어머. 룰 자체만 본다면 지극히 건전한 파티 게임이잖아? 시도는 왕이 된다면 대체 어떤 명령을 내릴 생각인 거야?"

"윽……."

그 말을 들은 시도는 말문이 막혔다. 딱히 과격한 명령을 내릴 생각은 눈곱만큼도 없지만, 왠지 불순한 발상을 간파당한 듯한 느낌이 들어 얼굴이 화끈거렸다.

확실히, 이미지가 좋지 않은 게임이기는 하지만, 절친한 지인들끼리 가벼운 명령을 내리면서 즐긴다면 별다른 문제는 없을지도 모른다.

"솔직히 말해 자신의 요구를 거절당한 토카가 불만을 느끼기라도 하면 더 심각한 문제가 발생할 거야. 뭐, 정 그렇게 걱정이 된다면 나와 레이네도 참가해서 도와줄게."

"응…… 아, 알았어."

시도가 고개를 끄덕이자, 코토리는 다리를 약간 들어 반동을 주면서 소파에서 일어났다.

　"뭐, 쇠뿔도 단김에 빼라잖아. 빨리 준비하자. 장소는…… 집도 괜찮지만, 어차피 하기로 한 거 분위기 좀 내볼까?"

　그렇게 말하면서 핸드폰을 꺼낸 코토리는 화면을 재빨리 조작해 어딘가에 전화를 걸었다.

　그리고 약 한 시간 후. 옷을 갈아입은 시도 일행은 역 앞 노래방을 찾았다.

　세 평 정도 되는 공간에 테이블과 다인용 의자가 놓여 있었으며, 방 안쪽에는 프로모션 영상이 나오는 커다란 모니터와 노래방 기기가 놓여 있었다. 벽에는 형광 도료로 별 마크가 그려져 있고, 천장에 달린 각양각색의 라이트에서 뿜어진 빛이 그 별 마크를 비추고 있었다.

　아마 태어나서 처음으로 노래방에 와봤을 토카와 야마이 자매는 방에 들어온 순간 눈을 동그랗게 뜨면서 주위를 둘러보았다.

　"오, 오오……. 여기는 대체 뭐냐?! 엄청나구나! 방 전체가 반짝거린다!"

　"크큭, 왕에게 걸맞은 장소를 준비한 게냐."

　"이해. 납득했어요. 역시 이번 승부에서 반드시 이기고 말겠어요."

그녀들은 그런 말을 하면서 방 안으로 들어갔다.

그녀들의 뒤를 이어 안에 들어간 사람은 챙이 넓은 밀짚모자를 쓰고, 왼손에 개성적인 토끼 모양 퍼핏 인형을 장착한 조그마한 소녀였다. 바다처럼 푸른 머리카락과 사파이어 같은 눈동자. 코토리가 부른 정령— 요시노였다.

"와아…… 엄청나, 요시농."

『응응. 왠지 좀 로맨틱하네~.』

요시노가 다른 정령들과 마찬가지로 눈을 반짝이면서 그렇게 중얼거리자, 그녀가 왼손에 낀 퍼핏 인형『요시농』이 그녀의 말에 답하듯 입을 뻐끔거렸다. 역시 그녀들도 노래방에 처음 와본 것 같았다.

하지만 이 조명 상태에서 게임을 하는 것은 힘들 것 같았다. 결국 요시노 다음으로 안에 들어온 코토리와 레이네가 방의 밝기를 일반적인 조명 수준으로 조절했다. 그러자 정령들은 깜짝 놀란 듯한 반응을 보였다.

그 모습을 본 시도가 쓴웃음을 지으면서 마지막으로 방안에 들어간 후, 문을 닫고 자리에 앉았다.

그리고 방에 설치된 전화로 음료수와 음식을 적당히 주문했다. 그리고 먹을거리가 도착한 후, 코토리는 들고 있던 가방에서 사람 수만큼의 나무젓가락을 꺼냈다.

"자, 그럼 토카가 하고 싶어 했던 왕게임을 시작하자."

"오오!"

토카가 주먹을 쥐면서 환성을 질렀다.

"―뭐, 그전에 왕게임의 방식을 다시 한 번 설명할게."

그렇게 말한 코토리는 나무젓가락 중 하나를 들어서 보여줬다. 그 나무젓가락의 끝에는 『왕』이라고 적혀 있었다.

"왕게임이라는 건 말이야. 다들 나무젓가락을 하나씩 뽑은 후, 그중 『왕』이라고 적힌 젓가락을 뽑은 사람이 다른 사람에게 딱 한 번 그 어떤 명령이라도 내릴 수 있는 게임이야."

"명령……을 내린다고요?"

요시노가 묻자, 코토리는 "응."이라고 말하면서 고개를 끄덕였다.

"다른 나무젓가락에는 숫자가 적혔어. 그 숫자를 지정해서 명령을 내리는 거야. 뭐, 일단 한번 해보자."

코토리가 나무젓가락을 모아 쥐더니, 글자와 숫자가 적힌 부분을 손으로 가린 채 앞으로 내밀었다.

"자, 하나씩 뽑아. 다른 사람에게 보이지 않게 조심하면서 말이야."

코토리의 말을 들은 다른 이들은 나무젓가락을 하나씩 뽑았다. 그리고 코토리는 마지막 남은 나무젓가락을 쥐면서 말했다.

"왕은 누구냐~!"

코토리가 그렇게 말한 순간, 방 안에 있는 이들 모두가 일제히 자신이 쥔 나무젓가락을 바라보았다. 그리고―.

"아! 나, 나다!"

토카가 눈을 치켜뜨면서 손을 번쩍 들었다. 그녀의 볼은 홍조를 띠고 있었고, 목소리는 흥분으로 가득 차 있었다.

"뭐……. 나, 나는 왕이 될 그릇이 아니었던 것이냐?!"

"이의. 납득할 수 없어요."

야마이 자매가 불만을 표시하자, 시도가 쓴웃음을 지으면서 두 사람을 달랬다.

"이건 단순히 운에 의지하는 게임이잖아. 몇 번 하다 보면 너희도 왕이 될 거야."

"흠, 좋다. 어차피 마지막에 웃는 이는 진정한 왕인 야마이일 테니까 말이다."

"긍정. 왕을 선정하는 검은 결국 그 검에 어울리는 자의 손에 쥐어질 거예요."

그렇게 말한 야마이 자매는 투덜거리면서도 순순히 마음을 가라앉혔다. ……왠지 두 사람 다 착각을 한 것 같지만, 신경 쓸 필요는 없으리라.

아무튼, 첫 번째 왕은 토카로 결정됐다. 코토리는 토카를 바라보면서 입을 열었다.

"자, 네가 왕이야, 토카. 그 어떤 명령이라도 괜찮으니까 내려봐."

"으, 음!"

토카가 고개를 끄덕였다. 그 뒤를 이어, 코토리는 다른 이들을 바라보았다.

"—우리는 그 명령에 따라야 해. 알았지? 왕의 명령은 절대적이야."

그리고 강조하듯 그렇게 말했다. 다들 마른침을 삼키면서 고개를 끄덕인 후— 절대적인 명령권을 지닌 왕·토카를 바라보았다.

하지만 토카는 잠시 동안 생각에 잠기는 시늉을 한 후, 갑자기 우물쭈물하기 시작했다.

"코토리…… 다시 한 번 묻겠다만, 그 어떤 명령을 내려도 되는 것이냐?"

"응? 아, 응……. 그래."

"저, 정말이지? 내 명령을 받은 사람은 그 명령에 무조건 따르는 것이지?"

토카가 볼을 붉힌 채 재차 확인하듯 그렇게 말했다.

시도는 그 말을 듣고 무심코 미간을 모았다. 토카가 저렇게 주저하는 것이 이상했기 때문이다. 대체 어떤 명령을 내릴 생각이기에 저렇게 주저하는 것일까.

조금 전에 해소됐던 불안이 느닷없이 고개를 치켜들었다. 코토리는 걱정할 필요 없다고 했지만, 잘 생각해보니 토카에게 왕게임이라는 것을 가르쳐준 사람은 바로 그 떠들썩 3인조다. 토카가 의미도 제대로 알지 못하면서 말도 안 되는 명령을 내릴 가능성은 충분히 있었다.

걱정이 된 시도가 토카에게 한마디 해주려고 한 순간. 각오를 다진 토카가 입을 열었다.

"시, 시도! 나에게 『아~』를 해다오!"

"뭐……?"

토카의 입에서 튀어나온 의외의 말을 듣고 시도는 눈을 동그랗게 떴다.

"으음, 『아~』라면…… 밥을 먹여달라는 거야?"

"으, 음. ……아이, 마이, 미이는 왕이 되면 그런 명령도 내릴 수 있다고 했다. 거절은 용납하지 않겠다. 왕의 명령이니까 말이다!"

그렇게 말한 토카는 진지하기 그지없는 표정을 지은 채 고개를 끄덕였다.

시도는 어깨에서 힘이 빠져나가는 것을 느꼈다. 아무래도 자신의 생각이 조금 지나쳤던 것 같았다.

"뭐, 뭐…… 그 정도라면—."

하지만. 시도는 "아." 하고 탄성을 터뜨리면서 하려던 말을 멈췄다. 토카는 지금 왕이다. 그러니 토카의 명령은 절대적이지만…… 그녀가 내린 명령에는 문제점이 하나 있었다.

"토카. 왕은 명령에 따를 대상을 숫자로 지정해야만 해."

"뭐, 뭐? 그런 것이냐?"

토카는 의외라는 듯이 눈을 치켜뜨면서 의자에 앉아 있는 여섯 명의 멤버를 둘러보았다. 그리고 난처하다는 듯이 눈썹을 팔자로 만들었다.

"그럼 시도에게 명령을 내리지 못할 수도 있는 것 아니냐."

"뭐, 원래 그런 룰이거든……."

"으, 으음……."

토카는 기어들어가는 목소리로 그렇게 말하면서 고개를 푹 숙였다.

바로 그때, 누군가가 시도의 옆구리를 손가락으로 찔렀다. 고개를 돌려보니, 옆에 앉은 코토리가 험악한 표정을 짓고 있었다.

아마도 "왜 토카를 실망시킨 거야. 이 풍뎅이야."라고 말하고 싶은 것이리라. ……그녀의 표정만 보고도 그녀가 하려는 말을 눈치챈 자신이 왠지 불쌍하다는 생각이 들었다.

코토리는 어험 하고 헛기침을 한 후, 토카를 향해 입을 열었다.

"토카. 미안하지만 룰은 룰이야. 숫자를 지정해줘."

"으, 으음…… 알았다."

토카가 패기가 느껴지지 않는 얼굴을 든 순간— 갑자기 무언가를 깨달은 것처럼 그녀의 눈썹이 흔들렸다.

그녀의 시선이 향하는 곳을 본 시도는 "아." 하고 낮은 목소리로 말했다.

코토리가 손가락 세 개를 세운 채, 턱짓으로 시도를 가리키고 있었던 것이다.

그렇다. 그것은 시도가 뽑은 젓가락에 적힌 번호였다. 아무래도 방금 옆구리를 찌르면서 시도가 들고 있던 젓가락을 몰래 훔쳐본 것 같았다.

"……코토리. 너……."

시도의 볼을 타고 땀이 흘렀다. 시도가 도끼눈을 뜨면서 그렇게 말하자, 코토리가 낮은 목소리로 말했다.

"어쩔 수 없잖아. 토카의 소망을 이루어주기 위해 게임을 하는 건데, 토카의 소망을 들어주지 않는다면 의미가 없단 말이야."

"아니, 그건 그렇지만……."

"……흥. 나도 실은 시도에게―."

"뭐?"

시도가 되묻자, 코토리는 고개를 휙 돌렸다.

그 순간, 코토리의 의도를 눈치챈 토카가 "오오……!" 하고 외치며 눈을 동그랗게 떴다.

"3이다! 3번을 뽑은 사람이 나에게『아~』를 해다오!"

토카는 힘찬 목소리로 그렇게 선언했다.

완벽한 룰 위반이지만…… 뭐, 이번만은 특별히 눈감아 주기로 한 시도는 쓴웃음을 지으면서『3』이라고 적힌 나무젓가락을 들어 보였다.

"명 받잡겠사옵니다."

시도가 그렇게 말하면서 고개를 푹 숙이자, 토카의 얼굴이 환해졌다.

"으음…… 그럼 이거면 되겠어?"

시도가 접시에 담긴 감자튀김을 손가락으로 가리키자, 토카는 "음!" 하고 외치면서 힘차게 고개를 끄덕였다.

시도는 감자튀김을 하나 든 후, 토카를 향해 손을 뻗었다.

"자, 아~ 해봐."

"으, 음. ……아~."

토카는 그렇게 말하면서 입을 크게 벌렸다. 시도는 천천히 그녀의 입에 감자튀김을 넣어줬다.

그 순간, 주위에서 "오~" 하는 목소리가 들렸다. 그뿐만 아니라 박수 소리와 휘파람 소리도 들렸다.

……뭐랄까, 생각했던 것보다 훨씬 부끄러웠다. 시도는 볼을 붉히며 머리를 긁적였다.

"어, 어때. 맛있어? 토카."

"음……! 고맙다, 시도!"

시도가 부끄러움을 감추려는 듯이 질문을 던지자, 토카는 만면에 미소를 지으면서 대답했다.

"으……."

시도는 그 미소를 보고 가슴이 뛰어 고개를 돌렸다. 그리고 시도가 고개를 돌린 이유를 꿰뚫어 본 코토리가 팔꿈치로 그의 옆구리를 찌르면서 말했다.

"흐음~. 방금까지 투덜댄 사람치고는 꽤 즐거워하는 것 같네~."

"시, 시끄러워."

시도의 말을 들은 코토리는 히죽거리면서 젓가락을 회수한 후, 다시 섞었다. 그리고 조금 전과 마찬가지로 숫자와 글자가 적힌 부분을 손으로 가린 채 앞으로 내밀었다.

"자, 다음 왕을 징하자. 하나씩 뽑아."

다들 고개를 끄덕이면서 나무젓가락을 뽑았다.

"""왕은 누구냐~!"""

그리고 일제히 그렇게 외친 후, 코토리는 "어머." 하고 말했다.

"이번에는 내가 왕인 것 같네. 후후······. 어떤 명령을 내릴까?"

코토리는 입술을 일그러뜨리면서 사디스틱한 미소를 지었다. 그 불온한 표정을 본 시도의 얼굴에 식은땀이 송골송골 맺혔다.

그런 시도의 모습을 본 코토리는 그를 바라보면서 걱정하지 말라는 듯이 어깨를 으쓱했다.

"좋아. 모처럼 노래방에 왔으니까, 1번과 4번에게 듀엣이라도 시켜볼까?"

코토리가 『왕』이라 적힌 나무젓가락을 만지작거리면서 그렇게 말하자, 카구야와 유즈루가 동시에 자리에서 일어났다.

"크큭, 1번은 바로 나다."

"호응. 4번은 유즈루예요."

그리고 두 사람은 서로를 바라본 후, 손을 맞잡으면서 묘하게 멋진 포즈를 취했다.

"크큭. 감히 우리에게 그런 명령을 내리다니 배짱 한번 좋구나. 듀엣이라고 했지? 즉, 우리의 미성을 감상하고 싶다는 게로구나."

"이해. 가창력 승부는 제36시합 때 했어요. 유즈루와 카구야의 콤비네이션을 두 눈에 똑똑히 새기세요."

카구야와 유즈루는 그렇게 말하면서 테이블에 놓인 마이

크를 공중으로 띄우더니 저글링을 하는 듯한 멋진 손놀림으로 잡은 후, 반주를 틀지도 않고 노래를 불렀다.

""—————!""

두 사람은 반주 없이도 멋지게 노래를 불렀다. 가창력이 뛰어난 두 사람이 자아내는, 사전에 연습을 한 것은 아닐까 하는 생각이 들 정도의 하모니가 방 안에 울려 퍼졌다.

그리고 몇 분 후, 카구야와 유즈루의 무대가 막을 내렸다. 다들 일제히 박수를 쳤다.

"뭐야. 꽤 잘하잖아."

"크큭, 당연하지 않느냐. 우리는 완벽 그 자체인 야마이 시스터즈!"

"동의. 유즈루와 카구야에게 불가능한 일은 거의 없어요."

두 사람은 그렇게 말하면서 또 멋진 포즈를 취했다.

"자아, 다음 선정을 시작하거라. 아직도 우리에게 왕의 자리가 한 번도 돌아오지 않는 게 납득이 안 된단 말이다."

"긍정. 이번에야말로 야마이의 시대가 찾아올 거예요."

카구야와 유즈루는 좌우 대칭을 이루는 움직임으로 동시에 의자에 걸터앉더니 테이블 위에 놓인 젓가락을 발끝으로 찼다. 그러자 젓가락이 공중에서 회전하면서 날아가더니 코토리의 손안에 쏙 들어갔다. 그 모습을 본 다른 이들이 또 박수를 쳤다.

코토리는 다른 젓가락도 전부 회수한 후, 섞어서 내밀었다.

""왕은 누구냐~!""

그렇게 말하면서 모두가 나무젓가락을 뽑은 후…….

"으, 으음…… 저……예요."

구석에 앉아 있던 요시노가 작은 목소리로 말했다. 야마이 자매는 분통을 터뜨렸다.

"축하해, 요시노. 자, 명령을 내려."

"으, 으음, 저는 딱히 명령할 게……."

『그럼 말이야~. 2번인 사람이 왕을 무릎 위에 앉힌 후 머리를 쓰다듬어주는 거야~.』

요시노가 고개를 갸웃거리는 사이, 왼손의 『요시농』이 그렇게 말했다.

"요, 요시농. 무슨……."

"……으음, 나네."

요시노가 말을 끝까지 잇기도 전에 『2』라고 적힌 나무젓가락을 뽑은 레이네가 고개를 끄덕이면서 자신의 무릎을 가볍게 두드렸다.

『아차~. 시도 군이 아니네~. 우후후, 그래도 요시노~. 항상 레이네 씨를 보면서 "뭘 어떻게 하면 저런 가슴이 되는 걸까……."라고 말했었잖아~? 이 기회에 현지 조사를 해보자~.』

"읍……."

요시노는 숨을 삼키면서 『요시농』의 입을 막았다. 하지만 당사자인 레이네는 괘념치 않으면서 "……안 앉을 거야?"라고 말하듯 고개를 갸웃거릴 뿐이었다.

"으……."

이윽고 자신을 짓누르는 중압감을 견디지 못한 요시노가 "그, 그럼…… 잘 부탁드려요……."라고 조그마한 목소리로 속삭이듯 말했다. 그리고 방해가 될 수도 있는 모자를 벗은 후, 레이네의 무릎에 살짝 앉았다.

"우와……."

시도는 그 모습을 보고 무심코 탄성을 터뜨리고 말았다. 코토리와 야마이 자매도 마찬가지였다.

하지만 그런 반응을 보이는 것도 무리는 아니었다. 레이네의 풍만하기 그지없는 가슴이 요시노의 등에 눌려 변형되었던 것이다.

"하, 하앙……."

그녀의 가슴 감촉을 다이렉트로 느낀 요시노는 무심코 황홀경에 빠진 듯한 신음을 흘렸다. 그 후, 볼을 새빨갛게 붉히면서 고개를 푹 숙였다.

"……참, 머리도 쓰다듬어야 했지?"

하지만 다른 이들의 시선이나 요시노의 목소리에도 아랑곳하지 않은 레이네는 고개를 숙이면서 자신의 무릎 위에 앉은 요시노의 머리를 쓰다듬어줬다. 그때마다 레이네의 가슴은 쿠션처럼 변형됐다.

—그리고 몇 분 후. 드디어 요시노가 레이네의 무릎에서 해방됐다.

"……아, ……아아……."

눈이 풀린 요시노가 비틀거리면서 몸을 일으키더니 무너지듯 자신의 자리에 앉았다.

"""…………오, 오오……"""

그 모습을 본 다른 이들은 동시에 마른침을 삼켰다.

그러자 레이네는 영문을 모르겠다는 듯이 고개를 갸웃거렸다.

"……음? 이제 그만하는 거야?"

다른 이들은 그 말을 듣고서야 정신을 차렸다. 코토리는 허둥지둥 나무젓가락을 회수했다.

시도는 휴우 하고 한숨을 내쉬었다. ……뭐, 조금 전의 그것은 좀 자극적이었지만, 게임 자체는 꽤 원만하게 진행되고 있었다. 다들 즐거워 보였고, 명령 내용 또한 가벼운 편이었다. 아무래도 시도의 걱정은 기우로 끝날 것 같았다.

코토리는 또 젓가락을 쥔 손을 앞으로 내밀었다.

"""왕은 누구냐~!"""

모두가 나무젓가락을 뽑은 그 순간.

갑자기 이 방의 문이 활짝 열렸다.

"뭐, 뭐야? 딱히 주문한 건 없는……."

말을 잇던 시도는 그대로 말문이 막히고 말았다.

점원이 방을 헷갈렸다고 생각했지만— 그렇지 않다.

문을 연 이는 시도의 클래스메이트이자 토카의 천적인 토비이치 오리가미 양이었던 것이다.

"아닛?!"

"오, 오리가미? 네가 왜 이런 곳에……."

시도가 묻자, 오리가미가 그를 바라보면서 단호한 목소리로 말했다.

"—나도 끼워줘."

"뭐, 뭐어?"

시도는 예상외의 말을 듣고 당황하고 말았다.

"자, 잠깐만, 오리가미? 우리가 지금 뭐 하는지—"

"왕게임."

"……그, 그럼 어떻게 여기에……"

"우연히 이 앞을 지나가다 너희 목소리를 들었어."

"……으음."

"실은 나도 열광적인 왕게임 팬. 그리고 국내에 열 명도 채 안 되는 S급 랭커 중 한 명. 〈억지쟁이 토비〉라고 하면 왕게임 세계에서는 모르는 사람이 없어."

"……"

오리가미의 말을 듣고 시도가 할 말을 잃은 순간, 토카가 쾅! 소리가 나게 테이블을 두드리면서 벌떡 일어났다.

"그딴 건 우리가 알 바 아니다! 네 녀석의 도중 참가를 허락할 수는 없어!"

"속 좁은 여자."

"뭐, 뭐라고?!"

토카와 오리가미가 서로를 노려보고 있을 때, 의자에 앉은 야마이 자매가 입을 열었다.

"크큭. 뭐, 좋지 않으냐. 어리석은 도전자를 받아들일 줄 알

아야 왕이 될 그릇이라 할 수 있을 것이니라."

"동의. 유즈루도 반대하지 않겠어요. S급 랭커인 마스터 오리가미의 기술을 유즈루의 두 눈으로 똑똑히 보고 싶어요."

"으, 으음……."

생각지도 못한 원군이 등장하자, 토카는 눈썹을 일그러뜨렸다.

바로 그때, 좋은 생각이 났는지 토카가 눈을 치켜떴다.

"마, 맞다! 젓가락이 부족하다! 그러니까—."

"젓가락이라면 준비해 왔어."

오리가미는 토카의 말을 막으면서 호주머니에서 숫자가 적힌 나무젓가락을 꺼냈다. 나무젓가락의 개수는 총 여덟 개였다. 오리가미를 포함한 인원수만큼 준비해 온 것이다.

"요, 용의주도하네……."

시도의 이마에 땀방울이 맺혔다.

하지만 토카는 이런 상황에서도 고개를 내저었다.

"안 된다면 안 되는 줄 알아라! 토비이치 오리가미의 참가는 절대 허락할 수 없다!"

그 말을 들은 오리가미는 무표정한 얼굴로 코웃음을 쳤다.

"나한테 지는 게 무서워?"

"뭐—. 이 녀석이, 말이면 단 줄 아는 것이냐……!"

토카는 오리가미의 도발에 넘어가 분노를 터뜨렸다. ……왕게임은 승자와 패자가 갈리지 않는 게임이지만, 오리가미가 방금 한 말은 토카에게 있어 모욕 그 자체였던 것 같았다. 토카는 씩씩거리면서 오리가미를 날카로운 눈빛으로 노려보았다.

하지만 오리가미는 토카의 시선을 전혀 신경 쓰지 않았다. 멋대로 빈자리에 앉더니, 들고 있던 나무젓가락을 앞으로 내밀었다.

"뽑아."

"앗, 이, 이 녀석! 멋대로 뭐하는 것이냐……!"

토카가 항의했지만, 그때는 야마이 자매가 젓가락을 뽑은 후였다. 그 후, 오리가미는 아무 말 없이 코토리를 향해 젓가락을 내밀었다.

"……."

두 사람은 아무 말 없이 시선을 교환했다.

그것도 무리는 아니었다. 과거, 오리가미는 코토리를 부모님을 죽인 원수라 생각해 목숨을 빼앗으려 한 적이 있었다. 결국 그것은 오해였지만…… 두 사람 사이에는 아직 복잡한 감정이 남아 있을 것이다.

잠시 동안 침묵을 지키던 코토리는 한숨을 내쉬면서 나무젓가락을 하나 뽑았다.

"하아, 이제 됐지? ……잠시 동안만이야."

코토리가 그렇게 말하자, 어떻게 할지 몰라 하던 요시노와 구석자리에서 방관하던 레이네도 나무젓가락을 뽑았다. 시도도 머리를 긁적이면서 나무젓가락을 향해 손을 뻗었다.

오리가미는 만족을 표시하듯 고개를 끄덕인 후, 나무젓가락 두 개를 쥔 채 입을 열었다.

"왕은 누구—."

"자, 잠깐! 나는 아직 안 뽑았단 말이다!"

토카가 허둥지둥 나무젓가락을 뽑았다. 결국 오리가미의 기세에 눌린 그들은 그녀와 함께 왕게임을 하게 되었다.

오리가미는 흥 하고 작게 코웃음을 쳤다. 그 후, 그들은 한 목소리로 말했다.

""왕은 누구냐~!""

"—나야."

바로 그때, 오리가미가 냉큼 손을 들면서 그렇게 말했다. 그녀의 손에 쥐어진 것은 인쇄하기라도 한 것처럼 깨끗한 글씨체로 『왕』이라 적혀 있는 나무젓가락이었다.

그리고…….

"6번을 뽑은 사람은 자리에서 일어난 후, 자기 치마를 들어 올려 속옷을 노출시킨 상태에서 1분 동안 서 있어."

오리가미는 한 치의 주저도 없이 담담한 목소리로 그 『명령』을 입에 담았다.

""뭐……?!""

오리가미의 발언을 들은 다른 이들의 표정이 딱딱하게 얼어붙었다.

딱히 누군가가 정한 것은 아니지만, 이 멤버들 안에는 불문율이 존재했다. 그것은 바로…… 상대가 싫어할 만한 짓을 시키지는 않는다, 였다.

하지만 그 신사협정은 흉포한 외래종에 의해 산산조각 나고 말았다.

시도는 자신의 생각이 짧았다고 생각하며 후회했다. 코토리가 승낙했으니 괜찮을 거라고 생각하며 타인의 판단에 무턱대고 따라서는 안 되었다. 그리고 여기까지 찾아온 오리가미를 쫓아내는 것은 너무 심한 짓이라고 생각해버린 것이 가장 큰 미스였다.

오리가미를 왕게임에 참가시키는 것은 호랑이에게 날개를 달아주는 격 정도가 아니라, 무반동 핵탄두를 쥐어준 것이나 마찬가지란 말이다—!

"허, 헛소리하지 마라! 그딴 짓을 어떻게 하냔 말이다!"

얼굴을 새빨갛게 붉히면서 그렇게 외친 사람은 토카였다. 아무래도 토카가 6번인 것 같았다.

그러자 오리가미는 어찌 된 영문인지 천천히 고개를 끄덕였다.

"그래? 그러면 안 해도 돼."

"뭐, 뭐라고……?"

토카는 미심쩍은 표정을 지으며 눈썹을 찌푸렸다. 방금 오리가미가 한 말을 듣고 깜짝 놀란 표정을 지었다.

바로 그때, 오리가미는 말을 이었다.

"—그 대신, 왕의 명령에 따르지 않은 너는 『반역죄』를 저지른 것으로 간주되며, 이 게임에서 제외돼."

"제외…… 빠지라는 거냐?!"

"그래. 이 방식으로 게임을 계속해 마지막까지 남은 사람이 진정한 왕이 돼. 그리고 진정한 왕은 게임 참가자 중 한 명을 뽑아, 하루 동안 마음대로 할 수 있어. ―이것이 바로 왕게임·엑스트라 룰『왕중왕<ruby>王中王<rt>킹·오브·킹스</rt></ruby>』."

"""……윽?!"""

그 말을 들은 순간, 이 자리에 있는 이들의 낯빛이 변했다. 시도, 토카, 코토리, 요시노는 경악했고, 레이네는 여전히 평온했으며, 야마이 자매는 흥분한 듯한 모습을 보였다.

"한 사람을 하루 동안 마음대로 할 수…… 있다고? 이, 이 녀석, 대체 무슨 생각을 하는 것이냐?!"

"……."

토카가 온몸을 부들부들 떨면서 묻자, 오리가미는 아무 말 없이 시도를 힐끔 쳐다본 후― 무표정한 얼굴로 입술을 핥았다. 그 모습을 보고 본능적인 공포를 느낀 시도는 등골이 오싹해졌다.

"윽……?!"

"이, 이 녀석! 왜 시도를 쳐다보는 것이냐?!"

"너와는 상관없어."

그렇게 말한 오리가미는 『왕』이라 적힌 나무젓가락으로 토카를 가리키면서 차분한 목소리로 말했다.

"그럼 『반역죄』를 범한 야토가미 토카를 게임에서 제외―."

"자, 잠깐……!"

토카가 오리가미의 말을 막듯 고함을 지른 뒤 자리에서 일어났다.

그리고 시도를 힐끔 쳐다본 후, "으, 으으으으……." 하고 신음을 흘리면서 눈을 꼭 감더니, 자신의 치마를 양손으로 쥐었다.

"어, 어이, 토카. 관둬!"

"나는 괜찮다. ……시도를 토비이치 오리가미 따위에게 넘길 수는 없다……!"

토카는 그렇게 말하면서 어금니를 깨물더니, 자신의 손으로 치마를 들어 올렸다.

"……윽!"

시도는 무심코 숨을 삼켰다.

한순간, 레이네가 고른 것으로 보이는, 심플하면서도 고급스러운 디자인의 여성용 팬티가 눈에 들어왔던 것이다.

어깨를 부르르 떤 시도는 허둥지둥 눈을 감으면서 고개를 돌렸다.

물론 시도도 남자다. 저 금단의 공간에 흥미가 없다면 거짓말이겠지만…… 부끄러움으로 가득 찬 토카의 얼굴을 본 순간, 엄청난 죄책감이 그를 덮쳤다.

아무튼, 토카는 명령을 실행했다. 명령에 시도가 눈을 돌리게 해서는 안 된다는 내용은 포함되어 있지 않았으니 『반역죄』는 성립되지 않을 것이다.

오리가미는 "쳇." 하고 혀를 차더니, 카운트다운을 시작했다.

"하나~. 둘~~ 셋~~~."

"이 녀석, 일부러 천천히 세는 거지?!"

그 후, 오리가미의 느릿느릿한 카운트다운은 결국 60에 도달했다. 토카는 멋지게 왕의 명령을 수행한 것이다.

—하지만, 그것은 시작에 지나지 않았다.

""왕은 누구냐~!""

"나야."

""뭐?!""

이번에도 번개같이 손을 든 오리가미에게, 이 자리에 있는 이들의 시선이 집중되었다.

또 다시 악몽이 시작되었다. 또 오리가미가 왕을 뽑은 것 같았다.

다른 이들의 전율에 찬 시선을 한 몸에 받는 가운데, 오리가미는 호주머니에서 메모지를 꺼내 펜으로 글자를 적은 후 명령을 내렸다.

"7번은 마이크를 입에 대고 이 종이에 적힌 글을 읽을 것."

오리가미가 그렇게 말한 순간, 요시노가 어깨를 부르르 떨면서 불안한 표정을 지었다. 7번을 뽑은 사람은 그녀인 것 같았다.

오리가미는 요시노를 힐끔 쳐다본 후, 메모지와 스위치가 켜진 마이크를 요시노 앞에 두었다.

그리고 요시노는 머뭇거리면서 메모지를 들여다봤—.

"히익……."

요시노는 볼을 토마토처럼 새빨갛게 물들이며 숨을 삼켰다. ……대체 저 메모지에는 뭐가 적혀 있는 거지.

『우햐~. 저 애, 꽤 하네. 요시노에게는 조금 헤비하려나~? 어쩔 수 없네. 요시농이 대신─.』

　"이미 알고 있겠지만, 나무젓가락을 뽑은 사람이 메모지에 적힌 글을 읽어야 해. 이 룰을 어길 경우, 대상자는 바로 실격이야."

『아앙, 너무해~.』

　『요시농』은 요시노를 도우려 했지만, 오리가미에게 저지당했다. 의지할 곳을 잃은 요시노는 안절부절못하면서 주위를 둘러보았다.

　"저, 저기…… 저, 저는……."

　"못 하겠으면 포기해도 돼. 그 대신, 너는 『반역죄』야."

　오리가미가 냉담한 목소리로 말했다.

　난처해진 요시노는 눈썹을 팔자로 만들었지만…… 고개를 내저으면서 각오를 다지고 입술을 꼭 다물었다.

　"하, 하겠어요……."

　그렇게 말하면서 오른손에 마이크를 쥔 요시노는 테이블에 놓인 메모지를 바라보았다.

　그리고 마음을 진정시키려는 건지 크게 심호흡을 한 후…….

『저…… 저는, 겉보기에는…… 얌전해 보이지만…… 시, 실은, 엄청, 나, 나쁜 애……예요. 남자를 보면…… 몸이 뜨거워져서…… 그게, 저기…… 으, 음란한…… 기분이…… 들어요…….』

"뭐, 뭐어……?!"

시도는 눈을 치켜떴다. 하지만 요시노는 얼굴을 새빨갛게 붉힌 채 메모지에 적힌 글을 계속 읽어나갔다.

『지금도, 흥분이 되어서…… 미칠 것만, 같아요. 시, 시도 씨의, 두, 두껍고…… 딱딱한…… 저기…….』

요시노는 거기까지 읽고 머리에서 뜨거운 김을 뿜으면서 비틀거리더니 그대로 그 자리에서 무너지듯 쓰러지고 말았다.

"아, 아우……."

"요, 요시노?!"

"……괜찮아. 그녀에게는 약간 자극이 강했던 것 같네."

레이네는 그렇게 말하면서 요시노를 의자에 앉혔다. 시도는 휴우 하고 안도의 한숨을 내쉬면서 오리가미를 바라보았다.

"오, 오리가미, 너…… 요시노에게 그런 소리를 하게 하면 어쩌냐고."

"승부의 세계는 냉정한 거야. 아무튼, 그녀는 문장을 끝까지 읽지 못했어. 『반역죄』를 범했으니 게임에서 제외시키겠어."

"어, 어이……."

시도는 볼을 긁적이면서 그렇게 말했지만…… 그렇다고 요시노에게 남은 문장을 읽으라고 말할 수는 없었다.

시도가 고개를 푹 숙이자, 오리가미는 메모지에 『반역죄』라고 커다랗게 쓴 후, 요시노의 이마에 붙였다.

“““왕은 누구냐~!”””

“나야.”

“또냐?!”

또 오리가미가 손을 번쩍 들자, 시도는 무심코 그렇게 외쳤다. 이 인원수 안에서 세 번 연속으로 왕이 되다니, 운이 좋아도 너무 좋았다.

하지만 오리가미는 주위의 미심쩍은 시선을 전혀 개의치 않으면서 천천히 명령을 내렸다.

“이번에는 1번과 2번. 두 명을 동시에 정리해버리겠어.”

“호오? 정리하겠다고 했느냐?”

“반응. 쉽지 않을 텐데요.”

그렇게 말하면서 자신만만한 미소를 지은 사람은 야마이 카구야·유즈루 자매였다.

……명령을 내리기도 전에 해당 인물이 누구인지 밝혀지면 불리할 거라는 생각이 들었지만, 야마이 자매는 딱히 신경 쓰지 않는 것 같았다. 정정당당하게 승부를 하는 것 또한 왕의 자질이라 생각하는 걸까.

“크큭…… 미리 말해두겠다만, 우리를 토카나 요시노와 동급이라 생각하지 말거라. 속옷 노출이나 음담패설 같은 것은 우리에게 있어 어린애 장난이나 마찬가지이니라!”

“동감. 오히려 부끄러움을 필사적으로 참으면서 속옷을 보여주거나 음란한 말을 하는 카구야는 유즈루에게 있어 포상이나 다름없어요."

"자, 잠깐만, 유즈루······!"

카구야가 허둥지둥 유즈루를 말렸다. ······뭐랄까, 오리가미
가 명령을 내리기 전부터 흔들리기 시작한 것 같은 느낌이 들
었다.

하지만 두 사람을 동시에 지목한 것은 오리가미의 미스일지
도 모른다. 설령 토카나 요시노에게 내렸던 것과 같은 명령을
내리더라도 자신과 같은 굴욕을 맛보고 있는 동료가 있다면
마음가짐이 완전히 달라질 것이다. 게다가 상대는 야마이 자
매다. 일심동체라고 해도 과언이 아닐 만큼 사이좋은 쌍둥이
인 것이다.

하지만 오리가미는 한 치의 주저도 없이 입을 열었다.

"─1번과 2번은 5분 동안 서로의 가슴을 주무른 후, 감상
을 솔직하게 말할 것. 10초 이상 침묵하면 실격으로 간주하겠
어."

"뭐······?"

"불명(不明). 마스터 오리가미가 무슨 생각을 하는 건지 잘
모르겠어요."

오리가미의 명령을 들은 카구야와 유즈루는 고개를 갸웃거
렸다.

"유즈루의 가슴을 주무르라니? 크큭, 천하의 오리가미도 감
이 무뎌졌나 보구나. 이 야마이 카구야가 겨우 그 정도로 부
끄러워할 것 같으냐?"

"동조. 유즈루와 카구야는 일심동체예요. 그건 자기 가슴을 자기가 만지는 거나 다름없어요."

나란히 앉아 있던 카구야와 유즈루는 서로를 향해 몸을 돌렸다.

"크큭. 그럼 시작하겠노라, 유즈루."

"수긍. 누가 시간을 재주세요."

그렇게 말한 카구야와 유즈루는 손을 뻗어 서로의 가슴에 손바닥을 댔다. 카구야의 손이 유즈루의 가슴에 파묻혔고, 유즈루의 손은 카구야의 가슴을 쓰다듬었다. 그리고 그대로 손가락을 움직이며 서로의 가슴을 매만졌다.

"크크큭, 이걸로 됐느냐? 별것 아니구나."

"동의. 이 정도로 유즈루와 카구야를 굴복시킬 수 있을 거라고 생각했다니, 정말 웃겨서 말이 안 나오는군요."

두 사람은 여유에 찬 표정을 지으면서 그렇게 말했다. 아무래도 이번만큼은 오리가미가 미스를 저지른 것 같았다.

"흐음? 그건 그렇고 유즈루여. 그대, 가슴이 한층 더 커진 것 아니냐? 흠, 내 반신(半身)이지만 정말 부럽기 그지없구나."

"부정. 그렇지도 않아요. 그리고 몇 번이나 말했지만 카구야의 가슴이 유즈루의 가슴보다 형태가 좋아요."

"크큭, 겸양할 필요 없느— 으응."

"부정. 겸양이 아니— 아……."

"……."

"……."

서로의 가슴에 손을 대고 1분 정도 지났을 즈음, 두 사람의 대화가 멎었다.

"……유, 유즈루……? 손에 힘…… 너무, 주는 거 아냐?"

"반론. 그러는…… 카구야야말로……."

"으응…… 아, 으음, 저기…… 잠까—."

"고통. 으…… 응, 아……."

"……."

"……."

"저…… 저기, 유즈루……."

"반응. 왜…… 그러죠, 카구야."

"네 옷 안에 손을 넣어서, 직접 만지면…… 안 될까?"

"……고민. 다른 사람들이…… 보잖아요."

"하지만……."

"……동요. 카구야…… 으응, 그런 표정…… 짓지 마세요. 약았어요."

"유즈루……."

"카구야……."

"자, 잠깐! 스톱! 두 사람 다 진정해!"

시도가 허둥대면서 말리자, 두 사람은 어깨를 부르르 떨었다.

그리고 서로를 지그시 바라본 야마이 자매는 부자연스러울 만큼 서로의 시선을 피하면서 상대의 가슴에서 손을 뗐다. 참고로 시간은 4분 정도밖에 지나지 않았다.

"카구야, 유즈루……?"

"……기, 기권……할래."

"동의. ……더 했다간, 뭐랄까…… 아, 아무튼 안 되겠어요."

그렇게 말한 야마이 자매는 몸을 돌려 정면을 바라보았다.

그 후, 두 사람은 손가락을 꼼지락거리면서 눈을 마주치려하지 않았다.

"""왕은 누구냐~!"""

"나야."

"또 네가 왕이야?!"

이번에도 오리가미가 왕이 되자, 시도는 무심코 그렇게 외쳤다.

아무리 운이 좋다고 해도 이건 너무 부자연스러웠다. 시도는 자신이 뽑은 나무젓가락을 뚫어져라 살펴보았다.

하지만 표식 같은 것은 눈에 들어오지 않았다. 시도는 으음, 하고 신음을 흘리면서 눈썹을 찌푸렸다.

그러는 사이, 폭군 오리가미는 다음 명령을 내렸다.

"―3번은 이 자리에서 브래지어를 벗어. 다른 사람은 눈을 감거나 고개를 돌려선 안 돼."

"""……윽."""

이 자리에 있는 이들은 오리가미의 발언을 듣고 숨을 삼켰다.

드디어 오리가미의 명령은 탈의의 영역까지 도달하고 만 것인가, 라고 생각한 것이리라.

이대로 있다간 더욱 지나친 명령을 차례차례 내릴지도 모른다. 그런 생각이 든 시도는 머뭇거리면서 입을 열었다.

"저, 저기, 오리가미……?"

"왜?"

"아무리 그래도 그건 좀…… 그렇지 않아? 응?"

시도는 타이르는 듯한 뉘앙스로 말해봤지만, 오리가미는 조용히 고개를 저었다.

"수치심을 자극하는 것은 『킹·오브·킹스』의 기본 중의 기본. 오히려 법에 저촉되지 않는 명령을 내린 것만으로도 꽤 상냥했다고 생각해. 이 정도도 클리어할 수 없다면 진정한 왕이 될 수 없어."

"아니, 아무리 그래도……."

"3번을 뽑은 사람. 빨리 명령에 따라. 안 그러면『반역죄』—."

바로 그때, 오리가미는 말을 멈췄다.

이유는 지극히 단순했다. 레이네가 옷의 목덜미 부분을 통해 손을 옷 안으로 집어넣더니 검은색 브래지어를 꺼내 테이블 위에 던진 것이다.

아무래도 3번은 레이네였던 것 같았다.

"……이제 됐지?"

"……."

레이네가 평소와 다름없는 목소리로 그렇게 말하자, 오리가미는 아무 말 없이 그녀를 바라보았다.

시도는 저 두 사람 사이에서 차분한 투지가 불꽃을 튀기며 타오르고 있는 듯한 느낌을 받았다.

그러고 보니 레이네는 전부터 저랬다.

조금 전에 요시노를 무릎 위에 앉혔을 때도 생각했지만, 그녀가 지닌 수치심의 기준은 다른 사람과 다른 것 같았다. 시도가 일전에 그녀의 가슴에 얼굴부터 다이빙 했을 때도 차분했었고, 방금은 시도가 보는 앞에서 재주 좋게 브래지어를 벗기까지 했다. 아무리 백전연마의 〈억지쟁이 토비〉라도 그녀를 당황하게 만드는 것은 쉽지 않은 것 같았다.

"……이걸로 끝이야?"

"그래."

레이네의 말을 들은 오리가미는 간결하게 대답한 후, 나무 젓가락을 모았다.

""""왕은 누구냐~!""""

"나야."

"……어이."

아무리 그래도 다섯 번 연속은 말이 안 된다. 시도는 도끼눈을 뜨며 오리가미를 노려보았다.

하지만 시도가 의혹을 입에 담기 전에, 오리가미는 명령을 내렸다.

"4번이 입고 있는 팬티를—."

"흥……"

코토리가 코웃음 쳤다.

이번에는 코토리가 걸린 것 같지만…… 그녀는 태연한 표정으로 발을 바꿔 꼬았다.

"또 팬티야? 좋아. 딱히 상관없어. 대부분 동성이고, 남자는 시도뿐이니까 말이야."

코토리는 그렇게 말하면서 어깨를 으쓱했다.

오리가미에게 약한 모습을 보여주지 않기 위해 약간 허세를 부리고 있는 것 같았다. 하지만 그녀가 저렇게 자신만만해 하는 것도 무리는 아니었다. 시도는 코토리와 한 집에서 살면서 그녀의 팬티를 몇 번이나 봤었던 것이다. 수치심을 눈곱만큼도 느끼지 않는 건 아니겠지만, 『반역죄』를 저지르면서까지 거부할 만한 명령은 아니었다.

하지만.

"—2번이 벗긴다."

""뭐엇?!""

오리가미의 말을 들은 코토리와 시도의 입에서 튀어나온 비명이 멋지게 하모니를 이뤘다.

이미 예상이 되겠지만 2번은 바로 시도다.

시도의 반응을 보고 그 사실을 안 코토리는 낭패한 기색이 역력한 얼굴로 시도를 손가락으로 가리켰다.

"마, 마마마마마, 말도 안 돼! 여동생에게 무슨 짓을 하려는 거야?! 이 변태야!"

"나, 나한테 그런 소리 해봤자 아무 소용없다고!"

시도가 고함을 지르자 코토리는 "으……." 하고 신음을 흘리면서 오리가미를 무시무시한 눈으로 노려보았다.

하지만 오리가미는 표정 하나 바꾸지 않았다. 정말 그녀다웠다.

"못 하겠으면 거절하면 돼."

"큭……."

코토리는 그 말을 듣고 이를 갈았다.

"버, 벗겨……."

"뭐……? 어, 어이, 코토리."

"잔말 말고 빨리 해! 흐, 흥. 뭘 그렇게 의식하고 그래? 이 정도쯤은 아무것도 아니거든?"

무리해서 강한 체한 코토리는 자리에서 일어났다.

그리고 시도의 양손을 잡더니 자신의 치마 안쪽으로 잡아당겼다.

"자, 잠깐만!"

"시끄러워! 심각하게 생각하지 말란 말이야! 이 호박아!"

코토리가 고함을 질렀다. 아무래도 머릿속으로는 시도를 호박이라고 생각하는 것 같았다. ……왠지 자신보다 코토리가 더 의식하고 있는 것 같은 느낌이 들었다.

"아아, 정말……."

각오를 다진 시도는 코토리의 치마 안으로 손을 집어넣었다. 마음이 찔리지 않는 것은 아니지만, 저런 말을 하는 코토리가 실격이 되게 둘 수도 없었다.

　게다가 코토리의 말대로 심각하게 생각하지 않는 편이 좋을지도 모른다. 옛날에는 자주 같이 목욕을 했었으니, 의식을 하는 편이—.

　잡념을 떨쳐내면서 팬티를 찾기 위해 치마 안쪽을 양손으로 더듬던 시도의 손끝에서 부드러운 감촉이 느껴졌다.

　"아—."

　"윽, 어, 어디를 만지는 거야?!"

　코토리가 고함을 지르면서 무릎 차기를 날렸다. 양손을 잡힌 탓에 피할 수 없는 시도의 턱에 코토리의 무릎 차기가 정통으로 꽂혔다.

　"우갸?!"

　"이쪽이란 말이야!"

　코토리가 시도의 손을 허리 근처로 잡아당겨 팬티의 고무 부분에 댔다. 욱신거리는 턱을 매만질 수도 없는 시도는 눈가에 눈물이 맺힌 채 코토리의 얼굴을 올려다보았다.

　"……정말 괜찮은 거지?"

　"괜, 괜찮다고 했잖아. 빨리해."

　코토리가 고개를 휙 돌린 채 밀했다. 그녀의 볼은 새빨갛게 달아올라 있었고, 조그마한 입술은 희미하게 떨렸다.

　"……조, 좋아."

시도는 마른침을 삼킨 후, 팬티를 잡은 손을 천천히 아래로 내렸다.

옷깃 스치는 소리가 시도의 고막을 자극하는 것과 동시에, 고무의 저항감과 천의 마찰감이 코토리의 부드러운 피부를 압박했다. 왠지 해서는 안 되는 짓을 하는 느낌이 든 시도의 가슴이 점점 격렬하게 뛰었다.

하지만 이대로 가면 코토리는 무사히 명령을 클리어할 수 있다. 시도는 심호흡을 하면서 가슴을 진정시키려 했다.

하지만, 코토리의 치마 아래로 새하얀 천이 보이기 시작한 순간—.

"—여, 역시 무리야······!"

얼굴을 새빨갛게 붉힌 코토리가 비명에 가까운 목소리로 그렇게 외치면서 시도의 양손을 잡아 올렸다. 찰싹, 하는 고무 소리가 나면서 속옷이 원래 위치로 되돌아갔다.

그리고 "하아, 하아." 하고 거친 숨을 내쉬던 코토리는— 뭔가를 눈치챈 것처럼 어깨를 부르르 떨면서 고개를 들었다.

코토리의 시선이 입가에 손을 댄 채 무표정한 얼굴로 앉아 있는 오리가미를 향했다.

"왕의 명령은 절대적이야."

그리고 담담한 목소리로 그렇게 말한 오리가미는 코토리를 손가락으로 가리켰다.

"『반역죄』를 범한 너를 게임에서 제외시키겠어."

"큭······ 크으윽······."

분통을 터뜨리면서 이를 간 코토리는 다시 시도의 손을 잡으려다가…….

　"으, 으으……."

　방금 느낀 수치심을 떠올린 그녀는 양손을 축 늘어뜨리면서 의자에 털썩 주저앉았다.

　"이걸로— 네 명을 정리했어."

　오리가미는 무표정한 얼굴로 손가락을 네 개 들었다.

　""왕은 누구냐~!""

　"나—."

　"잠깐!"

　다음 게임이 시작되자마자 오리가미가 또 손을 들려 했다. 하지만 그녀가 손을 반쯤 든 순간, 코토리가 고함을 질렀다.

　"코토리……?"

　"……한 방 먹었어. 이것 좀 봐."

　코토리가 나무젓가락— 멤버들이 『반역죄』를 범해 탈락한 바람에 무용지물이 된 나무젓가락을 부러뜨렸다.

　그러자 어떻게 집어넣은 것인지는 모르겠지만 나무젓가락 안에 들어 있던 전자 부품 같은 것이 모습을 드러냈다.

　"이, 이건……."

　"아마 전자 태그 같은 걸 거야. 역시 이걸로 나무젓가락을 판별한 거네. ……꽤나 대담한 짓을 벌였잖아."

"뭐……"

코토리의 말을 들은 토카는 무시무시한 표정을 지으면서 자신이 뽑은 나무젓가락을 부러뜨렸다. 그러자 코토리가 방금 부러뜨린 나무젓가락과 마찬가지로 안에서 가늘고 긴 전자 부품이 모습을 드러냈다.

"저, 정말이다……. 안에 뭔가가 들어가 있구나. 토비이치 오리가미! 네 짓이지?!"

"무슨 소리인지 모르겠어."

하지만 오리가미는 태연한 얼굴로 고개를 저을 뿐이었다.

"이 녀석, 아직도 시치미 떼는 것이냐……! 네 녀석이야말로 실격이다! 여기서 나가라!"

토카는 주먹을 쥐면서 고함을 질렀다.

하지만 바로 그때, 누군가가 손을 뻗어 토카를 말렸다. ― 그 사람은 바로 코토리였다.

"성급하게 행동하지 마. 그래 봤자 아무 의미 없어."

"뭐, 뭐라고……?"

토카는 그 말을 듣고 미간을 찌푸렸다. 한편, 팔짱을 낀 코토리는 분노로 물든 시선을 오리가미에게 보내면서 입을 열었다.

"확실히 네가 한 짓은 중대한 위반 행위야. 너를 즉각 실격 처리해도 될 사안이지. 시치미 떼는 건 네 마음이지만, 이 자리에 있는 멤버들은 과연 어떻게 생각할까?"

코토리는 주위에 있는 이들을 둘러본 후, 입을 열었다.

"—하지만 더는 책임을 묻지 않겠어. 새 나무젓가락을 준비하는 것과, 실격된 멤버들의 부활. 그리고— 다음 게임부터는 자신이 뽑은 번호를 공개하는 조건으로 타협하지 않겠어?"

"뭐……."

코토리의 제안을 듣고 시도는 미간을 찌푸렸다.

뽑은 번호를 공개한다……. 즉, 왕이 명령을 내릴 상대를 임의로 선택할 수 있는 것이다.

아무런 조작도 되지 않은 나무젓가락으로 왕게임을 할 경우. 오리가미가 왕이 될 확률은 단순하게 계산해볼 때 8분의 1이다.

코토리는 압도적인 병력 차를 이용해 오리가미에게 무리한 명령을 내려 『반역죄』를 범하게 할 생각이리라.

인과응보라고는 해도, 오리가미에게 너무나도 불리한 조건이었다.

하지만—.

"……상관없어."

오리가미는 태연하게 고개를 끄덕였다. 압도적으로 불리하다는 사실을 알면서도, 왕의 자리를 포기하지 않는 건가— 아니면, 이런 상황에서도 자신의 승리를 확신하는 것일까. 적어도 그녀의 얼굴에서는 낭패나 고민의 기색은 전혀 찾아볼 수 없었다.

"무슨 소리를 하는 것이냐, 코토리! 이딴 녀석을 남겨둬선—."

"토카. 너, 토비이치 오리가미에게 당한 게 분하지도 않아?"

"……윽!"

코토리의 말을 들은 토카는 어깨를 부르르 떨었다. 아니― 토카만이 아니었다. 오리가미에게 불합리한 명령을 받은 멤버 전원이 같은 반응을 보였다.

"나는 분해서 죽을 것만 같아. 내가 받은 치욕을 저 여자도 맛보게 해주지 않으면 울화통이 터져서 죽을 것만 같아……!"

코토리는 귀기 어린 표정을 지으면서 말을 이었다.

"물론 평범한 나무젓가락으로 게임을 하면 토비이치 오리가미가 왕이 될 가능성도 있어. 하지만 우리 중 누군가가 왕이 되면 그 어떤 명령이라도 핀 포인트로 그녀에게 시킬 수 있어. 그녀가 부정행위를 하지 않았다면 성립하지 않았을, 반칙 같을 만큼 유리한 상황이야."

"어, 어이, 코토리……."

시도는 식은땀을 흘리면서 코토리의 이름을 불렀다.

하지만 복수심에 불타는 코토리와 다른 소녀들에게는 시도의 목소리가 들리지 않는 것 같았다. 다들 코토리의 목소리에 귀를 기울인 채 생각에 잠겨 있었다.

"……그렇구나."

"크큭, 확실히 당한 채로 게임을 끝내는 건 내 성미에 맞지 않느니라. 구풍의 왕녀 야마이를 얕본 대가를 치르게 해주겠노라."

"동의. 아무리 마스터 오리가미라도 봐주지 않겠어요."

"으, 으음, 저기……."

"……."

토카와 야마이 자매는 오리가미를 노려보면서 그렇게 말했다. 두 명 정도가 소극적인 반응을 보이고 있었지만, 그 정도로 다른 멤버들의 뜻을 꺾는 것은 무리였다.

"그럼 다시 시작하자. 레이네. 프런트에 전화해서 나무젓가락을 달라고 해. 그리고 카구야와 유즈루는 사인펜을 준비해. 마지막으로 토카와 요시노와 시도는 토비이치 오리가미가 허튼짓을 하지 못하도록 감시해!"

"""오케이!"""

"자, 잠깐—."

시도의 말을 깔끔하게 무시한 그녀들은 왕게임『킹·오브·킹스』를 속행했다.

공정을 기하기 위해 나무젓가락은 시도가 섞게 되었다. 그리고 시도가 구호를 외치면서 나무젓가락을 쥔 손을 내밀면, 다른 이들이 그가 쥔 나무젓가락 중에서 각각 하나씩 뽑기로 한 것이다.

시도는 이것이 올바른 게임 방식인지 의문이 들었지만, 다른 이들이 납득한 것 같았기에 아무 말도 할 수 없었다. 그는 테이블 중앙을 향해 손을 내밀면서 낮은 신음을 흘렸다.

"으……."

……왠지 다른 이들의 시선이 무서웠다. 복수심에 불타는 네 명과, 야망을 품은 새하얀 악마, 그리고 방관자 한 명과, 오아시스 같은 마음을 지닌 한 명. 그리고 이 상황을 즐기고 있는 광대가 한 명 있었다.

그들의 시선이 나무젓가락을 쥔 시도의 손을 향하고 있었다. 마치 손목 아랫부분을 끈적끈적한 콜타르에 집어넣은 것 같은 느낌마저 들었다.

"와, 왕은, 누구냐……!"

시도가 그렇게 외치자, 다른 이들이 일제히 나무젓가락을 뽑았다. 그리고 다음 순간, 레이네와 요시노가 천천히 나무젓가락을 뽑았다.

"좋았어!"

그렇게 외친 사람은 바로 토카였다. 그 자리에서 벌떡 일어난 토카는 『왕』이라고 적힌 나무젓가락을 검처럼 쥐더니, 그 끝으로 오리가미를 가리켰다.

"다음은 내가 왕이다! 각오해라, 토비이치 오리가미……! 원망할 거면 네 평소 행실을 원망하거라!"

토카는 승리를 확신한 듯한 목소리로 말을 이었다.

"우선 나에게 했던 짓부터 하게 해주마. 우리 앞에서 네가 입은 팬티를 훤히 드러내거라! 번호는—"

토카가 갑자기 입을 다물었다. 그러자 다른 이들이 쥐고 있는 나무젓가락의 번호를 공개했다.

오리가미의 나무젓가락에 적힌 번호는—

"5번이다!"

토카는 힘찬 목소리로 외쳤다.

숫자가 공개됐으니 조준이 빗나갈 리가 없다. 오리가미는 『5』라고 적힌 나무젓가락을 테이블 위에 내려놓은 후, 자리에서 일어났다.

"후, 후후후! 어떠냐, 토비이치 오리가미! 남들 앞에서 치마를 걷어 올리는 자신을 상상만 해도 부끄럽지 않느냐?! 그리고 팬티를 1분 동안 노출시켜야만 하지……! 자아, 어떻게 하겠느냐?! 부끄러우면 관둬도—."

마음속에 쌓인 울분을 전부 발산하려는 것처럼 고함을 지르던 토카는 갑자기 입을 다물었다.

"……."

오리가미가 한 치의 주저도 없이 치맛자락을 잡더니 그대로 단숨에 들어 올린 것이다.

그것도 시도를 향해 돌아선 채, 말이다.

"아닛……?!"

오리가미가 너무나도 자연스럽게 그렇게 행동하자, 다들 바로 반응을 보이지 못했다. 참고로 시도는 토카 때처럼 허둥지둥 눈을 감으며 고개를 돌렸다.

"이…… 이, 이 녀석! 그런 짓을 해도 부끄럽지 않은 것이냐?!"

"이 명령을 내린 사람은 바로 너야."

"그, 그건 그러하다만……."

명령을 내린 토카는 낭패한 기색이 역력한 목소리로 말했다.

"시도. 눈 떠. 나도 부끄러워서 견딜 수가 없을 지경이지만, 왕의 명령이니까 어쩔 수 없잖아."

"무, 무슨 소리를 하는 것이냐?! 나는 시도에게 보여주라고는 말하지 않았다!"

"자아, 시도, 똑똑히 봐. 코앞에서 봐."

"이, 이 녀석! 빨리 시도에게서 떨어져라!"

뭔가가 덜컹거리는 소리가 들렸지만, 시도는 1분이 지날 때까지 무서워서 눈을 뜨지 못했다.

—그리고 모두의 복수는 계속되었다.

"아…… 제, 제가, 왕……이에요."

『우후후~. 그럼 요시노의 복수를 해볼까나~. —2번~! 요시농의 어휘를 쥐어짜서 적은 이 글을 큰 소리로 읽어!』

『요시농』은 양손으로 펜을 잡더니, 메모지에 글을 적어서 2번— 오리가미를 향해 던졌다.

그 메모지를 받은 오리가미는 낯빛 하나 바꾸지 않은 채 메모지에 적힌 글을 읽었다.

"—저는 갈 데까지 간 여자 변태예요. 시도의 ××를 상상하며 매일 혼자서 ××를 ×××대요. 하지만 그것만으로는 만족할 수 없어요. 인내심도 한계에 도달했어요. 부탁이에요. 이 불쌍한 암퇘지의 ××에, 당신의 단단한 ××를 ×아서 엉망진창으로 만들어주세요. 더. 더 격렬하게. 아아, ××가, ××로 ××××××."

오리가미는 담담한 목소리로 읽어나갔다.

그녀의 목소리를 들은 다른 이들은 새빨갛게 달아오른 얼굴을 푹 숙였다.

……후반부는 그야말로 관능 소설 낭독회 같았다.

"크, 크큭…… 드디어, 우리의 시대가 온 것이냐!"

"동의. 방금 일 덕분에 기세가 약간 꺾였지만, 지금부터가 메인이벤트예요."

"홋…… 물론 명령은 바로 이것이니라!"

"호응. ─4번은 왕과 3번에게 가슴을 5분간 애무당한다."

물론 4번은 오리가미이며, 왕과 3번은 카구야와 유즈루인 것 같았다.

"크큭…… 각오하거라, 오리가미여, 우리가 지닌 마성의 테크닉으로 그대를 쾌락의 절정에 오르게 해주겠노라."

"미소. 그만하라고 해도 계속할 거예요."

두 사람은 그렇게 말하면서 오리가미의 앞뒤로 이동하더니, 보는 이들의 가슴조차 격앙되게 만들 만큼 에로틱한 손놀림으로 오리가미의 조신한 가슴을 매만졌다.

"크큭. 어떠냐. 어떠냔 말이다. 오리가미여."

"……."

"자극. 목소리를 내도 돼요."

"……"

"차, 참는 건 몸에 좋지 않느니라."

"……"

"강약. 자, 여기를 만지면 기분 좋죠?"

"……"

결국 오리가미는 마지막까지 표정 하나 바꾸지 않았을 뿐만 아니라 낮은 신음조차 흘리지 않았다.

야마이 자매는 자신감을 잃었는지 한동안 고개를 푹 숙이고 있었다.

"……응? 이번에는 내 차례구나. 그럼…… 4번은 브래지어를 벗―."

"예."

다음 왕인 레이네가 명령을 끝까지 말하기도 전에, 오리가미는 목덜미 쪽을 통해 손을 옷 안으로 집어넣어 브래지어를 꺼냈다.

"……망설임이 없네."

"……"

오리가미는 고개를 끄덕인 후, 방금 벗은 브래지어를 시도를 향해 던졌다.

"우, 우왓?!"

"자, 계속하자."

시도가 깜짝 놀라 비명을 지른 순간, 오리가미는 차분한 목소리로 그렇게 말했다.

"어머, 다음은 나네? 으음…… 역시 당한 대로 갚아주는 게 좋겠지? —1번의 팬티를 6번이 벗길 것!"

코토리의 말을 들은 시도는 숨을 삼켰다.

"자, 잠깐…… 1번은 오리가미이고…… 6번은 나잖아! 나를 끌어들이지 말라고!"

"하지만 다른 사람은 전부 여자니까 그렇게 부끄럽지 않을 거야. 내가 맛본 치욕을 갚아주기 위해서는 시도가 토비이치 오리가미의 팬티를 벗겨야만 해."

"아, 아무리 그래도……"

시도가 주저하고 있을 때, 누군가가 그의 손을 잡았다.

"시도. 왕의 명령은 절대적이야. 부끄러워 죽겠지만 어쩔 수 없어. 자, 벗겨줘."

"어, 어이. 잠깐만 기다려, 오리가미. 내, 내손 잡아당기지 마!"

"여기야. 만져봐. 더 세게……"

"아니, 잠깐만. 하다못해 눈이라도 가리고…… 아, 아, 아…… 아, 안 돼애애애애애애앳!!"

—그리고 약 30분 후.

""""하아……. 하아……. 하아…….""""

그들은 핼쑥해진 얼굴로 여전히 태연자약한 오리가미를 노려보았다.

그녀들은 그 뒤로도 오리가미에게 집중포화를 가했지만, 그녀는 태연히 그 모든 명령을 수행하고 만 것이다. ……역시 S급 랭커(자칭)는 장난이 아니었다.

하지만 다른 이들은 오리가미에게 한 방 먹일 때까지 계속 게임을 할 생각인 것 같았다. 그녀들은 "계속해!"라고 말하는 듯한 눈빛을 시도에게 보냈다.

시도는 메마른 미소를 머금으면서 나무젓가락을 섞었다. 그러자 모두의 시선이 나무젓가락에 집중되었다.

"왕은 누구냐~!"

그렇게 외치면서 자신의 나무젓가락을 확인한 시도는─ "아." 하고 작게 탄성을 질렀다.

게임이 시작된 후 처음으로 시도가 『왕』이 된 것이다.

시도를 제외한 전원이 숫자가 적힌 나무젓가락을 들고 있었기에, 그 사실은 금세 알려졌다. 토카, 코토리, 야마이 자매는 「오리가미를 쓰러뜨려라.」라는 뜻이 담긴 시선을 시도에게 보냈다.

"아, 아니, 그런 눈으로 쳐다봐도……."

시도의 볼을 타고 식은땀이 흘렀다.

오리가미는 그녀들에게 집중포화를 당하고도 눈썹 하나 까딱하지 않았다. 대체 어떤 명령을 내리면 그녀를 부끄럽게 할 수 있을지…… 혹은 『반역죄』를 범하게 해서 리타이어시킬 수 있을지 상상이 되지 않았다. 차라리 타도 오리가미에 얽매이지 말고 마음 가는 대로 명령을 내리는 편이 좋을—.

"아……."

그렇게 생각한 순간, 어떤 생각이 시도의 머릿속을 스치고 지나갔다.

왕이 된 시도는 특정 인물에게 절대적인 명령을 내릴 수 있다. 이런 상황은 두 번 다시 시도에게 찾아오지 않을지도 모른다.

—그렇다. 지금이라면 시도가 평소 바라마지않던 소망을 이룰 수 있지 않을까.

시도는 다른 이들이 쥔 나무젓가락의 번호를 확인한 후, 명령을 내렸다.

"—명령을 내리겠어. 왕이 괜찮다고 할 때까지, 2번은 6번과 사이좋게 지내."

""……읏?!""

시도가 그렇게 말한 순간, 두 사람의 눈썹이 흔들렸다.

그 두 사람은 2번과 6번— 즉, 오리가미와 토카였다.

"……그게 무슨 소리야?"

"아니, 그러니까…… 말 그대로의 의미야. 2번은 6번을 싫어하거나, 싸우지 말고, 친구가 되어줘. 그러지 않으면—『반역죄』야."

"……."

잠시 동안 아무 말 없이 생각에 잠겨 있던 오리가미는 자리에서 일어나더니 토카의 옆에 앉았다.

"으, 윽. 뭐, 뭐 하는 것이냐."

토카는 갑자기 다가온 오리가미를 경계하듯 미심쩍은 눈으로 그녀를 바라보았다.

하지만 오리가미는 토카의 손을 잡더니, 그녀와 어깨를 맞댔다. 그리고—.

"—토카."

"……윽?!"

오리가미의 말을 들은 토카의 온몸에 소름이 돋았다.

"무, 무무, 무슨 소리를 하는 것이냐?! 토비이치 오리가미……!"

"생판 남을 부르는 듯한 호칭 쓰지 말고 오리가미라고 불러줘. 오리링도 괜찮아."

"오, 오리……?!"

토카는 새된 목소리로 그렇게 말하면서 도움을 청하듯 시도를 쳐다보았다.

"시도……."

"으음…… 토카도 오리가미와 친하게 지내주면 안 될까?"

"으, 으음……."

왕의 명령은 절대적이다. 시도의 말을 들은 토카는 당혹스러운 표정을 지으며 눈썹을 팔자 모양으로 일그러뜨리면서도, 머뭇거리면서 오리가미 쪽을 쳐다보더니— 떨리는 목소리로 말했다.

"오…… 오리, 가미……."

"드디어 이름으로 불러줬구나. 기뻐."

"히익……?!"

오리가미는 공세를 멈추지 않았다. 반강제로 토카와 깍지를 낀 오리가미는 상냥한 목소리로 속삭이듯 말했다.

"지금까지는 미안했어. 전부터 사이좋게 지내고 싶었지만, 용기가 나지 않았어. 이런 나를 용서해줘."

"으, 으음……? 그, 그건…… 괜찮다만……."

토카는 얼굴을 붉힌 채 당황했다. 하지만 오리가미는 그런 토카의 반응을 괘의치 않으면서 그녀에게 더욱 다가갔다.

"앞으로는 용기를 낼게. —부탁이야, 토카. 나와 친구가 되어뿌샤라페레뽀라."

말을 하던 오리가미가 갑자기 피를 토했다.

아니, 실제로 피를 토하지는 않았지만, 왠지 피를 토한 것처럼 보였다. ……아마 극도의 스트레스가 원인인 것이리라.

오리가미는 그대로 그 자리에서 쓰러졌다.

"오, 오리가미?!"

"""오옷!"""

코토리와 야마이 자매가 그 자리에서 벌떡 일어섰다.

"꽤 하잖아, 시도!"

"크큭…… 오호라. 이런 방법이 있었던 게냐."

"납득. 밀어서 안 되면 당겨봐라, 군요."

다들 고개를 끄덕였다. ……다들 시도가 여기까지 계산하고 오리가미에게 그런 명령을 내렸다고 생각하는 것 같았다.

하지만 시도가 변명하려 한 순간, 방에 설치된 전화가 울렸다. ―아무래도 시간이 다 된 것 같았다.

"그래. ……응, 좋아. 알았어."

전화를 받은 코토리는 바닥에 쓰러진 오리가미를 힐끔 쳐다본 후, 연장 신청을 하지 않고 전화를 끊었다. 진정한 왕은 정해지지 않았지만, 오리가미에게 한 방 먹여준 덕분에 다들 마음이 개운해진 것 같았다. 코토리만이 아니라 야마이 자매도 표정이 밝았다. 요시노도 무사히 게임이 끝나서 안도하고 있는 것 같았다. 토카는 한동안 당혹스러워했지만, 금세 평정을 되찾은 그녀는 오리가미와 깍지를 끼고 있던 손을 푼 후, 그 손을 상냥하게 테이블 위에 올려놓았다.

"자, 시간이 꽤 늦었으니까 뒷정리하고 빨리 집으로 돌아가자."

코토리는 뒷정리를 재촉하듯 손을 흔들면서 말했다.

"으, 응. 알았어."

그렇게 대답한 시도는 마이크를 바구니에 넣은 후, 쓰레기를 주웠다.

그리고― 바로 그때.

"아…… 맞다."

뭔가가 생각났는지 토카가 고개를 들었다.

"응? 왜 그래?"

"음. 그러고 보니 아이, 마이, 미이가 다른 게임도 가르쳐줬다. 이건 좀 더 간단한 것이라더구나. —저기, 시도. 다음에 나와 빼빼로 게임이라는 것을 하지 않겠느냐?"

그 순간—.

"""……"""

시도는 뒷정리를 하던 소녀들, 그리고 바닥에 쓰러져 있던 오리가미의 눈에 맹금류를 연상케 하는 눈빛이 맺힌 듯한 느낌을 받았다.

천앙제 콘테스트

ContestTENOHSAI

DATE A LIVE ENCORE 2

"엄청난 인파네."

시도는 식은땀을 흘리면서 아래쪽을 바라보았다. 그러자 한 눈으로는 셀 수도 없을 만큼 많은 관객들이 웅성대고 있는 모습이 눈에 들어왔다.

하지만 저렇게 많은 사람들이 몰리는 것도 무리는 아니었다. 오늘은 텐구 시내에 있는 열 곳의 고등학교가 합동으로 개최하는 거대 문화제— 천앙제 예비일인 것이다.

어떤 사건 때문에 개최되지 못한 천앙제 이튿날의 이벤트를 후야제 이후에 개최하게 되었다. 한때는 중지 쪽으로 가닥이 잡혔지만 학생들과 근처 주민들의 강한 희망에 따라 무사히 개최하게 된 것이다.

뭐, 거기까지는 좋다. 문제는 시도가 왜 텐구 스퀘어의 센트럴스테이지 위에 있는가, 였다. 게다가 시도가 앉은 자리 앞에는『심사 위원』이라 적힌 종이가 붙어 있었다.

"……이런 자리는 나한테 안 어울리는데 말이야."

시도가 투덜거리고 있을 때, 오른쪽 귀에 꽂은 인터컴에서 코토리의 목소리가 흘러나왔다.

『이제 와서 그런 말 해봤자 아무 소용없어. 그것보다 점수나 헷갈리지 마.』

"……알았어."

한숨 섞인 목소리로 그렇게 말한 시도는 자신의 앞에 놓인 점수판을 바라보았다.

그렇다. 시도는 현재 가혹할 뿐만 아니라 어이없기 그지없는 미션을 수행하고 있었다.

이 모든 일의 발단은 몇 시간 전, 시도 일행이 천앙제 행사장인 텐구 스퀘어 안을 걸어가고 있을 때 벌어졌다.

"자…… 그럼 다음은 어디에 갈까?"

"멘치카츠[#2]!"
데빌 피시 · 버스트
"타코야키!"

"추천. 야키소바."

시도의 말을 들은 세 소녀가 일제히 손을 번쩍 들면서 말했다. 칠흑빛 머리카락과 수정 같은 눈동자를 지닌 아름다운

#2 멘치카츠(メンチカツ) 다진 고기에 양파를 비롯한 다진 채소를 넣고 섞은 후 빵가루를 입혀서 납작하게 튀긴 요리.

소녀— 토카와, 판으로 찍어낸 것처럼 똑같이 생긴 얼굴과 정반대되는 체형을 지닌 쌍둥이— 야마이 카구야, 유즈루 자매였다.

세 사람이 말한 것은 전부 음식 이름이었다. 그 말을 들은 시도는 쓴웃음을 지으면서 행사장 한쪽을 손가락으로 가리켰다.

"그럼 가까운 곳부터 가보자. 우선 에이부니시 고교의 멘치카츠부터 먹을까?"

"음! 좋다!"

고개를 끄덕인 토카는 손을 앞뒤로 흔들면서 걸음을 옮겼다. 시도와 야마이 자매는 그녀의 뒤를 따르듯 행사장 안을 이동했다.

바로 그때. 행사장 곳곳에 설치된 스피커에서 안내 방송이 흘러나왔다.

『—여러분. 오늘 천앙제에 와주셔서 정말 감사합니다. 와주신 여러분들에게 이벤트 안내를 해드릴까 합니다. 오늘 오후 세 시경에 센트럴스테이지에서 미인 대회가 개최됩니다. 우승자에게는 고급 온천 여관 1박 2일 숙박 페어 티켓이 증정됩니다.』

그 말을 들은 시도는 가볍게 고개를 끄덕였다. 그러고 보니 천앙제의 명물인 이 기획이 남아 있었다.

"시도, 미인 대회가 무엇이냐?"

토카가 고개를 갸웃거렸다. 시도는 손가락 하나를 세우면서 대답했다.

"으음. 뭐, 간단하게 말하자면 가장 귀여운 여고생을 뽑는 이벤트야."

"호오……?"

"반응. 재미있을 것 같아요."

카구야와 유즈루가 시도의 말을 듣고 눈을 반짝였다. 시도는 마음속으로 "아차." 하고 중얼거렸다. 승부를 좋아하는 야마이 자매라면 방금 자신이 한 말을 듣고 어떤 반응을 보일지 뻔했기 때문이다. 만약 저 두 사람이 참가하기라도 한다면 또 승패를 두고 골치 아픈 일이 벌어질 것이다. 시도는 흥미가 동한 두 사람을 달래기 위해 말을 이었다.

"두, 두 사람 다 진정해. 참가자는 미리 뽑으니까 방법이―."

『―그리고, 올해부터는 돌발 참가가 가능합니다. 천앙제 참가 학교의 여학생이라면 누구라도 참가할 수 있으니 자신 있으신 분은 참가해주십시오.』

시도의 말을 막듯, 무정한 안내 방송이 행사장 전체에 울려 퍼졌다.

……이제 저 두 사람을 막는 것은 불가능하다. 카구야와 유즈루의 눈은 호기심과 투쟁심으로 가득 차 있었다. 이 상황에서 억지로 참가를 막았다간 기분 나빠할지도 모른다.

이렇게 되면 코토리나 레이네에게 두 사람의 설득을 부탁할 수밖에 없다. 시도는 두 사람에게 연락을 취하기 위해 호주머니 안에 있는 인터컴을 향해 손을 뻗었다.

하지만 바로 그 순간. 뒤쪽에서 후다닥 뛰어온 사람들이 시도를 포위했다.

"우왓?! 뭐, 뭐야?!"

깜짝 놀란 시도는 어깨를 부르르 떨었다. 유심히 보니 그 사람들은 메이드복을 입은 세 소녀, 시도의 클래스메이트인 떠들썩 3인조 아이, 마이, 미이였다.

"헤이~! 이츠카 군~."

"미녀 군단을 거느리고 천앙제를 만끽 중인 것 같네~!"

"무지무지 부러워! 절대 용서 못 해!"

세 사람은 그렇게 말하면서 도루 하려는 주자처럼 자세를 낮추더니 좌우로 스텝을 밟았다.

"가, 갑자기 나타나서 뭐 하는 거야……."

이마에 땀방울이 맺힌 시도가 묻자, 세 사람은 낮추고 있던 몸을 바로 세웠다.

"아~. 실은 부탁이 있거든~. 이츠카 군은 실행 위원이잖아?"

"방금 미인 대회 관련 안내 방송 했지? 실은 미인 대회의 심사 위원이 한 명 부족한가 봐~."

"그러니까 이츠카 군을 심사 위원으로 임명하겠어! 참고로 말하자면 거부권은 없어!"

미이는 시도를 손가락으로 가리키면서 단호한 목소리로 말했다. 느닷없이 심사 위원으로 임명된 시도는 눈을 동그랗게 떴다.

"뭐…… 뭐어?! 자, 잠깐만! 대체 왜……."

"뭐, 아무튼 잘 부탁해~."

"자세한 건 대기실에 가서 들어~."

"도망치면 메이드복 입혀서 접객 시킬 거야~."

아이, 마이, 미이는 상큼발랄하면서도 거부를 용납하지 않는 목소리로 그렇게 말한 후, 손을 흔들면서 가버렸다.

"어, 어이……."

남은 시도는 망연자실한 표정을 지은 채 딱딱하게 굳어버렸지만…… 지금은 그러고 있을 때가 아니었다.

왜냐하면―.

"오오…… 시도가 심사 위원인 것이냐?! 그럼 나도 나가겠다!"

야마이 자매뿐만 아니라 토카까지 눈을 반짝이면서 참가 의사를 밝힌 것이다.

"자, 잠깐만, 토카. 이건―."

"호오, 감히 나에게 도전하겠다는 것이냐? 배짱 한번 좋구나. 크큭, 그렇다면 내 친히 가르쳐주도록 하마. 권속은 결코 주인을 이길 수 없다는 사실을 말이다!"

"경계. 생각도 못 한 강적이 나타났어요. 하지만 최후의 승자가 될 사람은 유즈루예요. 상품인 여행권으로 시도와 온천에 가서, 분해 죽으려고 하는 카구야의 반응을 즐길 거예요."

"오오! 그러고 보니 상품도 있었지! 시도! 내가 이기면 같이 온천에 가자꾸나!"

세 소녀는 시도의 제지를 무시하고 투지를 불태웠다.

이렇게 되면 말릴 방법이 없다는 사실을 아는 시도는 머리를 감싸 쥐면서 신음을 흘렸다.

『왜 말리지 않은 거야. 시도는 바보야? 응? 바보 맞지?』

　미인 대회를 준비하러 간 토카 일행과 헤어진 후, 시도가 인터컴으로 방금 있었던 일을 코토리에게 보고하자, 그녀는 한 치의 주저도 없이 그렇게 말했다.

　"……이미 흥미가 동한 저 녀석들을 어떻게 말리냐고. 말도 안 되는 소리 하지 마."

『하아, 또 골치 아픈 일이 벌어졌네.』

　"……역시, 그런 거야?"

　시도가 묻자, 코토리는 흥 하고 코웃음을 쳤다.

『당연하지. 순위가 정해진다는 건 어쩔 수 없다고 쳐도, 시도가 심사 위원이라는 것과, 상품인 여행권으로 시도와 함께 온천에 가려는 게 문제야. 만약 세 사람 중 누군가가 승리해서 상품을 얻는다면 다른 두 사람은 언짢아할 가능성이 있단 말이야.』

　코토리는 그렇게 말하고 한숨을 내쉬었다. 시도는 그녀가 이런 반응을 보이는 이유를 눈치챘다.

　만약— 이라는 표현을 쓰기는 했지만, 코토리도 세 정령 중 한 명이 미스 천앙제가 될 것이라고 생각하는 것이리라.

　물론 각 학교에서 내로라하는 미소녀들이 참가하겠지만, 토카를 비롯해 카구야와 유즈루는 그야말로 초월적인 미모를 지녔다. 아마 미인 대회 자체가 평범하게 진행된다면 우승자는 그 세 명 중의 한 명이 될 것이다.

"그럼 어떻게 하면 좋지?"

『글쎄……. 다른 후보를 세워서 그 애를 우승시키는 건 어떨까?』

"다른 후보? 괜찮은 사람 있어?"

『응. 딱 적당한 애가 있어. 시오리라는 이름의 애인데─.』

"절대 안 돼!"

시도는 코토리의 말을 막듯 고함을 질렀다. 코토리도 진심으로 한 말은 아닌지 가볍게 웃음을 터뜨린 후 말을 이었다.

『아무튼 절대 조건은 토카, 카구야, 유즈루 중 한 명을 우승시키지 않는 거야. 누구라도 상관없으니까 다른 학교의 후보를 우승시켜.』

코토리가 무모한 요구를 하자, 시도는 눈썹을 찌푸렸다.

바로 그때, 시도는 눈치챘다. 지금의 자신이라면 그 조건을 클리어할 수 있을지도 모른다는 사실을 말이다.

"그래……! 나는 심사 위원 중 한 명이니까 세 사람에게 낮은 점수를 주면 다른 후보가 우승─."

『바보.』

코토리는 시도가 말을 끝까지 잇기도 전에 딱 잘라 말했다.

"하지만 그렇게라도 하지 않으면……."

『만약 시도가 정령들에게 낮은 점수를 줘봐. 그랬다간 무지막지하게 기분 나빠할걸? 까딱 잘못하면 엄청난 참사가 벌어질 수도 있어.』

"……아."

그 말을 듣고 시도의 이마에 땀방울이 맺혔다. 미스 천앙제의 심사 방식은 후보자가 나오면 심사 위원이 앞에 있는 점수판을 드는 형식이다. 즉, 누가 몇 점을 줬는지 후보자들은 바로 알 수 있는 것이다.

"즉…… 그 세 사람 이외의 다른 사람을 우승시켜야 하는데, 나는 그 세 사람에게 만점을 줘야만 한다는 거야……?"

『뭐, 그래. 하지만 그렇게 비관할 건 없어. 누가 누구에게 몇 점을 줬는지 알 수 있다는 건 시도가 자신에게 만점을 준 것도 알 수 있다는 거잖아? 어쩌면 우승을 놓친 정령이 기분 나빠하는 것을 막을 수 있을지도 몰라.』

"그건 그렇지만…… 그럼 어떻게 걔들의 점수를 낮추지?"

『그야 다른 심사 위원들이 낮은 점수를 주게 할 수밖에 없겠네.』

"다른 심사 위원……?"

시도가 괴이쩍은 표정을 지으면서 되묻자, 코토리는 당연하다는 듯이 대답했다.

『응. 미인 대회 심사 위원들은 전부 대기실에 모여 있다면서? 총 몇 명이야?』

"으음…… 아마 나까지 포함해서 네 명일 거야."

『그래? 그렇다면— 한 사람 당 100만까지는 써도 돼.』

"매, 매수?!"

시도는 너무나도 노골적인 제안을 듣고 깜짝 놀라고 말았다.

『그래. 만에 하나 정령들이 폭주하기라도 하면 얼마나 큰 피해가 날지 모르는 건 아니지? 그것만은 수단과 방법을 가리지 않고 막아야 해.』

"뭐, 뭐어…… 그건 그렇지만……."

『그리고 매수는 어디까지나 최후의 결정타야. 심사 위원들이 매수에 응하게 만들 수 있느냐 없느냐에 이 일의 성공 여부가 달렸어. 그러니까 시도는 대기실에 가서 다른 심사 위원들이 우리에게 협력하도록 설득해봐.』

"……알았어."

그다지 내키지는 않았지만, 어쩔 수 없다. 시도는 작게 한숨을 내쉬면서 걸음을 옮겼다.

시도는 수많은 인파로 북적대는 행사장에서 나와 센트럴스테이지로 향했다. 그리고 스테이지의 뒤편에 있는 심사 위원 대기실에 들어갔다.

"안녕하세요……."

시도는 인사말을 입에 담으면서 문을 열었다. 대기실 안에는 학생 두 명이 시도보다 먼저 와 있었다. 한 명은 요조숙녀라는 말이 잘 어울릴 듯한 조신한 여학생이었고, 다른 한 명은 운동부 소속으로 보이는 체격이 좋은 남학생이었다.

"아, 그 교복은— 라이젠의 심사 위원이지?"

그 남학생은 자리에서 일어나더니 시도를 향해 손을 내밀었다.

"아, 예……."

시도가 머뭇거리면서 그 손을 잡자, 남학생은 손에 힘을 주면서 환한 미소를 지었다. 그러자 그의 새하얀 치아가 환하게 빛났다.

"나는 코모다 슈헤이. 에이부니시의 3학년이야. 학생회장을 맡고 있지."

"아— 이츠카 시도예요. 라이젠 고교 2학년이죠……. 아, 천앙제 실행 위원이기도 해요."

시도가 그렇게 말하자, 다리를 모으고 의자에 앉아 있던 여학생이 차분한 목소리로 말했다.

"저는 이쥬인 사쿠라코라고 해요. 센죠 대학 부속 고교 3학년이며, 선도 위원장이죠. 잘 부탁해요."

그녀는 그렇게 말하면서 우아하게 인사를 건넸다. 아마 예절 바른 집안에서 자란 아가씨 같았다. 동작 하나하나에서 기품이 느껴졌다.

"아, 저야말로 잘 부탁드립니다."

시도가 고개를 숙이자, 코모다가 악수를 한 손을 위아래로 흔들었다. 왠지 시도를 바라보는 그의 시선에 묘한 열기가 담긴 듯한 느낌이 들었다.

"뭐, 이렇게 심사 위원으로 뽑힌 것도 인연이라고 할 수 있겠지. 즐겁게 심사하자고."

"아, 예……."

호남형 인간인 코모다를 본 시도의 이마에 땀방울이 맺혔다. ······땀을 흘리는 것도 무리는 아니었다. 시도는 지금부터 저 두 사람을 매수해야만 하는 것이다.

하지만 그들의 매수에 실패하면, 기분이 나빠진 정령들에게 봉인된 힘이 역류할지도 모른다. 그러니 시도에게 선택권은 없었다.

"저, 저기, 드릴 이야기가 있는데······."

"─아, 맞다."

시도가 매수를 시작하려 한 순간, 코모다가 시도의 손을 잡은 채 뭔가 생각난 표정을 지었다.

"이츠카 군이라고 했지? 너도 심사 위원이 됐으니까 조심하도록 해."

"예? 뭐, 뭘 말이죠······?"

시도가 묻자 코모다는 눈을 내리깔면서 코로 한숨을 내쉬었다.

"그게 말이야. 조금 전에 수상한 학생이 와서 보수를 줄 테니 미인 대회에 나온 누구누구에게 높은 점수를 줄 수 없겠냐고 묻더군."

"예······?!"

그 말을 들은 순간, 시도의 심장이 크게 뛰었다. 지금 시도가 하려고 한 말을 상대가 먼저 할 것이라고는 꿈에도 생각하지 못했던 것이다.

시도가 입을 쩍 벌린 채 아무 말도 못 하고 있을 때, 사쿠라코도 "그러고 보니……."라고 말하면서 턱에 손가락 하나를 댔다.

"실은 저한테도 비슷한 제안을 하러 온 분이 있었어요."

"아, 이쥬인 양한테도 찾아갔나 보네. 그거 곤란한걸."

"예. 맞아요."

그렇게 말한 두 사람은 한숨을 내쉬었다. 시도는 식은땀을 줄줄 흘리면서 떨리는 목소리로 물었다.

"저, 저기…… 그래서 두 분은 어떻게 하셨죠?"

시도가 묻자, 두 사람은 당연한 말을 하는 듯한 목소리로 말했다.

"물론 거절했지. 오늘 하루만이라고 해도, 나는 에이부니시 고교의 학생들이 임명해준 심사 위원이야. 그런 내가 매수 같은 비열한 뒷공작에 가담했다간 나를 뽑아준 사람들을 볼 면목이 없어."

"예. 맞아요. 분명 그분에게도 피치 못할 사정이 있겠죠. 하지만 심사를 맡은 이로서, 부정을 저지를 수는 없어요. 설령 억만금을 준다고 해도 저는 부정행위에 가담하지 않을 거랍니다."

"그, 그렇죠……?"

두 사람의 말을 들은 시도는 무심코 고개를 돌렸다. ……뭐랄까, 두 사람이 너무 눈부셔 보여서 제대로 쳐다볼 수가 없었다.

이야기를 꺼내보기도 전에 매수 작전은 실패로 돌아가고 말았다. 매수가 불가능하다고 해서 이 두 사람을 협박할 수도 없고, 그렇다고 정령의 위험성을 설명할 수도 없다.

시도는 어떻게 할지 고민하면서 인터컴을 손가락으로 두드렸다. 그러자 코토리의 목소리가 인터컴에서 흘러나왔다.

『……저 두 사람이 방금 한 말, 나도 들었어. 아무래도 매수는 어려울 것 같네.』

"……어떻게 하지?"

시도가 두 사람에게 들리지 않도록 낮은 목소리로 그렇게 말하자, 코토리는 잠시 동안 생각에 잠긴 후, 대답했다.

『어쩔 수 없지. 다른 방법을 찾아볼게. 조금만 시간을 줘.』

"그, 그래……. 잘 부탁해."

"음? 이츠카 군, 방금 뭐라고 했어?"

혼자서 계속 중얼거리는 시도를 본 코모다가 고개를 갸웃거렸다. 그러자 시도는 아무 일도 아니라는 듯이 고개를 저으면서 말했다.

"아, 아뇨. 아무것도 아니에요. 그것보다 심사 위원은 총 네 명이죠? 마지막 한 명은 어디 있죠?"

시도가 묻자 사쿠라코가 검지를 볼에 대면서 입을 열었다.

"아직 오지 않은 것 같군요. 그러고 보니 마지막 사람은―."

"―늦어서 죄송해요~."

사쿠라코가 말을 이으려 한 순간, 대기실 문이 열리면서 한 소녀가 안으로 들어왔다.

남보랏빛 머리카락에 황금색 머리핀을 꽂은, 세일러 교복

차림의 소녀였다. 가늘고 긴 손발과, 옷 위로도 알 수 있을 만큼 끝내주는 몸매, 그리고 맑은 방울 소리 같은 목소리가 인상적이었다.

"어— 미쿠?"

그 소녀의 모습을 본 시도는 무심코 그렇게 외쳤다.

그렇다. 그녀는 토카와 마찬가지로 시도에게 영력을 봉인당한 정령— 이자요이 미쿠였다.

"아, 달링~!"

시도가 눈에 들어온 순간, 미쿠의 표정이 환해졌다. 하지만 미쿠의 말을 들은 코모다와 사쿠라코는 동시에 고개를 갸웃거렸다.

"어……?"

"……달링?"

"아! 그, 그게, 그러니까— 벼, 별명이에요, 별명!"

시도가 생각해도 말도 안 되는 변명 같았지만, 두 사람은 미심쩍은 표정을 지으면서도 일단 그 말을 믿어줬다. 코모다는 "흠." 하고 중얼거리면서 턱에 손을 댔다.

"꽤 재미있는 별명이네."

"아, 하하……. 그렇죠?"

"그럼 나도 달링이라고 불러도 될까?"

코모다가 상큼한 미소를 지으면서 한 말을 듣는 순간, 시도의 표정이 딱딱하게 굳었다.

"ㄱ, 그건…….."

시도가 식은땀을 흘리자, 미쿠가 혼자서 팔짱을 끼면서 볼을 부풀렸다.

"안 돼요~. 달링은 저만의 달링이란 말이에요~."

그렇게 말한 미쿠는 다시 시도를 향해 고개를 돌렸다.

"그건 그렇고, 이런 데서 뭐 하는 거예요? ―아, 혹시 저를 만나러 온 거예요?"

"아, 그게…… 실은 미인 대회 심사 위원으로 뽑혀서…… 아, 혹시 미쿠도 심사 위원인 거야?"

시도가 묻자, 미쿠는 에헴 하고 헛기침을 하면서 허리에 두 팔을 대더니 잘난 체하듯 허리를 쫙 폈다.

"예! 천앙제 실행 위원장이자 린도지 여학원의 학생인 이자요이 미쿠예요. 여러분, 잘 부탁드려요~."

미쿠가 자기소개를 하자, 코모다와 사쿠라코는 서로를 바라보면서 웃음을 터뜨렸다.

"네가 누군지는 잘 알아. 유명인이잖아."

"사실 당신이 출전하면 우승이 확정된 거나 마찬가지가 되어버리기 때문에 일부러 심사 위원으로 선정했다고 들었어요."

두 사람의 말을 들은 시도는 "아하." 하고 중얼거리면서 고개를 끄덕였다.

그러고 보니 그랬다. 미쿠는 정령일 뿐만 아니라, 일본에서 손꼽힐 정도의 인기를 구가하는 아이돌이다. 오랫동안 얼굴 없는 연예인으로 활동했지만 일전의 스테이지에서 자신의 모습을 공개했다. 즉, 다른 후보자와는 지명도 면에서 압도적으로 차이가 나는 것이다. 물론 그것 때문에 심사 결과가 달라진다고 단정할 수는 없지만— 지켜보는 관객들이 선입관을 가지게 되리라.

그렇다고 해서 미인 대회에 이자요이 미쿠가 관여하지 않으면 관객의 기대를 저버리게 될지도 모른다. 그녀를 심사 위원으로 삼는 것이 최선의 선택지였을 것 같은 느낌이 들었다.

"아—."

바로 그때, 시도는 눈을 치켜떴다.

미쿠는 정령이다. 그리고 토카와 야마이 자매에 대해서도 알고 있다. 즉, 이 위기 상황을 이해할 수 있을 것이다.

"미쿠. 이쪽으로 좀 와볼래?"

"응? 왜 그러시죠~?"

미쿠가 눈을 동그랗게 뜨면서 시도에게 다가갔다. 시도는 방구석에서 낮은 목소리로 토카와 야마이 자매가 미인 대회에 출전했다는 사실, 그리고 그녀들의 우승을 저지해야 한다는 사실을 설명했다.

"아~ 어머나~ 큰일이네요~. 확실히 이대로 가면 토카 양이나 야마이 자매 중 한 명이 우승할 게 분명해요~."

미쿠는 그 내용과는 달리 긴장감이 그다지 느껴지지 않는 목소리로 그렇게 말하고 고개를 끄덕였다.

"알았어요~. 협력할게요~. 이런 사태를 방치해둘 수도 없고, 무엇보다 달링~의 부탁이니까요~."

"뭐?! 정말?! 고마워……!"

"예. 간단하게 말해 토카 양과 카구야 양, 유즈루 양에게 낮은 점수를 주면 되죠? 으음, 약간 마음이 아프기는 하지만, 어쩔 수 없네요. 저만 믿으세요~."

미쿠는 그렇게 말하면서 엄지를 세웠다. 그 모습을 본 시도는 안도의 한숨을 내쉬었다.

겨우 심사 위원 중 한 명은 같은 편으로 끌어들이는 데 성공했다. 아직 문제가 산더미처럼 남아 있기는 했지만 활로가 보이기 시작했다고 생각해도 되리라.

바로 그 순간, 시도의 오른쪽 귀에 꽂힌 인터컴에서 코토리의 목소리가 흘러나왔다. 아무래도 방금 시도와 미쿠가 나눈 대화를 들은 것 같았다.

『미쿠가 심사 위원이었구나. 잘됐어, 시도. 이걸로 어떻게든 되겠네.』

"하지만 우리 외에도 심사 위원이 두 명 더 있잖아. 그리고 나는 만점밖에 줄 수 없다고."

『그 점에 대해서는 대책을 짜뒀어.』

"대책?"

시도가 묻자, 코토리는 『응.』하고 대답했다.

『자세한 건 나중에 설명해줄게. 일단 시도는 몇 점을 줄 건지 미쿠와 입을 맞춰둬. ─다른 두 사람은 이쪽에서 어떻게 할게.』

"아, 알았어……."

불안이 느껴지지 않는다면 거짓말이겠지만— 시도는 고개를 끄덕일 수밖에 없었다.

"뭐어어어가가가어어어어쨰애애애앳?!"

텐구 스퀘어 센트럴스테이지 뒤편. 린도지 여학원 2학년 아야노코지 카린은 히스테릭한 고함을 질렀다.

긴 머리카락을 세로 롤 모양으로 만, 드세 보이는 소녀였다. 얼굴은 꽤 예쁜 편이지만, 분노로 가득 찬 그녀의 표정은 흉악한 살인범을 연상케 했다.

하지만 그것도 무리는 아니었다. 그것도 그럴 것이, 미인 대회 심사 위원을 매수하라고 보낸 두 추종자가 아무런 성과도 얻지 못한 채 돌아왔으니까 말이다.

"하, 하지만…… 그런 사람을 매수하는 건 무리예요~."

"맞아요……. 반짝반짝거리는 눈으로 쳐다보면서 설교를 해 댔단 말이에요. 죄책감이 느껴져서 죽을 뻔했다고요……."

카린의 두 추종자들은 비 맞은 치와와처럼 몸을 움츠린 채 말했다. 카린은 흥! 하고 코웃음을 친 후, 팔짱을 끼면서 입을 열었다.

"……뭐, 좋아. 센조 대학 부속과 에이부니시 심사 위원의 취향은 완전히 파악해뒀으니까 말이야. 그리고 나의 이 미모라면, 웬만한 여자애들에게는 지지 않아……!"

카린은 가슴을 펴면서 큰 목소리로 외쳤다. 물론 불안 요소가 아예 없는 것은 아니다. 하지만 임시로 굴러들어온 라이젠의 심사 위원 정도는 카린의 매력으로 단숨에 매료시킬 수 있다. 그리고 여자애에게는 무조건적으로 상냥한 모두의 아이돌 이자요이 미쿠 언니가 카린에게 낮은 점수를 줄 리가 없다. 그렇다. 매수는 카린의 승리를 확정적으로 만들기 위한 수단에 지나지 않았던 것이다.

카린이 그런 생각을 하고 있을 때, 센트럴스테이지 뒤편에서 이야기 소리가 들렸다.

"오오! 이것이 미인 대회 의상인 것이냐, 레이네!"

"……그래. 이걸 입으면 신도 기뻐할 거야."

무지막지하게 귀여운 소녀가 졸려 보이는 여성에게서 조그마한 가방을 건네받았다. 아름다운 칠흑빛 머리카락과 수정처럼 반짝이는 눈동자. 신의 총애를 받은 듯한 미모의 소유자였다.

"……자, 다른 두 사람은 먼저 갔어. 토카도 빨리 대기실에 가."

"음, 알았다!"

졸려 보이는 여성의 말을 들은 그 소녀는 큰 걸음으로 건물 안에 들어갔다. 아무래도 그녀도 미인 대회 참가자인 것 같았다.

"우와~. 저 애, 뭐야? 귀여워~."

"응, 엄청 귀여웠어~. 저런 애도 있구나~."

"……큭!"

두 추종자의 탄성을 듣고 관자놀이에 힘줄이 선 카린은 두 사람의 머리를 찰싹! 찰싹! 소리 나게 때렸다.

"아얏!"

"뭐, 뭐 하는 거예요~."

"시끄러워! 너희는 대체 누구 편이야?!"

카린이 분노 섞인 목소리로 그렇게 외치자, 두 사람은 서로를 쳐다보았다.

"아무리 그래도, 저 애를 이기는 건 무리예요, 카린 님."

"그래요~. 카린 님도 봤죠? 생물로서의 격 자체가 다르단 말이에요~."

"다, 닥쳐……! 저딴 애 정도는……."

방금 홀에 들어간 소녀의 모습을 떠올린 카린은…… 그대로 침묵에 잠겼다.

하지만, 그 후 몇 초 동안 생각에 잠겨 있던 카린은 씨익 웃으면서 입을 열었다.

"……너희 둘에게 부탁하고 싶은 일이 있는데……."

『─와주신 여러분, 정말 감사합니다! 지금부터 제25회 천앙제 미스·콘테스트를 시작하겠습니다!』

"""우오오오오오오오오오오오오오오오오오오오오오옷!"""

단상에 선 여자 사회자가 텐션이 하늘 높이 치솟은 듯한 목소리로 그렇게 외치자, 센트럴홀 안을 가득 채운 관객들이 일제히 환성을 질렀다.

"……."

그 모습을 어두컴컴한 단상 위에서 내려다본 시도는 땀이 맺힌 손을 말아 쥐었다.

드디어 운명의 미인 대회가 시작되는 것이다. 방금 코토리에게 확인해보니, 작전은 잘 진행되고 있다고 한다. 이제 미쿠가 점수를 적당히 조절해주면 아무 문제 없을 것이다.

하지만…… 시도의 가슴은 여전히 묘한 불안으로 가득 차 있었다.

하지만 그런 시도의 심정은 아랑곳하지 않고 이벤트는 순조롭게 진행됐다. 이벤트의 취지를 설명한 사회자가 뒤로 돌아서더니 단상을 향해 손을 들었다.

『그럼 미스·콘테스트의 열쇠를 쥔 심사 위원 여러분을 소개하겠습니다! 우선 이분!』

사회자가 그렇게 말한 순간, 스포트라이트가 심사 위원석 중 한 곳을 비췄다.

『센죠 대학 부속 고교 선도 위원장 겸, 다도부 부장! 여성은 조신하게 남자의 뒤를 따라야만 한다! 멸종 위기종인 요조숙녀, 이쥬인 사쿠라코!』

"""공주니이이이이이이이이이이이이이이이이임!"""

사쿠라코가 손을 흔들자, 관객석 한편에서 남녀의 목소리가 뒤섞여 자아낸 환성이 터져 나왔다. 아무래도 이 소녀는 같은 학교 학생들에게 상당히 사랑받고 있는 것 같았다.

『그 뒤를 이어 에이부니시 고교의 젊은 사자! 학생회장 겸 유도부 주장! 문무(文武)를 겸비한 슈퍼 히어로! 팬클럽의 남녀 비율은 어찌 된 영문인지 남자 쪽이 위! 코모다 슈헤이!』

"""형니이이이이이이이이이이이이이이이임!"""

코모다가 머리카락을 쓸어 넘기자, 관객석에서 터져 나온 남자들의 굵직한 목소리가 행사장 전체에 울려 퍼졌다.

『다음 분은 라이젠 고교에서 임시 심사 위원으로서 와주셨습니다! 집안일을 좀 잘할 뿐인데, 이렇게 여자애들에게 인기 있어도 되는 것인가?! 남자들이여, 요리 실력을 갈고닦아라! 이츠카 시도!!』

"""죽·어어어어어어어어어어어어어어어엇!"""

"어이, 내 설명이랑 응원만 좀 이상한 것 같지 않아?"

행사장에서 터져 나온 목소리를 듣고 시도는 무심코 물었다. 하지만 시도의 반론에는 아무도 귀를 기울이지 않는 것 같았다. 시도의 말을 깔끔하게 무시한 사회자는 계속해서 말했다.

『―여러분, 오래 기다리셨습니다! 설마 이분께서 참가해주실 줄이야! 데뷔 이래, 단 한 번도 미디어에 모습을 드러내지 않았던 환상의 가희(歌姬)! 린도지 여학원, 이자요이 미쿠!』

"""미이이이이쿠따아아아아아앙!"""

"우와……."

방금까지와는 비교도 되지 않을 만큼 엄청난 환성이 행사장 전체에서 터져 나오자, 시도는 무심코 탄성을 질렀다.

"미, 미쿠의 인기는 여전히 대단하네……."

"아~뇨~ 그렇지도 않아요~."

미쿠가 방긋 웃으면서 대답했다. 관객석에서 "이 자식, 미쿠땅에게 함부로 말 걸지 말라고! 죽고 싶냐!" 같은 소리가 터져 나왔다.

『―자아, 그럼 심사에 들어가겠습니다! 참가 번호 1번! 겐토 고교 2학년, 스가와라 마사에 씨, 나와 주시죠!』

사회자가 그렇게 말한 순간, 눈부신 드레스를 걸친 소녀가 모습을 드러냈다. 아마 스테이지 부문의 연극에서 쓴 의상이리라.

그녀는 우아한 걸음걸이로 무대 중앙까지 걸어가더니, 고개를 숙이면서 유창한 영어로 어필을 시작했다.

어필 타임은 미풍양속에 어긋나지만 않는다면 기본적으로 뭘 해도 된다. 그녀가 선택한 것은 영어 연설이었다. 확실히 겉모습만 포장한 것이 아니라는 점을 어필하는 데 있어서는 꽤 유용한 방법이리라. 실제로 사쿠라코와 코모다는 그녀의 이야기를 들으면서 고개를 끄덕였다.

……참고로 시도는 반도 이해하지 못했다. 옆을 바라보니 미쿠도 시도와 비슷한 표정을 짓고 있었다.

그리고 약 3분 후. 연설을 마친 그녀는 박수를 받으면서 한

번 더 고개를 숙였다.

『예! 감사합니다! 그럼 심사 위원 여러분, 점수를 발표해주십시오!』

사회자의 말을 들은 시도는 자신의 앞을 바라보았다. 각각의 심사 위원 앞에는 1부터 10까지의 숫자가 적힌 점수판이 놓여 있었다.

"으음……."

시도는 그중에서 하나를 골라 들었다.

『점수는 7점! 0점! 6점! 10점! 합계 23점!』

참고로 이 점수는 순서대로 사쿠라코, 코모다, 시도, 미쿠가 준 점수였다.

정령 이외의 다른 이를 우승시켜야 하는 시도는 더 높은 점수를 주고 싶었지만, 너무 부자연스러워 보이지 않도록 조절하라고 코토리가 말했다.

하지만 0점은 너무 짜다는 생각이 든 시도는 코모다 쪽을 힐끔 쳐다보았다.

"음. 아름다운 용모와 지성이 부각되는 연설이었어. 하지만 아쉽군. 저 애가 남자라면 정말 좋았을 텐데 말이야."

"……."

시도는 상큼한 미소를 머금은 채 코모다가 한 말을 듣고 식은땀을 흘렸다.

"미, 미쿠는 10점을 줬네."

시노의 말을 들은 미쿠는 아하하 하고 웃었다.

"그야 귀여우니까요~. 그녀가 한 말은 전혀 알아듣지 못했지만요~."

"……하하."

시도는 메마른 미소를 지은 후, 단상에 올라온 다음 후보자를 바라보았다.

그 후로 약 한 시간이 흘렀다. 미인 대회는 순조롭게 진행되었고, 행사장의 분위기 또한 점점 달아올랐다.

현시점에서 심사 받은 후보자는 총 스무 명이다. 코모다와 미쿠가 극단적인 점수를 준 탓에 점수 폭은 꽤 좁았다. 현재 잠정 1위인 사람은 참가 번호 19번이자 24점을 획득한 린도지 여학원의 우메미야 유키코였다.

"……슬슬 나올 때가 됐군."

시도가 마른 입술을 혀로 핥은 순간, 사회자가 입을 열었다.

『─자, 다음은 참가 번호 21번, 라이젠 고교 2학년, 야마이 카구야 양입니다!』

"……아! 드디어 나왔구나……!"

사회자의 말을 들은 시도는 가늘게 숨을 내쉬면서 주먹을 쥐었다.

시도가 긴장하고 있을 때, 가운을 걸친 카구야가 무대 가장자리에 모습을 드러냈다.

"크큭…… 민초들이여, 두 눈 똑똑히 뜨고 지켜보거라! 구풍의 왕녀·야마이의 질주를 말이다!"

카구야는 멋진 포즈를 취한 후, 그 자리에서 걸치고 있던 가운을 벗었다.

""""오오오오오오옷?!""""

관객들이 환호성을 질렀다. 그것도 무리는 아니었다. 카구야가 입은 것은 수학여행 때 입었던, 검은색 천에 흰색 레이스가 달린 비키니 수영복이었던 것이다.

카구야는 지금까지 무대에 섰던 후보자들 중 가장 높은 노출도를 선보이고 있었다. 게다가 그 수영복을 입은 이는 흠잡을 곳 없는 미소녀였다. 행사장 전체의 텐션이 급격히 올라가는 것도 무리는 아니었다.

"아…… 저 옷……."

시도가 깜짝 놀라고 있을 때, 인터컴에서 코토리의 목소리가 흘러나왔다.

『후후, 어때? 발상을 전환해봤어.』

"그, 그게 무슨 소리야?"

『심사 위원에게는 아무 짓도 안 했어. 대신 토카와 야마이 자매에게 그들이 싫어할 것 같은 옷차림으로 어필하게 한 거야.』

"아―."

그 말을 들은 시도는 지금까지 무대에 섰던 후보자들을 떠올렸다.

잠정 1위인 우메미야 유키코는 멋진 기모노를 입고 나타나 우아한 일본 무용을 선보였다.

그에 반해, 극단적으로 짧은 치마나 섹시한 버니걸 옷차림으로 나타나 노골적으로 남성들의 표를 노린 후보자들은 좋은 점수를 받지 못했다.

『이해되지? 심사 위원인 이쥬인 사쿠라코는 다도의 명가에서 태어나 어릴 적부터 엄격하게 자라왔어. 그래서 그런지 여자들이 속살을 훤히 드러내는 것을 극단적으로 싫어한데. 센죠 대학 부속 고교에서도 엄격한 선도 위원장으로 유명하나봐. ―그래서 그녀에게 나쁜 인상을 주기 위해, 정령들이 입을 의상의 노출도를 쬐끔~ 올려봤어.』

"어, 어이, 그래도 괜찮은 거야……?"

『물론 그 애들이 싫어하지 않을 수준 안에서 올렸어. 이 일로 정신 상태가 무너지기라도 하면 완전 주객전도잖아.』

"으음……."

시도는 난처한 표정을 지으며 신음을 흘렸다. 하지만 다른 방법이 없는 것도 사실이었다. 시도는 코토리를 믿기로 결심하고 고개를 끄덕였다.

"좋아. 그래도 너무 무리 시키지는 마. ……그럼 코모다 선배에게는 무슨 짓을 했어? 좀 전부터 계속 0점만 주던데……."

『딱히 아무 짓도 안 했어.』

"뭐?"

『그 사람, 여자보다 남자에게 더 흥미가 있는 것 같아.』

"……."

아무 말도 하지 않는 시도의 이마에 땀방울이 맺혔다. ……
왜 이런 사람이 미인 대회의 심사 위원을 맡은 걸까.

시도는 코모다를 힐끔 쳐다보았다. 시도의 시선을 느낀 코
모다가 그를 향해 상큼하기 그지없는 미소를 지었다. 그 미소
를 본 시도는 허둥지둥 무대 쪽으로 고개를 돌렸다.

그 순간, 환성을 듣고 기분이 좋아진 카구야가 미소를 머금
으면서 무대 위에서 가볍게 도움닫기를 했다.

그리고 체조 선수처럼 멋지게 앞돌기, 옆돌기, 뒤돌기를 선
보인 후, 가볍게 무대 중앙에 안착했다. 그 멋진 모습을 본 관
객들의 입에서 엄청난 환성이 터져 나왔다.

"크큭…… 이쯤이야 간단하지."

카구야는 잘난 척하듯 가슴을 폈다.

하지만 바로 그때, 문제가 발생했다. 원래 느슨하게 묶여 있
었던 것인지, 아니면 격렬한 동작을 취한 탓에 풀려버린 것인
지는 모르겠지만, 목덜미 뒤에 있던 수영복 상의의 매듭이 풀
리고 만 것이다.

"꺄앗……?!"

카구야가 허둥지둥 양손으로 수영복 상의를 누른 덕분에
그녀의 가슴은 노출되지 않았다. 아슬아슬하게 가슴은 노출
되지 않았지만, 예상치 못한 해프닝 덕분에 행사장 안의 열기
는 최고조에 달했다.

"어이 어이…… 좀 조심해."

시도가 쓴웃음을 짓는 사이, 카구야는 뒤돌아서서 다시 끈

을 묶은 뒤 멋진 포즈를 취했다.

『뜨, 뜻밖의 사고가 벌어지기는 했습니다만, 멋진 묘기였습니다! 그럼 심사 위원 여러분, 채점 부탁드립니다!』

사회자의 말을 들은 시도는 미인 대회가 시작되기 전부터 정해뒀던 대로, 10점짜리 점수판을 치켜들었다.

『자아, 점수가 나왔습니다! 5점! 0점! 10점!』

"좋아……."

예상대로 사쿠라코는 낮은 점수를 줬다. 이제 미쿠가 점수를 적당히 조절해주면 최고득점을 능가하지는—.

『—10점! 합계 25점으로, 야마이 카구야 양이 잠정 1위가 되었습니다!』

"뭐……?! 미, 미쿠?!"

시도는 경악한 나머지 눈을 치켜뜨고 왼편을 바라보았다. 그러자 미쿠가 "좋은 구경 했어요~."라고 말하는 듯한 황홀한 표정을 지으며 10점짜리 점수판을 들고 있는 모습이 눈에 들어왔다.

"어, 어이……."

"……앗! 저, 저, 지금 대체 무슨 짓을 한 거죠……?!"

아무래도 반쯤 무의식적으로 10점을 주고 만 것 같았다. 미쿠는 허둥지둥 점수판을 바꿔들려고 했다.

하지만 한 발 늦고 말았다. 미쿠에게 정정할 틈을 주지 않으려는 것처럼, 사회자가 입을 열었다.

『그럼 다음 후보자를 모셔야 하니, 야마이 카구야 양은 무대에서 내려가— 아, 앗!』

　바로 그때, 사회자는 말을 삼켰다. 카구야가 아직 내려가지 않았는데, 다음 후보자인 유즈루가 무대에 올라온 것이다.

　『아아, 정말! 참가 번호 22번, 라이젠 고교 2학년, 야마이 유즈루 양입니다!』

　사회자는 어쩔 수 없다는 표정을 지으면서 유즈루를 소개했다. 하지만 관객들은 사회자의 말에 귀를 기울이지 않았다. 카구야가 등장했을 때에 버금가는 환성…… 아니, 웅성거림이 행사장을 가득 채웠다.

　이유는 바로 알 수 있었다. 유즈루가 노출도 높은 검은색 가죽옷으로 온몸을 감싸고 있었기 때문이다.

　"아닛……?!"

　시도는 무심코 눈을 치켜떴다. 저 옷은 여름 방학 때 놀러 갔던 해변 여관에서 유즈루가 입었던 옷이다.

　유즈루는 저렇게 노출도 높은 옷을 입었으면서도 남들의 시선을 전혀 아랑곳하지 않고 카구야에게 다가가더니, 그녀의 목덜미— 아니, 방금 풀렸던 매듭 부분을 움켜쥐었다.

　"주의. 조심 좀 하세요, 카구야. 매듭이 안 풀리게 꽉 묶었어야죠."

　"어…… 크, 크큭— 내가 자아내는 바람의 춤 앞에서는 제 아무리 강고한 매듭도 견뎌내— 꺄앗?!"

　유즈루가 끈을 잡아당긴 탓에 깜짝 놀란 카구야는 양손으로 가슴을 가리고 새된 비명을 질렀다.

"경고. 조심 좀 하란 말이에요. 유즈루와 시도만 감상한 카구야의 가슴을 이 많은 사람들이 볼 뻔했잖아요."

"오, 오해 사기 딱 좋은 소리 좀 하지 마!"

카구야가 볼을 붉히면서 외쳤다. 유즈루의 폭탄 발언 때문에 일부 관객들의 시선이 시도를 향했다.

하지만 유즈루는 남들을 신경 쓰지 않으며, 그리고 즐거워 보이는 표정으로 거친 숨을 내쉬면서 말을 이었다.

"지적. 혹시 일부러 매듭을 느슨하게 묶은 건가요? 사고를 유발해 저 많은 사람들에게 자신의 가슴을 보여주려 한 건가요? 완전 변태군요. 유즈루와 같은 이름을 가진 사람으로서 정말 부끄러워요."

"그, 그런 짓을 왜…… 꺄아. 자, 잠깐만……."

부끄러움을 타듯 몸을 배배 꼬는 카구야를 보고 더욱 흥분한 유즈루의 볼이 홍조를 띠었다.

……큰일 났다. 완전히 사디스트 모드에 들어가고 만 것 같았다. 유즈루는 평소 얌전한 편이지만, 사실 그녀는 부끄러움을 타는 카구야를 지켜보는 것을 매우 좋아한다. 게다가 저런 과격하기 그지없는 코스튬까지 더해지자, 뭔가 비도덕적인 영상을 보고 있는 느낌마저 들었다.

"지시. 자아, 카구야. 말해보세요. 나는 여러분 앞에서 가슴을 노출하려 한 변태예요, 라고요."

"그, 그런 말…… 어, 어떻게 해……!"

"미소. 그런 태도를 취해도 괜찮겠어요? 유즈루는 카구야

의 약한 부분을 전부 알고 있단 말이에요."

유즈루는 그렇게 말하면서 카구야의 등을 쓰다듬었다.

"꺄아…… 그, 그만둬, 유즈루……."

"거부. 그만둘 수 없어요. 더 끝내주는 목소리를 내게 해줄 거예요."

"아앙…… 안 돼……."

『자, 잠깐! 스톱! 일단 스톱~!』

결국 보다 못한 사회자가 새된 목소리로 고함을 질렀다. 그러자 무대 뒤편에서 스태프로 보이는 여학생들이 달려와서 흥이 날 대로 난 유즈루와 카구야를 끌고 갔다.

『하, 하아…… 시, 실례했습니다. 이야~ 꽤 과격한 퍼포먼스였군요. 그럼 채점 부탁합니다!』

사회자도 상황을 더 골치 아프게 만들고 싶지는 않은지 방금 일을 유즈루의 어필 타임으로 우길 생각인 것 같았다.

뭐, 실격 처리 당한다면 유즈루가 기분 나빠할 가능성도 있다(카구야에게 완전히 빠져서 눈치채지 못할지도 모르지만). 그렇기에 시도로서도 잘된 일이었다.

『앗! 점수 나왔습니다! 5점! 0점! 10점! 10점! 합계 25점! 공동 1위입니다!』

"어? 미, 미쿠……?"

"하아…… 하아……."

미쿠가 작은 목소리로 "못 참겠어요~. 못 참겠어요~."라고 중얼거리면서 10점짜리 점수판을 들고 있었다. 그 눈은 반짝였고, 입가를 타고 침이 흐르고 있었다. 참고로 코모다는 감동의 눈물을 흘리며 "정말 멋지군. 역시 사랑 앞에서 성별 따위는 아무런 의미도 없어." 하고 울먹거리면서도 0점을 줬다. 정말 종잡을 수 없는 남자다.

"……미쿠."

"앗?! 저, 저 지금 무슨 짓을 한 거죠?!"

미쿠가 허둥지둥 입가를 타고 흐르는 침을 닦으며 그렇게 말했지만, 이미 늦었다. 사회자가 다음 후보자를 호명하고 있었기 때문이다.

『자, 다음도 라이젠 고교 학생입니다! 참가 번호 23번, 야토가미 토카 양! 나와 주세요!』

사회자가 그렇게 말한 순간, 카구야와 마찬가지로 가운을 걸친 토카가 무대에 올라왔다. 카구야와 달리, 토카는 무대에 오른 후에도 가운을 벗지 않은 채 중앙을 향해 천천히 걸음을 옮겼다.

객석 곳곳에서는 벌써부터 탄성이 흘러나오고 있었다. 그것도 무리는 아니었다. 토카를 처음 보고 시선을 빼앗기지 않는 사람은 거의 없을 테니까 말이다.

무대 중앙에 선 토카는 잠시 동안 가만히 서 있었다. 그리고 시도가 있는 심사 위원석을 힐끔 쳐다보았다.

"응……?"

시도는 고개를 갸웃거렸다. 왠지 토카가 난처해하는 것처럼, 아니, 주저하는 것처럼 보였기 때문이다.

하지만 그 모습을 본 시도가 무슨 말을 하기 전에 각오를 다진 토카는 단숨에 걸치고 있던 가운을 벗었다.

"""오오오오오오오오오오오······?!"""

그 순간, 행사장 안은 환성과 웅성거림으로 가득 찼다.

그것도 무리는 아닐 것이다. 토카는 수영복과 하반신을 가리는 파레오(pareo)를 입고 있었는데····· 그녀의 수영복은 누가 가위질을 해댄 것처럼 곳곳이 찢어져 있었다.

"으윽······?!"

시도는 무심코 눈을 동그랗게 떴다. 안 그래도 면적이 작은 천이 더욱 작아져 있었던 것이다. 조금만 격렬하게 움직였다간 금단의 성역이 만천하에 드러나 버릴 것만 같았다. 토카는 부끄러운지 온몸을 배배 꼬았다.

"토, 토카! 옷차림이 그게 뭐야?! 왜 다 찢어진 수영복을 입은 거야?!"

참다못한 시도가 심사 위원석에서 그렇게 고함을 치자, 토카가 그를 돌아보았다.

"뭐, 뭐, 뭐라고?! 원래부터 이런 옷인 게 아니었던 것이냐?!"

"뭐····· 뭐어?!"

시도는 어떻게 된 것인지 알아보기 위해 인터컴을 두드렸다. 그러자 코토리의 당황한 목소리가 인터컴에서 흘러나왔다.

『나, 나도 모르는 일이야! 우리가 준비한 건 평범한 수영복— 앗?! 서, 설마, 누군가가 방해 공작을······?!』

"뭐?! 누군가가 토카를 기권시키려고 했다는 거야……?!"

『그렇게 생각할 수밖에 없어. 하지만 토카는 원래 디자인이 저런 건 줄 알고…….』

"맙소사……!"

시도가 코토리와 대화를 나누는 사이, 토카는 불안한 표정을 지었다.

"으…… 내가 혹시 또 실수를 한 것이냐? 미안하다…… 나, 나는…… 시도가 기뻐해줄 줄 알고…….'

"…………큭!"

예상외의 말을 듣고 시도는 얼굴을 새빨갛게 붉혔다. 행사장 곳곳에서 두 사람을 놀리는 듯한 휘파람 소리와 원망에 찬 저주가 들려왔다.

"하아— 젠장……!"

시도는 머리를 쥐어뜯은 후, 사회자가 채점해달라고 하기도 전에 10점짜리 점수판을 번쩍 들었다.

"끝내줘! 완전 반칙 급이야! 하지만— 다음부터는 그런 거 입지 마!"

"아! 오오……! 10점이다!"

시도가 든 점수판을 보고 토카가 환한 미소를 지었다. 그런 토카를 축복해주듯, 행사장 곳곳에서 박수 소리가 터져 나왔다.

『아앗, 심사 위원 여러분은 사회자의 말에 따라주세요! 자, 그럼 여러분! 채점 부탁드립니다!』

여자 사회자가 허둥지둥 그렇게 말했다. 그 말을 들은 사쿠라코, 코모다, 미쿠는 일제히 점수판을 들었다.

토카의 점수는— 25점. 카구야, 유즈루와 동점이었다.

『……야토가미 토카 양이었습니다! 여러분, 큰 박수 부탁드립니다!』

토카는 우레와 같은 박수를 받으면서 무대에서 내려갔다.

"큭……."

하지만 그 모습을 본 시도는 이를 악물었다.

상황이 최악을 향해 치닫고 있었다. 세 사람이 공동 1위가 되어버린 것이다. 이대로 가면 세 사람을 대상으로 결선 투표를 하게 되리라.

남은 후보는 단 한 명뿐. 무슨 수를 써서라도 그 후보자를 우승시킬 수밖에 없다. 시도는 기도하는 심정으로 무대 뒤편을 바라보며 주먹을 쥐었다.

"……후, 후후……."

무대 뒤편에서 자기 차례를 기다리던 아야노코지 카린은 웃음을 터뜨렸다.

"카, 카린 님이 왜 저러실까요?"

"그냥 가만히 내버려 두자. 아마 승산이 없다는 사실을 깨닫고 정신줄을 놔버린 걸 거야……."

"다 들리거든—?!"

카린은 무례한 소리를 해대는 두 추종자의 머리에 꿀밤을

날렸다. 두 소녀는 "아얏!" 하고 비명을 지르면서 머리를 움켜
쥐었다.

"1위의 점수를 봐. 25점이야, 25점. 만점이 40점이니까 15
점이나 남아 있단 말이야. 아하하, 뭐야. 괜한 걱정했잖아. 어
쩌면 수영복에 가위질을 하지 않았어도 내가 이겼을지도 모
르겠네."

"으으…… 남에게 기물 파손죄를 저지르게 해놓고 그런 소
리를 하는 거예요? 정말 너무해요~."

"완전 질렸어요~."

카린은 또 두 소녀의 머리에 꿀밤을 날렸다.

"아얏!"

"비위가 상했다 하면 폭력을 휘둘러대는 건 좋지 않은 버
릇이라 생각해요~……."

"됐으니까 입 다물고 보고나 있어. —바로 나, 아야노코지
카린이 화려하게 만점을 받는 모습을 말이야."

치마를 휘날리며 우아하게 뒤돌아선 카린은 무대를 향해
걸음을 옮겼다.

『—이상으로 모든 후보자의 심사가 끝났습니다! 그 결과,
25점을 획득한 야마이 카구야 양, 야마이 유즈루 양, 야토가
미 토카 양이 공동 1위가 되었습니다!』

"……오오오."

사회자가 힘찬 목소리로 한 말을, 시도는 심사 위원석에서 머리를 감싸 쥔 채 들었다.

　결국 그 세 사람이 공동 1위가 되어버렸다. ……시도에게 남은 마지막 희망이었던 아야노코지 뭐시기라는 여자애는 이번 대회 최저점인 합계 10점을 받고 말았다.

　『원래라면 세 분의 공동 우승……으로 하고 싶습니다만, 유감스럽게도 상품이 한 명분밖에 없습니다! 그러므로 결선 투표를 할까 합니다! 자, 우선 세 분을 무대로 모시겠습니다! 박수로 맞아주십시오!』

　카구야, 유즈루, 토카, 세 사람은 우레와 같은 박수를 받으면서 무대에 올라왔다. 참고로 세 사람 다 교복으로 갈아입은 상태였다.

　"으……."

　세 소녀의 얼굴을 본 시도는 신음을 흘렸다. 시도가 예상한 상황 중 그야말로 최악의 상황이 벌어진 것이다. 결선 투표라는 것은 점수를 매기는 것이 아니라 심사 위원 한 명 한 명이 우승자라 생각하는 후보자의 이름을 말하는 것이다. 즉— 저 세 사람 중 한 명을 골라야만 한다. 시도에게 선택받지 못한 두 사람이 어떤 반응을 보일지는…… 쉬이 상상이 되었다.

　뭔가 좋은 방법이 없는지 물어보기 위해 인터컴을 두드리자, 코토리가 절박한 목소리로 말했다.

　『쳇…… 골치 아프게 됐네. 시도가 세 사람 중 한 명을 선택했다간…….』

"조, 좋은 방법 없을까? 이대로 있다간……."

『지금 생각 중이니까 잠시만 기다려! 정말, 왜 저 세 사람이 공동 우승을 해버린 거야?!』

"어, 어쩔 수 없었다고……! 미쿠가—."

시도는 말을 도중에 삼키고 어깨를 부르르 떨었다. 그 순간, 누군가가 시도의 셔츠 자락을 움켜쥐었다. 고개를 돌려보니, 미쿠가 금방이라도 울음을 터뜨릴 것 같은 얼굴로 시도의 셔츠를 움켜쥐고 있었다.

"미, 미안해요, 달링……. 제가, 제가 제대로 안 해서……."

미쿠가 흐느낌 섞인 목소리로 말했다. 그 순간, 시도의 인터컴에서 삐잇! 삐잇! 하고 경고음이 흘러나왔다.

『시, 시도! 미쿠의 정신 상태가 급격하게 나빠지고 있어! 빨리 달래봐!』

"으, 응……! 미, 미쿠! 걱정하지 마. 미쿠 탓에 이렇게 된 게 아냐!"

"하, 하지만, 이대로 있다간…… 우, 우, 우에에에에에에에에에에에에에에에에엥……!"

시도는 허둥지둥 달래보려 했지만 이미 붕괴되기 시작한 미쿠의 눈물샘을 막는 것은 불가능했다. 결국 미쿠의 울음소리가 행사장 전체에 울려 퍼졌다.

"으, 윽! 미, 미쿠! 자, 착하지? 응? 빨리 울음을 멈춰!"

시도는 허둥지둥 손을 뻗어 미쿠의 머리를 상냥하게 쓰다듬어줬다.

그러자 십여 초 후, 겨우 마음을 진정시킨 미쿠가 눈이 새빨개진 채 울음을 멈췄다.

"흐, 흑…… 미안해요, 달링. 제가 또 폐를 끼쳤어요……."

"시, 신경 쓰지 마! 그, 그것보다―."

바로 그때.

위화감을 느낀 시도는 말을 멈췄다.

미쿠는 초 유명 아이돌이다. 이 행사장 안에도 그녀의 팬은 잔뜩 있으리라. 좀 전에 심사 위원인 미쿠를 소개한 것만으로도 관객석에서 엄청난 환성이 터져 나왔다.

하지만 방금 미쿠가 울음을 터뜨렸는데도, 관객들은 그 어떤 반응도 보이지 않았다.

아니, 정확하게 말하자면― 행사장 전체에 정적이 흘렀다.

"뭐, 뭐가…… 어떻게 된 거야……."

『……결선 투표를 시작하겠습니다.』

시도의 말에 답하듯, 여성 사회자가 정적을 깼다. 하지만 방금까지와는 달리 목소리에서 억양이 사라진 것 같은 느낌이 들었다.

『결선 투표는 심사 위원만이 아니라 이곳에 와주신 관객 여러분의 목소리도 표에 포함됩니다. ―여러분, 제가 하나, 둘, 셋 한 후에, 여러분이 우승자라 생각하시는 분의 이름을 외쳐주십시오. 들으셨죠? 하나, 둘, 셋―.』

""""……미쿠땅!""""

"어……?"

행사장 전체가 뒤흔들릴 만큼 큰 그 목소리를 듣고 시도는 눈을 동그랗게 떴다.

관객, 심사 위원, 사회자, 그리고 다른 후보자들도 한 목소리로 미쿠의 이름을 외치고 있었다.

아무리 이 자리에 있는 이들 중 대다수가 미쿠의 팬이라고 해도 이상했다. 게다가 후보자도 아닌 미쿠를 뽑다니—.

"앗……?!"

그 순간, 시도는 한 가능성에 생각이 미쳤다.

"미, 미쿠. 설마, 조금 전의 울음소리가……!"

"예……?"

미쿠는 영문을 모르겠다는 듯이 고개를 갸웃거렸다.

미쿠는 노래와 소리를 조종하는 정령이다. 그녀가 지닌 마성의 목소리는 듣는 이를 매료시킬 뿐만 아니라, 그 어떤 인간도 미쿠의 열광적인 신자로 바꾸고 마는 것이다.

만약 미쿠의 정신 상태가 불안정해져서, 그녀의 능력이 한정적으로나마 발현되었다면—.

""""미쿠따아아아아아앙!""""

시도의 생각을 중단시키듯, 행사장 안을 가득 채운 관객들이 단상을 향해 파도처럼 몰려왔다.

"꺄, 꺄아아아아아앗?! 뭐, 뭐 하는 거죠?!"

미쿠는 깜짝 놀랐는지 비명을 질렀다. 아무래도 자신의 능력이 발현되었다는 사실을 눈치채지 못한 것 같았다.

"미쿠……! 이, 일단 도망치자!"

"아, 알았어요! 달링~!"

미쿠의 손을 잡은 시도는 무대 뒤편을 향해 내달렸다.

그리고 뒷문을 통해 밖으로 나온 시도는 미쿠를 데리고 도망쳤다.

하지만…….

"크크큭! 시도, 놓치지 않겠느니라!"

"도약. 에잇!"

"시도! 미쿠를 두고 가라!"

야마이 자매와 토카가 두 사람의 뒤를 쫓고 있었다. 아무래도 그녀들까지 미쿠의 『목소리』에 영향을 받은 것 같았다.

"어, 어이, 너희들……!"

"언니이이이이이이이잇!"

"비상. 날름날름~."

"잘 먹겠습니다아아아앗!"

정신이 완전히 나가버린 세 소녀는 동화에 나오는 늑대처럼 양손을 들어 올리더니, 시도와 미쿠를 덮쳤다.

"우, 우와아아아아아아아앗?!"

"꺄아아아아아아아앗!"

시도와 미쿠는 비명을 지르면서 텐구 스퀘어를 내달렸다.

3분 후, 사람들은 미쿠의 목소리에 담긴 효력에서 해방되었다.

정신을 차린 토카와 야마이 자매의 머릿속에는 미인 대회에 관련된 기억도 남아 있지 않았다. 그 결과, 자신들이 이런 곳에 있는 이유를 잊은 그녀들은 영문을 몰라 했지만…… 그들이 현재 있는 곳이 학생들이 운영하는 가게가 밀집된 지역이라는 점이 시도를 살렸다.

결국, 대충 상황을 얼버무린 시도는 모두에게 멘치카츠와 타코야키, 야키소바 등을 사주면서 천앙제를 만끽한 것이다.

참고로 소문에 따르면 미인 대회에서 우승한 이는 린도지 여학원의 아야노코지 뭐시기라는 여학생인 것 같았다.

다들 정신을 차려보니, 그녀가 단상에서 한 손에 트로피를 쥔 채 감동의 눈물을 흘리고 있었기 때문에 '저 애가 우승한 거겠지.'라고 생각한 것 같았다. 그리고 자동적으로 그녀의 우승이 확정되었다는데…… 그것은 또 다른 이야기다.

엘렌·메이저스의 최강다운 하루.

The strongest dayELLEN MIRA MATHERS.

DATE A LIVE ENCORE 2

"휴가……라고요?"

DEM인더스트리 일본 지사 내부의 한 방에서, 엘렌·메이저스는 보석을 연상케 하는 푸른 눈동자를 동그랗게 뜨면서 고개를 갸웃거렸다. 그 동작에 맞춰 흔들린 옅은 금발이 그녀의 어깨를 부드럽게 쓰다듬었다.

"그래."

그녀의 말에 답하면서 고개를 끄덕인 사람은, 엘렌과 마주보며 의자에 앉아 있는 장신의 남성이었다.

DEM인더스트리 상무 이사, 아이작·웨스트코트. 엘렌의
Managing director
직속 상사이자, DEM사의 실질적인 톱이다.

"예정됐던 회담이 취소되어서 말이야. 자네도 요즘 들어 쉬지 않고 일만 했지 않나. 이 기회에 느긋하게 쉬도록 해."

"……."

하지만 상사의 말을 들은 엘렌은 잠시 동안 침묵을 지켰다.

휴가를 받은 것이 기쁘지 않은 것은 아니다. 하지만 현재 엘렌과 웨스트코트가 있는 곳은 일본이다. 그녀에게 있어 익숙한 나라인 영국이 아닌 것이다. 엘렌이 주변 환경을 파악하고 있는 곳은 일본 지사와 숙박지인 호텔 주변뿐이다. 이런 곳이 아니라 영국 본사에 있을 때 임시 휴가를 줬다면 반가 웠을 것이다.

하지만 그것은 이루어질 수 없는 소망이었다. 왜냐하면 이곳은 지구상에서 가장 정령의 출현율이 높은 지역이기 때문이다.

─특수 재해 지정 생명체·정령.

돌발적으로 인계(隣界)에서 나타나는, 인간의 형태를 한 재앙. 정령의 힘을 손에 넣는 것이야말로 DEM인더스트리의 목적이다. 그래서 DEM의 최고 책임자인 웨스트코트가 직접 이 지역에 와 있는 것이다.

하지만 강대한 힘을 지닌 정령에게 평범한 인간이 대항할 수 있을 리가 없다.

그것이 가능한 이들이 바로, 엘렌을 비롯한 마술사라 불리는 존재들이었다.

공상을 현실로 재현하는 기계─ 리얼라이저를 이용해, 초월적인 힘을 발휘하는 『인간을 초월한 인간』. 인류에게 주어진, 정령에게 대항할 수 있는 유일한 힘.

그리고 그중에서도 최강으로 불리는 이가 바로 DEM 제2

집행부 부장 엘렌·메이저스다.

"……."

현재 자신이 처한 상황을 머릿속으로 떠올린 엘렌은 작게 한숨을 내쉬었다.

쉴 수 있을 때 철저하게 휴식을 취해 최상의 능력을 유지하는 것도 최강의 위저드인 엘렌에게 주어진 임무이다. 그렇게 생각한 엘렌은 가볍게 고개를 끄덕였다.

"─알겠습니다. 뜻에 따르도록 하겠습니다."

"그래. 앞으로 눈코 뜰 새 없이 바빠질 거야. 이 기회에 푹 쉬어두도록."

"예."

엘렌은 고개를 끄덕인 후, 방에서 나갔다.

◇

"─흐음."

그리고 약 30분 후. 검은색 양복에서 사복으로 갈아입은 엘렌은 마을 안을 정처 없이 돌아다니고 있었다.

이 마을 안을 돌아다니는 것은 오늘이 처음이 아니고, 곳곳에 적힌 일본어도 얼추 이해할 수 있다. 하지만 마을의 상세한 구조나 가게 위치 등은 알지 못했다. 그래서 적당히 마을 안을 돌아다니다, 눈에 들어온 가게에 들어가 볼 생각이었다.

하지만 엘렌은 자타가 공인하는 최강의 위저드다. 길을 걸는 평범한 인간들과는 생물로서의 격 자체가 달랐다. 휴가 중일지라도 그녀의 몸가짐은 우아함과 여유로 가득 차 있어야만 했다.

"—어머."

엘렌은 갑자기 걸음을 멈췄다. 이유는 단순했다. 신호등이 빨간불이었기 때문이다.

그 자리에서 멈춰선 엘렌은 아래쪽을 쳐다보았다. 보수한 지 얼마 안 되어 보이는 아스팔트 도로 위에 흰색으로 횡단보도가 그려져 있었다.

그러는 사이 신호가 파란색으로 바뀌었다. 도로를 달리던 자동차가 정지하자, 도로 좌우에 서 있던 사람들이 횡단보도를 건넜다.

그에 맞추듯, 엘렌은 아무 말 없이 고개를 들었다.

최강의 위저드인 그녀의 몸가짐은 언제 어느 때나 우아해야만 한다.

그렇다. 설령 단순히 횡단보도를 건널 때라 해도 예외가 아니었다.

그러고 보니 일본에서는 승리를 『흰 별』, 패배를 『검은 별』이라고 표현하기도 한다고 한다. 확실히 재미있는 표현이었다.

"—훗."

엘렌은 가볍게 코웃음을 친 후, 우아한 동작으로 오른발을 들더니, 횡단보도의 하얀 부분에 구두 바닥을 댔다.

그리고 흰 부분만을 내디디면서 경쾌하게 스텝을 밟았다.

최강인 엘렌·메이저스가 패배를 상징하는 검은색을 밟을 수는 없다. 엘렌의 앞에는 승리만이 존재하며, 엘렌의 뒤를 따르는 것은 영광뿐이다. 엘렌은 그대로 물 흐르듯 횡단보도를 건너—

"우왓……?!"

—려 했을 때, 누군가와 부딪힌 그녀는 그대로 아스팔트 도로에 안면을 부딪치고 말았다.

그리고 다음 순간, 그녀의 코앞을 자전거 타이어가 엄청난 속도로 가르고 지나갔다.

"으윽?!"

자전거에 치일 뻔한 엘렌은 비명에 가까운 소리를 내면서 몸을 움츠렸다.

"하아……. 하아……. 대, 대체 뭐가 어떻게 된 거죠……."

욱신거리는 코를 매만진 그녀는 거친 숨을 내쉬면서 몸을 일으켰다.

다음 순간, 어깨를 부르르 떤 엘렌은 어험 하고 헛기침을 뱉으면서 마음을 진정시켰다.

엘렌은 최강의 위저드다. 그러니 남들 앞에서 한심한 꼴을 보여서는 안 된다.

하지만.

"아, 죄송해요~. 다친 데는 없으세요?"

"정말~. 조심 좀 해, 아이~."

"그러니까 길 한복판에서 가라테 품새 하지 말라고 했잖아~."

"히익……?!"

방금 엘렌을 넘어뜨린 『범인』들의 모습을 본 순간, 엘렌의 여유를 가장한 표정이 순식간에 산산조각 났다.

그들은 바로 같은 교복을 입은 세 소녀였다. 교복을 대충 걸친 활발한 느낌의 키가 큰 소녀와, 단발머리가 인상적이고 키가 또래 평균 정도로 보이는 소녀, 그리고 안경을 쓰고 체구가 조그마한 소녀였다. 나란히 서니 계단 같아 보이는 3인조였다.

"응?"

"어라?"

"오오~?"

길에 쓰러진 엘렌을 향해 손을 내민 소녀들은 뭔가를 눈치챈 것처럼 눈을 동그랗게 떴다.

큰일났다— 고 생각한 순간에는 이미 늦고 말았다. 표정이 환해진 그녀들은 그대로 엘렌을 포위하듯 둘러쌓다.

"우와~. 엘렌 씨 맞지?!"

"우리 기억해?! 수학여행 때 봤었잖아!"

"말도 안 돼~. 이런 우연도 다 있네~! 혹시 이 근처에 살아~?!"

그녀들이 일제히 입을 열자, 엘렌의 얼굴은 절망으로 물들었다.

엘렌은 그녀들을 한 명씩 바라보았다. 그녀들의 이름은 키가 큰 애부터 야마부키 아이, 하자쿠라 마이, 후지바카마 미이다.

그렇다. 엘렌은 그녀들과 면식이 있었다.

엘렌은 일전에 정령·야토가미 토카를 잡기 위해 토카가 다니는 학교의 수학여행에 카메라맨으로 참가한 적이 있었다.

그녀들은 당시에 엘렌을 방해했던 토카의 클래스메이트들이다.

엘렌은 방심하고 만 자신을 저주했다. 텐구 시에는 정령 외에도 최중요 경계 대상이 존재했던 것이다.

"사, 사람 잘못 보신 것 같군요. 그럼 이만⋯⋯!"

엘렌은 상기된 목소리로 그렇게 말하면서 이 자리를 벗어나려 했다.

"농담하지 마~."

"이렇게 눈에 띄는 잉글리시 걸을 못 알아볼 리가 없잖아~."

"몰랐어? 아이, 마이, 미이에게서 벗어나는 건 불가능해."

하지만 그녀들은 끈질겼다. 엘렌의 퇴로를 차단하려는 건지, 자세를 낮춘 채 고속으로 횡 점프를 반복했다.

"아닛⋯⋯?!"

"오늘은 카메라 안 가지고 있네~? 혹시 쉬는 날?"

"그럼 우리랑 같이 안 놀래~?"

"괜찮은 가게 소개해줄게~."

그녀들은 헌팅남들이 상투적으로 쓰는 대사를 연달아 쏟아댔다. 본능적으로 위기를 감지한 엘렌은 식은땀을 줄줄 흘렸다.

"······앗! 저런 곳에— 뭐랄까, 엄청, 신경 쓰이는 물체가?!"

엘렌은 손가락을 들더니 멀찍이 떨어진 곳을 가리켰다. 그리고 적당한 단어가 생각나지 않아, 그렇게 입에서 나오는 대로 떠들어댔다.

"뭐?!"

"정말?! 어디 어디~?"

"아무것도 없잖아~."

그 말에 낚인 아이, 마이, 미이는 엘렌이 가리킨 곳을 바라보았다.

"······큭!"

그 틈에 엘렌은 뒷골목을 향해 내달렸다.

◇

"하아······. 하아······. 하아······."

그 후로 얼마나 달렸을까. 세 사람의 그림자가 보이지 않을 즈음, 엘렌은 드디어 걸음을 멈췄다. 심장이 거친 리듬을 새겼고, 폐는 비명을 질렀으며, 온몸의 근육에서 고통이 느껴졌다.

"여, 여기······까지, 오면····· 안전·····하·····겠죠······."

엘렌은 근처에 있는 벤치에 앉더니, 상체를 푹 숙인 채 호흡을 가다듬었다.

……엘렌은 그 3인조가 진심으로 부담스러웠다. 그녀는 호흡을 가다듬으면서 그 소악마들의 얼굴을 떠올렸다.

엘렌을 당해낼 수 있는 이가 인간 중에 존재할 리가 없다. 하지만 그 세 사람과 함께 있으면 엘렌의 페이스가 흐트러지고 말았다. 엘렌이 카메라맨으로서 수학여행에 참가했을 때도 그녀들의 베개 싸움에 휘말렸고, 그녀들이 판 구덩이에 빠졌으며, 목 아랫부분이 지면에 묻히기도 했다. ……간단하게 말해, 그녀들은 엘렌의 천적이었다.

"……하아."

그리고 어느 정도의 시간이 흐른 후. 엘렌은 마음을 다잡으려는 것처럼 크게 심호흡을 하고 벤치에서 일어났다.

예상치 못한 불상사가 발생하기는 했지만, 최강의 위저드인 엘렌에게서는 낭패한 기색을 엿볼 수 없었다.

그렇다. 최강의 존재일수록 항상 진화해나가야만 한다. 현재에 만족하지 말고 쉴 새 없이 앞으로 나아가는 자야말로 진정한 최강인 것이다. 과거에 구애되는 것은 어리석은 짓 그 자체다. 중요한 것은 미래를 내다보는 것이다.

즉, 조금 전의 일은 최강자의 관점에서 보면 노카운트다. 하찮기 그지없는 일인 것이다.

엘렌은 되뇌듯이 마음속으로 그렇게 말한 후, 가볍게 볼을 두드렸다.

엘렌은 DEM의 위저드. 그리고 그녀들은 평범한 여고생. 이제 두 번 다시 만날 일은 없을 것이다. 그렇다면 악몽이라도 꿨다고 생각하며 빨리 잊은 후, 휴일을 우아하게 즐기는 편이 나으리라.

그렇게 결심한 엘렌은 고개를 든 후, 걸음을 내디뎠다. 엘렌의 휴일은 이제부터 시작된 것이나 다름없다.

"흠……."

현재 시각은 오후 세 시. 배가 약간 고파 온 엘렌은 애프터 눈 티(Afternoon Tea)를 즐기기로 했다. 그렇게 생각하며 고개를 끄덕인 그녀는 큰길로 나와 카페를 찾기 시작했다.

그러자 길가에 있는 카페 같아 보이는 가게가 눈에 들어왔다.

꽤 괜찮아 보이는 가게였다. 체인점이 아니라 개인이 운영하는 카페 같았다. 따뜻한 느낌의 목제 외장에, 프랑스어로 『La Pucelle』이라고 적힌 간판이 걸려 있으며, 가게 앞에는 오늘의 추천 메뉴가 적힌 보드가 놓여 있었다.

"처녀^{라·퓌셀}……. 흠, 나쁘지 않은 분위기군요."

엘렌은 턱에 손을 댄 채 고개를 끄덕인 후, 카페『라·퓌셀』에 들어갔다. 문을 열자, 딸랑딸랑 하고 벨이 울렸다.

"어서 오세요. 혼자신가요?"

엘렌이 가게 안으로 들어가자, 귀여운 옷을 입은 웨이트리스가 그녀를 맞이했다.

"예."

"알겠습니다. 그럼 이쪽으로 오세요."

엘렌은 웨이트리스의 안내에 따라 창가 자리에 앉았다. 오후의 나른한 햇살이 스며들어오는 가게 안은 따뜻한 느낌의 색상으로 꾸며져 있었다. 우연히 눈에 들어온 가게지만, 어쩌면 꽤 괜찮은 곳을 찾은 것일지도 모른다는 생각이 들었다.

―역시 내 눈썰미는 대단해. 엘렌은 자신의 뛰어난 감각을 자화자찬하듯 만족 섞인 한숨을 내쉬었다.

"그럼 잠시 후에 주문을 받으러 오겠습니다."

"예. 잘 부탁해요."

웨이트리스의 등을 바라보던 엘렌은 메뉴판을 향해 시선을 돌렸다. 자신의 현재 기분에 맞는 찻잎을 고른 후, 케이크류의 메뉴가 적힌 페이지를 보았다.

애프터눈 티의 정석이라 할 수 있는 스콘이나 오이샌드위치는 없지만, 케이크류는 꽤 충실하게 구비되어 있었다. 이곳의 추천 메뉴는 밀크 크림이 들어간 슈크림 같았다.

"……."

하지만. 엘렌은 시선을 날카롭게 만들더니 한 메뉴를 찾기 시작했다.

확실히 밀크 슈크림도 매력적이기는 했다. 하지만 애프터눈 티를 즐기기로 결심한 순간부터, 엘렌은 메뉴를 정해뒀었다.

"―저기, 주문 받아주세요."

엘렌은 손을 들어 웨이트리스를 부른 후, 메뉴 판을 손가락으로 가리키면서 주문을 말했다.

"다질링과― 딸기 쇼트케이크를 부탁해요."

고개를 든 엘렌은 우아한 목소리로 주문했다. 최강인 엘렌은 카페에서 주문을 할 때도 우아하기 그지없었다.

"예, 알겠습니다."

웨이트리스는 고개를 숙인 후, 메뉴판을 가지고 사라졌다.

눈을 지그시 감은 엘렌은 딸기 쇼트케이크를 어떻게 공략할지 머릿속으로 상상했다.

그렇다. 딸기 쇼트케이크. 그것이야말로 엘렌이 꼭 맛보리라 굳게 다짐했던 메뉴다.

엘렌이 주문한 메뉴를 듣고 어린애 같다고 비웃는 사람이 있을지도 모른다. 하지만 그들이 비웃는 것은 『진짜』를 모르기 때문이다. 그런 이들에게는 무자비한 철퇴를 내려주기로 엘렌은 마음속으로 결심했다. 실제로, 옛날에 부하인 제시카·베일리는 일본식 레스토랑에서 쇼트케이크를 주문한 엘렌을 보고 "풋. 집행부장님이 애들 먹을거리를 주문하다니, 정말 의외네요."라고 말했다. 그 후, 엘렌은 특별히 1대1 훈련 프로그램을 짜서 그녀가 일주일 동안 울지도 웃지도 못하게 만들어준 적이 있었다.

엘렌이 그런 생각을 하고 있을 때, 웨이트리스가 홍차와 케이크가 놓인 쟁반을 들고 왔다.

"오래 기다리셨습니다. 다질링과 딸기 쇼트케이크입니다."

그렇게 말하면서 테이블 위에 홍차와 케이크를 놓은 웨이트리스는 엘렌을 향해 가볍게 고개를 숙인 후 물러났다.

엘렌은 눈앞에 놓인 케이크를 지그시 바라보면서 감탄 섞인 한숨을 내쉬었다.

삼각형으로 자른 스펀지케이크 위에 듬뿍 놓인 생크림. 측면을 보면 스펀지케이크 사이에 존재하는 딸기의 단면이 보였으며, 그 모든 것을 장악하듯 케이크의 정점에는 딸기 하나가 놓여 있었다. 영국에서는 흔히 볼 수 없는 일본식 클래식 스타일의 딸기 쇼트케이크였다.

"─멋져……."
_{엑셀런트}

엘렌은 무심코 탄성을 터뜨렸다. 그야말로 완벽한 밸런스였다.

마음을 진정시키기 위해 홍차를 한 모금 마신 후, 엘렌은 포크를 쥐었다. 그리고 의식을 집중하면서 케이크를 유심히 뜯어보았다.

─자아, 이 쇼트케이크를 구성하는 요소 중 최강의 존재는 무엇일까.

답은 간단했다. 그것은 바로 정점에 존재하는 딸기다.

스펀지 사이에 끼인 커트된 딸기를 평범한 백성으로 친다면, 유일하게 아름다운 형태를 유지한 이 딸기야말로 정점인 왕이다. 즉, 엘렌에게 어울리는 궁극의 존재인 것이다.

요즘 들어서는 겉모습을 중시하는지 슬라이스된 딸기를 꽃 모양으로 놓은 쇼트케이크도 유행한다지만, 엘렌에게 있어서 그 쇼트케이크는 사도(邪道)다. 최강은 완벽하기에 최강인 것이다. 이 형태야말로 쇼트케이크의 완성형인 것이다.

"─그럼……."

포크를 쥔 엘렌이 우선 정점에 놓인 딸기를 들어서 접시 한

쪽 구석에 놓았다.

딱히 가장 좋아하는 음식을 마지막에 먹겠다, 같은 어린애 같은 생각을 한 것은 아니다. 엘렌은 최강. 그리고 이 딸기도 최강. 그렇다면 정점에 선 두 존재의 자웅은 최종 국면에 결해야 하는 것이다. ^{클라이맥스}

엘렌은 만족스러운 듯이 한숨을 내쉰 후, 포크로 스펀지케이크를 한 입 크기로 잘라 입에 넣었다. 폭신폭신한 스펀지케이크와 단맛을 억제한 생크림, 그리고 그 사이에 존재하는 딸기의 새콤달콤한 맛이 엘렌의 입안에서 절묘한 하모니를 자아냈다.

"후후…… 백성치고는 꽤 하는군요."

입가에 여유 넘치는 미소를 머금은 엘렌은 스펀지케이크를 다 먹은 후, 컵에 남아 있던 홍차를 한 모금 마셨다.

—자아, 쇼 타임이다. 접시에는 최강의 딸기만이 남아 있다. 엘렌은 긴장감과 고양감을 동시에 느끼면서 포크를 딸기에 찔러 넣으려 했다.

하지만, 바로 그 순간.

"냠~."

느닷없이 나타난 누군가가 접시 위의 딸기를 손가락으로 잡더니 그대로 자신의 입안에 집어넣어버렸다.

"어—?"

눈을 동그랗게 뜬 엘렌은 딸기를 납치한 이를 바라보았고 — 다음 순간, 히익 하고 숨을 삼켰다.

"엘렌 씨~. 티타임 가질 거면 우리도 불러주지 그랬어~."

"마자마자~. 썹썹애~."

"그래도 이런 데서 만날 줄은 몰랐어. 아, 동석해도 되지?"

그 사람들은 바로 조금 전에 따돌렸던 3인조, 아이, 마이, 미이였다. 참고로 한가운데에 선 마이는 입을 우물거리고 있었다. 아무래도 엘렌이 먹으려던 딸기는 그녀에게 당하고 만 것 같았다.

"다, 당신들이, 어째서, 여기에……."

"응? 아, 우리 여기서 아르바이트해~."

"꿀꺽. 휴우, 잘 먹었습니다~. 뭐, 오늘은 쉬는 날이지만 말이야~."

"여기, 차와 케이크가 정말 맛있거든. 그래서 손님으로 오기도 해~."

"뭐…… 뭐……."

세 사람이 방긋 웃으면서 한 말을 들은 순간, 엘렌의 얼굴이 창백해졌다.

괴물을 겨우겨우 따돌린 후 겨우겨우 당도한 그곳은 바로 괴물의 소굴이었다. B급 공포 영화에서나 나올 법한 전개였다. 엘렌은 말라비틀어진 목에 남은 홍차를 흘려 넣은 후, 계산서를 들고 자리에서 일어나려 했다.

"시, 실례할게요."

하지만 바로 그 순간, 아이가 어깨를 누른 바람에 엘렌은 의자에서 엉덩이를 뗄 수 없었다.

"뭐, 뭐 하는 거죠……?! 놔, 놔주세요!"

엘렌은 필사적으로 버둥거렸지만, 아이에게서 벗어날 수 없었다.

"뭐, 이것도 인연이잖아~."

"오래간만에 만났으니까 차라도 한잔 하자~."

"아, 이 가게의 추천 메뉴를 소개해줄까~?"

"저, 저는 차를 다 마셨으니까, 여러분끼리……!"

엘렌은 어떻게든 도망치려고 발버둥을 쳤지만, 헛수고였다.

"에이, 그러지 말고~. 서비스도 해줄게~."

"아, 점장님에게 비밀 메뉴나 개발 중인 케이크 달라고 해야지~."

"그래도 점장님의 신메뉴는 때때로 특이하다 못해 괴상할 때가 있지 않아~?"

"아~ 그건 그래~. 자반고등어 파르페는 좀 그랬어~."

"그래, 그건 장난 아니었어~. 그리고 낫토 푸딩도 무시무시했잖아."

"맞아 맞아. 그래도 개인적으로 제일 괴상했던 건 메뚜기 초코야."

"아, 메뚜기 조림을 초콜릿으로 코팅한 거 말이구나? 그건 정말 장난 아니었어~."

"하지만 외국인은 미각이 좀 다르다니까 엘렌 씨의 입에는 맞지 않을까? 그래. 좀 전에 딸기 얻어먹은 데 대한 답례 삼아 서비스해주자~."

"참, 영국인은 장어를 젤리로 만들어서 먹는대~."

"정말? 문화가 다르네~. 하지만 점장님과는 죽이 맞을 것 같지 않아?"

"좋아. 그럼 시험해보자. 점장님~! 자반고등어 파르페랑 낫토 푸딩이랑 메뚜기 초코 주문할게요~!"

"예?! 저, 저는—."

소녀들이 나눈 불온한 대화를 들은 엘렌이 숨을 삼키자, 아이, 마이, 미이는 만면에 찬란하기 그지없는 미소를 지었다.

"히익······?!"

숨을 삼킨 엘렌은 그 자리에서 그대로 얼어붙었다.

◇

"······우읍······."

입에서 흘러나온 숨결에서조차 냄새가 났다. 엘렌은 자신의 목에서 흘러나오는 악취 때문에 구역질이 난다고 하는 최악의 악순환을 반복하면서 벤치에 드러누웠다.

3인조가 주문을 한 직후, 마치 사전에 준비해뒀던 것 같은 속도로 나온 세 요리는 하나같이 입에 넣는 순간 인체에 중대한 피해를 줄 것만 같은 것들이었다.

그 후의 일은 떠올리고 싶지 않았다. 엘렌이 자리에서 일어나지 못하게 잡은 3인조는 그녀의 입안에 자반고등어 파르페와 낫토 푸딩을 구겨 넣더니 강제로 그것을 씹게 한 후, 억지로 삼키게 했다. 그 음식들에 대한 평가는 하고 싶지 않지만, 굳이 하자면— 지옥, 그 자체였다. 이런 음식을 만들어낸 인류라는 종족이 얼마나 죄 많은 종족인지 다시 한 번 깨닫게 되는 음식이었던 것이다. 만약 엘렌이 혹성 조사를 위해 지구에 온 우주인이었다면 그 자리에서 지구인들을 전멸시켜야 한다고 자신의 별에 보고할 레벨이었다.

그 후, 뭐든 할 테니 메뚜기 초코만큼은, 메뚜기 초코만큼은 봐주세요, 하고 울먹거리면서 애원한 엘렌은 구역질 연기(어디까지나 연기다)를 하면서 화장실에 간 후, 화장실 창문을 통해 도주했다. 물론 나중에 골치 아픈 상황이 벌어지지 않도록 자신이 주문한 홍차와 케이크 금액은 화장실에 두고 왔다.

현재 엘렌은 또 다른 공원에 와 있었다. 근처에 입을 헹굴 수 있는 장소는 여기뿐이었던 것이다.

"······하아."

잠시 동안 휴식을 취한 후, 엘렌은 천천히 몸을 일으켰다.

어느새 오후 다섯 시가 다 되어가고 있었다. 주변은 아직 밝은 편이지만 길을 다니는 이들 중 집으로 향하는 아이들이나, 시장을 보러 온 주부들의 모습이 꽤 눈에 들어왔다. 마치 마을 자체가 밤이 될 준비를 하고 있는 것처럼 보였다.

"······."

엘렌은 아무 말 없이 그 풍경을 바라보면서 생각에 잠겼다.

오후 다섯 시. 호텔에 돌아가도 괜찮을 시간이기는 했다.

그 3인조도 엘렌이 묵는 호텔에는 나타나지 못할 것이다. 오늘 너무 많은 일들이 벌어져서 지치고 말았다. 내일에 대비해 일찍 쉬는 것이 좋으리라.

하지만. 엘렌은 미간을 살짝 찌푸렸다.

오늘은 휴일이다. 최강의 위저드인 엘렌·메이저스가 맞이한 우아한 휴일인 것이다.

그런데 실제로는 어땠는가. 여고생 셋에게 방해받아 애프터눈 티조차 제대로 즐기지 못했다.

엘렌의 자존심은 그녀가 이대로 호텔로 돌아가는 것을 용납하지 않았다.

"—그럼, 다음은……."

엘렌은 자기 자신을 향해 말하듯 그렇게 중얼거린 후, 공원 밖으로 나왔다.

그리고 길을 따라 15분 정도 걷다가 한 건물 앞에서 걸음을 멈췄다.

그곳은 거대한 건물이었다. 1층 벽면은 유리로 되어 있었기 때문에 줄지어 놓인 러닝머신과 헬스자전거가 한눈에 들어왔다.

그렇다. 엘렌의 완벽한 휴일 플랜의 마무리. 애프터눈 티를 즐기며 잠시 동안 여유를 즐긴 후, 헬스장에 가서 땀을 흘릴 예정이었다.

이 헬스장은 엘렌이 숙박 중인 호텔과 가깝기 때문에 일본에 체류할 때는 자주 이용했다. 최강의 위저드는 육체 단련에도 힘을 쏟았다.

"……."

그런 생각을 하던 엘렌은 갑자기 인상을 썼다.

사실 엘렌이 헬스장에 다니기 시작한 것은 얼마 전부터였다.

……구체적으로 말하자면, 일전의 수학여행 때 아이, 마이, 미이에게 잡혀 강제로 베개 싸움에 참가하게 된 후부터였다. 평소 임의 영역에 너무 의지하는 바람에 운동다운 운동을 거의 하지 않았던 엘렌은 베개 싸움 후, 한심하게도 전신 근육통에 걸리고 말았다.

"큭……."

무심코 떠올린 아이, 마이, 미이의 얼굴을 떨쳐내려는 것처럼 고개를 저은 엘렌은 헬스장 안으로 들어갔다.

그 후, 엘렌은 안도의 한숨을 내쉬었다.

이 헬스장의 설비와 규모는 표준적이기 때문에 회원료 또한 그렇게 비싸지 않았다. 하지만 그것은 어디까지나 엘렌 같은 사회인의 입장에서 볼 때 그렇다는 이야기다. 매달 받는 용돈과 아르바이트비로 하루하루를 살아가는 여고생이 지불하기에는 벅찬 금액이다. 아무리 그 3인조라도 여기에는 나타나지 못할 것이다.

만약에 대비해 배후를 체크한 엘렌은 접수를 마친 후, 계단을 올라갔다.

헬스장 안에는 각종 운동 기구와 근육 트레이닝 머신이 놓여 있지만, 엘렌이 이용하려는 것은 그런 것들이 아니었다.

─그녀가 향하는 곳은 2층에 있는 실내 풀장이다.

신체에 부담이 가해지는 물속이라는 환경에서 하는 전신 운동은 매우 효율적인 트레이닝이다. 게다가 남들이 보기에도 화려해 보인다는 점이 매우 마음에 들었다. 1층에서 근육 트레이닝에 힘쓰는 일반인들을 폄하할 생각은 없지만, 엘렌 정도 되는 위치의 사람은 트레이닝에서도 우아함을 추구해야만 하는 것이다. 그런 점에서 볼 때 수영은 이상적인 운동법이다.

아름다운 폼으로 물속을 나아가는 그 모습은 동화에 나오는 인어공주를 연상케 할 것이다. 엘렌은 자신이 헤엄치는 모습을 상상하면서 후후 하고 웃음을 터뜨렸다. ─역시 나. 단련조차도 완벽 그 자체다.

엘렌은 대여한 로커에서 특별 주문한 경기용 수영복을 꺼내 갈아입은 후, 로커 룸의 벽면에 설치된 전신 거울 앞에 서서 가볍게 포즈를 취해보았다.

균형 잡힌 아름다운 신체가, 세련된 디자인의 경기용 수영복에 감싸여 있었다. 그야말로 퍼펙트. 최강의 보디였다.

……뭐, 팔뚝에 살집이 많고, 몸에 근육이 좀 붙으면 더 좋겠지만 딱히 문제될 것은 없다. 엘렌이 인류 최강인 것은 틀림없는 사실이니, 그녀의 육체야말로 최강의 보디라고 단언할 수 있으니까 말이다.

엘렌은 머리카락을 쓸어 올린 후, 모델 워킹 같은 길음걸이로 풀장으로 향했다.

다행히 풀장에는 사람이 많지 않았다. 지금이라면 마음껏 수영을 할 수 있을 것 같았다.

"―자, 그럼 시작해볼까요."

가볍게 준비 운동을 한 엘렌은 풀장 중심에 있는 제3레인 앞에 섰다.

그리고 물에 들어가기 위해 다리를 굽히다가 중요한 사실을 깨달았다.

"아, 중요한 걸 깜빡했군요."

엘렌은 그렇게 말하면서 풀장 구석에 쌓여 있던 물건을 들고 왔다. 그리고 다시 레인 앞에 선 그녀는 그것을 허리에 댔다.

최강의 위저드인 엘렌은 전장에 향할 때 항상 최강의 갑옷을 몸에 두르며, 손에는 최강의 검을 쥔다. 그것이 CR-유닛 〈펜드래건〉이며, 그녀의 무기인 〈칼라드볼그〉인 것이다.

그와 마찬가지로, 엘렌은 물에 들어갈 때 항상 어떤 도구를 소지했다.

방패와 비슷한 형상을 한 도구다. 어디를 쥐어도 손을 다치지 않도록 표면과 측면이 매끈하게 가공되어 있고, 물에 가라앉지 않는 특수한 성질을 지녔으며, 사용자의 헤엄을 보조해주는 측면에서도 매우 우수한 존재였다.

왕의 몸을 지키는 방패이자 배. 엘렌은 이것에 성모의 가호를 받은 방패를 빗대 〈프러드웬〉이라고 불렀다.

일반적으로는―『킥판』이라고 부르는 수영 도구였다.

"―그럼 시작하죠, 〈프러드웬〉."

엘렌은 진지한 눈빛으로 그렇게 말하면서 물 안으로 들어

가더니, 〈프러드웬〉을 양손으로 잡으면서 풀장 벽을 걷어찼다.

그리고 그대로 물장구를 치면서 천천히 앞으로 나아갔다.

"후우…… 후우…… 후우……."

최강의 존재는 항상 앞을 봐야만 한다. 땅을 핥듯 고개를 숙인 이는 패배자이자 범부(凡夫)에 불과하다. 엘렌은 그런 신념에 따라, 얼굴을 빳빳하게 든 채 천천히 풀장을 횡단했다.

그리고 몇 분 후. 엘렌은 반대편 가장자리에 도착했다.

"푸하…… 하아…… 하아……."

엘렌은 풀장 바닥에 발을 댄 후, 만족 섞인 한숨을 내쉬었다.

그리고 방금 자신이 헤엄친 풀장을 바라보았다.

"25미터나 헤엄쳤군요. —역시 저는 최강이에요."

자신의 완벽함이 너무나도 무서웠다. 엘렌은 〈프러드웬〉을 옆구리에 끼더니 허리에 손을 댔다.

"그럼 헤엄쳐서 출발지로 돌아가 볼까요…… 〈프러드웬〉."

엘렌이 그렇게 말하면서 팔에 준 힘을 빼자, 〈프러드웬〉이 그에 응하듯 수면 위로 튀어나왔다.

"후후— 좋아요."

엘렌은 웃음을 흘리면서 양손으로 〈프러드웬〉을 잡더니, 풀장의 벽을 걷어찼다.

물론 25미터나 되는 엄청난 거리를 헤엄친 후이기에 피로가 꽤나 축적되어 있었고, 온몸의 뼈와 근육이 비명을 질렀다. 아마 이것이 인체의 한계이리라. 평범한 인간이라면 이대로 주저앉아 버리고 말았을 것이다.

하지만 엘렌은 달랐다. 〈프러드웬〉을 쥔 손에 힘을 준 그녀는 발로 물장구를 치면서 앞으로 나아갔다.

"후우…… 후우…… 후우……."

하지만, 그 순간.

"—앗?!"

엘렌은 숨을 삼켰다. 이유는 단순했다. 물장구를 치던 엘렌의 발을 누군가가 움켜잡았기 때문이다.

엘렌은 뿌리치려고 했지만 그녀의 발목을 쥔 상대의 손은 꿈쩍도 하지 않았다. 그뿐만 아니라 풀장 바닥으로 끌고 들어가듯 엘렌의 다리를 힘껏 잡아당겼다.

"우읍……?!"

엘렌은 느닷없는 사태가 벌어진 탓에 당황하여 〈프러드웬〉을 놓치고 말았다.

"프— 〈프러드웬〉……!"

엘렌이 손을 뻗었지만, 한발 늦었다. 엄청난 부력을 지닌 〈프러드웬〉은 엘렌의 손에서 해방된 순간, 수면을 향해 무시무시한 속도로 나아갔다.

그와 동시에 엘렌의 몸은 물속으로 끌려들어갔다.

"커억……! 으으으으으으읍……!"

손발을 버둥거렸지만 몸은 떠오르지 않았다. 폐에서 공기가 빠져나가면서 점점 의식이 멀어졌다.

물속에서 버둥거리던 엘렌은 어딘가에서 본 적이 있는 소녀가 물안경을 쓴 채 자신의 발을 잡아당기는 모습을 보았다. 그와 동시에 누군가의 목소리가 들렸다.

『앗! 정말~! 위험하잖아, 미이!』

『그런데 괜찮아? 물속에서는 조심해야 해.』

『콜록, 콜록…… 아, 미안해. 갑자기 다리에 쥐가 났어~. ……어라?』

『응? 왜 그래?』

『무슨 일 있어~?』

『아니…… 방금 물속으로 빠져들면서, 무언가를 잡은 것 같은 느낌이 들어서…….』

『뭐~? 혹시 동아줄이라도 잡은 거야?』

『우와~. 아이, 속담에 빗댄 고도의 개그도 할 줄 아는구나~.』

『정말 무시무시한 애네~. 언제 그런 걸 터득한 거야?』

『……저, 저기, 너희가 그렇게 관심을 보이니까 오히려 부끄러운데…….』

『어, 어머? 저기, 사람이 물 위에 떠 있네?』

『어? 앗! 진짜다! 큰일 났어~!』

『금발 여자애가 익사체처럼 됐어~!』

그런 대화가 들려올 즈음, 엘렌의 의식은 남아 있지 않았다.

"……앗!"

엘렌은 비명을 지르면서 눈을 번쩍 떴다.

그와 동시에, 현재 자신이 어떤 상황에 처했는지 바로 눈치 챘다.

"아—."

엘렌의 몸이 딱딱하게 굳었다. 그것도 무리는 아니었다. 천장을 보며 누운 엘렌의 얼굴을 향해 뽀뽀라도 하듯 입술을 삐죽 내민 아이가 자신의 얼굴을 들이밀고 있었으니까 말이다.

"뭐…… 뭐 하는 거죠……?!"

엘렌은 허둥지둥 아이의 얼굴을 밀어내면서 그녀의 침공을 저지했다.

"뭐 하냐니…… 인공호흡 하는 건데?"

아이는 입술을 삐죽 내민 채 말했다. 그와 동시에 주위에서 귀에 익은 목소리가 들렸다.

"오옷, 깨어났어."

"엘렌 씨, 괜찮아~?"

"다, 당신들은……."

엘렌은 자신의 볼을 타고 식은땀이 흐르는 것을 느끼면서 좌우를 쳐다보았다. 그곳에는 아이와 마찬가지로 수영복을 입은 마이와 미이가 엘렌의 얼굴을 들여다보고 있었다.

그리고 방금 엘렌이 얼굴을 밀쳐냈던 아이가 영차 하면서 몸을 일으켰다.

"휴우~. 다행이야."

"엘렌 씨기 눈을 뜨지 못할까 봐 정말 걱정했어~."

"응응, 무사해서 다행이야~."

"……."

이 사태의 원인은 다리에 쥐가 내린 미이에게 있었지만, 엘렌은 그녀들과 더는 말을 섞고 싶지 않았다. 그녀는 미간을 살짝 찌푸리면서 어금니를 깨물었다.

침묵에 빠진 엘렌을 본 아이, 마이, 미이는 영문을 모르겠다는 듯이 고개를 갸웃거렸다. 그리고 서로를 바라본 그녀들은 뭔가를 깨달은 듯한 표정을 지으면서 가볍게 손뼉을 쳤다.

"아, 인공호흡은 우리밖에 안 했으니까 걱정하지 마~."

"응. 여자애들끼리는 노카운트잖아~."

"한 사람당 세 번 정도만 했어~."

"뭐……?!"

아이, 마이, 미이 3인조의 말을 들은 엘렌은 깜짝 놀란 표정을 지으면서 입술에 손을 댔다.

"이야~. 그것보다 엘렌 씨. 가슴 볼륨이 정말 끝내주던걸~."

"응, 정말 엄청났어. 아, 착각하지는 마. 심장 마사지하면서 만졌을 뿐이야~."

"다른 부분도 주물렀지만 말이야. 뭐, 그것도 마사지니까 추가 요금은 청구 안 할게!"

"……윽?!"

세 소녀는 여자 밝히는 중년 남성 같은 눈빛으로 엘렌을 바라보면서 좀 전에 느낀 감촉을 떠올리듯 손가락을 꼼지락거렸다. 그 음탕한 동작을 본 엘렌의 얼굴이 창백해졌다. 양손을 교차시켜 가슴을 숨긴 엘렌은 세 사람에게서 도망치듯 뒷걸음질 쳤다.

"뭐…… 제, 제가 의식을 잃은 사이, 대체 무슨 지, 짓을 한 거죠……?!"

엘렌이 떨리는 목소리로 고함을 지르자, 세 소녀는 잠시 동안 "우헤헤헤헤." 하고 음탕한 웃음을 흘린 후, 배를 잡고 쾌활하게 웃었다.

"농담이야, 농담~."

"엘렌 씨가 너무 빨리 깨어나서 전부 미수로 끝났어~."

"엘렌 씨는 정말 귀엽다니깐~!"

"뭐, 뭐라고요……?!"

아무래도 단순히 놀림을 당한 것 같았다. 엘렌은 분노와 약간의 안도감을 느끼면서 미묘한 표정을 지었다.

"……그런데 왜 당신들이 이런 곳에 있는 거죠? 당신들은 고교생이니까 수영을 하고 싶으면 이런 데 다니지 말고 학교 수영부에 들어가면 되잖아요."

엘렌의 말을 들은 아이, 마이, 미이는 아하하 하고 웃었다.

"이야~. 어쩌다 보니 그렇게 됐어~."

"오늘 날씨가 꽤 덥잖아~? 그래서 소화도 시킬 겸 풀에 들어가고 싶어졌거든~."

"그렇다고 시민 풀장까지 가는 것도 귀찮잖아~?"

"바로 그때 여기 간판 앞에 무료 체험 캠페인 실시 중! 이라는 글자가 적힌 것이 딱 눈에 들어왔지~."

"응. 그 순간, 운명적인 무언가를 느꼈다니깐~."

"게다가 수영복도 빌려주더라구. 진짜 친절하지~?"

"……큭."

—왜 하필 지금 그런 골치 아픈 캠페인을……. 엘렌은 피가 나는 것은 아닐지 걱정될 만큼 주먹을 세게 쥐었다. 호텔에 가까워서 즐겨 찾았지만, 앞으로 다시는 이 헬스장을 이용하지 않겠다고 마음속으로 맹세했다.

아무튼, 엘렌은 1분1초라도 이 소녀들과 한 공간에 있고 싶지 않았다. 몸을 일으킨 엘렌은 그대로 로커를 향해 걸음을 옮겼다.

그녀들과 같이 있기만 해도 페이스가 흐트러졌다. 그녀들의 몸에서 인체에 유해한 전파가 흘러나오는 것은 아닐까 하는 생각이 들 정도였다.

"어라~. 엘렌 씨, 어디 가는 거야?"

"이제 수영 안 할 거야~?"

"같이 놀자~."

세 사람이 말을 걸었지만, 엘렌은 깔끔하게 무시하고 로커로 돌아갔다. 그리고 재빨리 몸을 닦고 옷을 갈아입은 후, 머리카락을 말린 뒤 건물 밖으로 나갔다.

"……하아……."

기분이 우울해진 엘렌은 한숨을 내쉬었다.

……한계다. 그냥 호텔에 돌아가서 얌전히 쉬자. 오늘 있었던 일은 악몽으로 치부하며 잊어버리자. 호텔 방에 설치된 텔

레비전으로 영화라도 보면서 룸서비스로 시킨 와인이라도 기울인다면, 지금부터라도 꽤 우아한 밤을 보낼 수 있으리라. 엘렌은 그렇게 보내는 시간이 정말 멋질 것 같다는 생각이 들었다.

결단을 내리자, 생각에 빠져 있는 시간조차 아깝다는 생각이 들었다. 고개를 두리번거리면서 길에 차가 다니지 않는지 확인한 엘렌은 도로를 횡단해 건너편 인도로 향했다.

하지만.

"기다려, 엘렌 씨~! 옷 갈아입는 속도가 너무 빠르잖아~! 그리고 행동 하나하나에 낭비가 너무 없다구~!"

"모처럼 만났으니까 이야기 좀 더 하자~!"

"풀장에서 빠질 뻔한 엘렌 씨를 우리가 구해준 걸 벌써 잊었어~?"

멀리서 그런 외침이 들려오자, 엘렌의 눈썹이 희미하게 흔들렸다. 아무래도 그 3인조도 옷을 갈아입은 후 엘렌을 쫓아온 것 같았다.

"……."

저 소녀들의 끈질김과, 그녀들이 주절거리는 저 어이없는 말 한마디 한마디가, 엘렌의 머릿속에 존재하는 인내심의 끈을 끊어버렸다.

오늘 있었던 일들이 엘렌의 머릿속을 차례차례 스치고 지나갔다. 아니, 오늘 일만이 아니다. 카메라맨으로 수학여행에 동행했을 때 겪었던 일들까지 생각났다.

어쩌면 엘렌은 저 소녀들에게 너무 상냥했던 것일지도 모른다. 수학여행 때는, 표적은 어디까지나 야토가미 토카였기 때문에 눈감아 줬다. 오늘은 저런 애들은 신경 쓸 가치조차 없다고 생각하며 강자로서의 여유를 보여주려 했다. 사자가 개미를 신경 쓰지 않듯, 강자인 자신이 관용을 베풀어야 한다고 수도 없이 되뇌었다.

하지만 엘렌과 그녀들 사이에 넘을 수 없는 벽이 존재할지라도, 무례하기 그지없는 행동을 해대는 저 소녀들에게 그에 걸맞은 대가를 치르게 해야 하는 것이 아닐까. 아무리 사자라도 개미가 모여들어 귀찮게 한다면 분노를 터뜨리며 제재를 가할 것이다.

엘렌은 항상 소형 리얼라이저를 휴대하고 다녔다. 즉, 엘렌이 마음만 먹으면 CR-유닛 없이도 테리터리를 전개할 수 있는 것이다.

엘렌은 마음만 먹으면 눈앞에 있는 세 일반인을 눈 깜짝할 사이에 죽일 수 있다. 지금까지 그러지 않은 것은 변덕 혹은 온정에 지나지 않았다.

하지만 이제는 봐줄 수 없다. 그녀들은 도가 지나쳤다. 죽이지는 않더라도 자신들이 한 짓에 대한 대가를 치르게 해줄 필요는 있었다.

"더는 못 참겠군요……. 자아, 엘렌·메이저스에게 대항한 것을 후회하게 해주겠어요……!"

엘렌은 테리터리를 전개하기 위해 머릿속으로 지령을 내리면서 뒤돌아보았다.

바로 그 순간, 전율과 공포를 느끼며 눈을 치켜뜬 아이, 마이, 미이의 얼굴이 눈에 들어왔다.

"힉!"

"아앗!"

"거짓말……!"

그 모습을 본 엘렌은 무심코 미소 지었다.

아직 힘을 발현시키지는 않았지만, 최강의 위저드인 엘렌의 엄청난 기백을 느낀 것이리라. ―그렇다. 잊어버릴 뻔했던 감각을 다시 느끼고 엘렌은 온몸을 부르르 떨었다. 최강인 엘렌 앞에 선 범부(凡夫)는 그저 무릎을 꿇을 수밖에 없다. 엘렌이 누군가에게 얕보이는 것 자체가 있을 수 없는 일인 것이다.

하지만 이제 와서 그 사실을 깨달아도 이미 늦었다. 엘렌의 분노를 산 이상, 무사할 수는―.

"……응?"

바로 그때, 엘렌은 위화감을 느꼈다.

아이, 마이, 미이의 시선이 엘렌이 아니라 다른 곳을 향한 느낌이 든 것이다.

그리고 그녀들의 시선이 향한 방향에서 엄청난 브레이크 음과 클랙슨 소리가 들렸다.

고개를 돌려보니, 엘렌을 쫓기 위해 차도로 뛰어든 세 소녀를 향해 대형 트럭이 고속으로 접근 중이었다. 속도를 너무 냈는지 브레이크를 밟는데도 감속이 전혀 되지 않는 것 같았다.

게다가 아이, 마이, 미이는 갑작스러운 사태에 직면한 탓에 깜짝 놀랐는지 그 자리에서 얼어붙고 말았다. 이대로 있다간 대형 사고가 나고 말리라.

"……큭."

엘렌은 무심코 숨을 삼켰다.

하지만 그것은 아이, 마이, 미이를 걱정해서가 아니었다. 엘렌은 세 소녀의 안부 따위 전혀 안중에 없었다.

엘렌에게 있어서 중요한 것은— 저 세 소녀가 최강의 위저드인 엘렌보다도 겨우 몇 톤밖에 안 되는 강철 덩어리를 더 두려워하고 있다는 사실이었다.

"저보다도…… 저딴…… 군용 차량이……?"

엘렌은 자신의 마음속에 존재하던 마지막 자존심에 금이 가는 것을 느꼈다.

"—웃기지 마……!"

노기가 서린 목소리로 그렇게 외친 엘렌은 그대로 지면을 박찼다.

다음 순간, 엘렌을 중심으로 마력으로 된 보이지 않는 벽이 펼쳐졌다. 아스팔트 차도가 원형으로 가라앉더니, 세 소녀의 코앞까지 다가온 트럭이 테리터리에 막히면서 급정지했다. 트럭의 정면 유리에 가늘게 금이 가더니, 범퍼가 점토처럼 우그러졌다.

……그 후, 잠시 동안 이 주변에서는 침묵만이 흘렀다.

그것도 무리는 아니었다. 트럭이 여고생을 향해 돌진한 순간, 트럭의 앞부분이 반파되면서 차체가 급정지된 것이다. 게다가 지면이 가라앉은 덕분에 여고생들은 생채기 하나 나지 않았다. 언뜻 보면 여고생이 트럭을 막아낸 것처럼도 보였다. 점점 주위에 있던 사람들이 술렁거리더니, 구경꾼들이 몰려들기 시작했다.

하지만 엘렌은 그런 것들은 안중에 없었다.

지금 그녀의 머릿속에 존재하는 것은 저 세 소녀에게 자신이 얼마나 두려운 존재인지 가르쳐주는 것뿐이다. 눈물을 흘리면서 애원하며 자신이 지금까지 저지른 죄를 후회한 후, 엘렌의 발에 매달려 용서를 구한다. 그런 아이, 마이, 미이의 모습을 보지 않는 이상, 엘렌의 기분은 풀리지 않을 것이다. 엘렌은 멍하니 서 있는 세 소녀를 향해 천천히 걸음을 옮겼다.

"깜짝 놀랐네……. 뭐, 뭐가 어떻게 된 거지~."

"어…… 혹시 미이, 네가 한 거야? 위기에 처한 순간, 불가사의 파워에 눈떴다든가?"

"아, 나, 나는 아무 짓도 안 했는데……."

망연자실한 표정을 지은 세 사람에게 다가간 엘렌은 입가에 미소를 머금었다.

"훗…… 봤나 보군요. 그렇다면 이제 깨달았겠죠? 제 손에 걸리면 당신들쯤은—."

—하지만 바로 그 순간.

"오오! 시도! 사람들이 엄청 몰려 있구나!"

"으음…… 무슨 일이지? 사고라도 났나?"

"사고! 차가 다른 무언가랑 부딪치기라도 한 것이냐?!"

어딘가에서 들은 적이 있는 목소리가 왼편에서 들렸다.

"앗······?!"

그 목소리를 들은 엘렌은 어깨를 부르르 떨면서 눈을 치켜 떴다.

구경꾼들 사이로 아는 얼굴이 보인 것이다.

중성적인 외모를 지닌 상냥한 인상의 소년과, 칠흑빛 머리카락과 수정 같은 눈동자가 인상적인 소녀.

—DEM인더스트리의 1급 표적인 이츠카 시도와 야토가미 토카였다.

확실히 저 두 사람은 텐구 시에 살고 있으니 이렇게 마주칠 가능성이 없지는 않았다. 하지만 하필이면 이런 타이밍에······.

"아—"

바로 그때. 엘렌은 자신의 머릿속이 순식간에 식어가는 것을 느꼈다.

—자신은 대체 무슨 짓을 하고 있는 것일까. 아이, 마이, 미이에게 복수하겠다면서 일반인들 앞에서 리얼라이저를 쓰다니, 정말 제정신이 아니었다. 게다가 야토가미 토카와 이츠카 시도마저 이 자리에 나타났다.

물론 그들과 이 자리에서 싸우더라도 엘렌이 질 리가 없다. 하지만 지금은 작전 행동 중이 아니다. 멋대로 행동할 수는 없었다.

엘렌이 그들의 얼굴을 알 듯, 그들 또한 엘렌의 얼굴을 안다. 지금 이곳에서 그들과 마주치는 것은 좋지 않다고 생각한 엘렌은 트럭 뒤편에 숨었다.

바로 그때, 토카의 아쉬움 섞인 목소리가 들렸다.

"으음…… 시도, 사람이 너무 많아서 잘 보이지 않는구나."

"그렇다고 저 인파를 헤치고 들어가서 볼 만한 광경도 아니 잖아. ……자, 사람들이 더 몰려들기 전에 가자. 서두르지 않으면 저녁 시간이 늦어질 거야."

"그, 그건 안 된다! 자, 서두르자! 시도!"

두 사람이 그런 대화를 나눈 후 이 자리를 떠나자, 엘렌은 안도의 한숨을 내쉬었다.

하지만.

"……음?"

시도와 토카의 모습이 사라진 순간, 엘렌은 묘한 느낌을 받았다. 마치 타인의 시선이 자신의 등을 콕콕 찌르는 듯한 느낌이었다.

뒤를 돌아보니 어느새 엘렌의 등 뒤로 이동한 아이, 마이, 미이가 두 눈을 반짝이고 있는 모습이 눈에 들어왔다. 방금 죽을 뻔한 것도, 기묘한 현상에 휘말린 것도 까맣게 잊은 세 사람은 속사포처럼 말을 쏟아냈다.

"방금 그 사람, 이츠카 군과 토카였지~?!"

"저기 저기~ 왜 방금 숨은 거야?! 응?! 응?!"

"엘렌 씨. 혹시 이츠카 군 좋아해~?!"

"예…… 예엣?!"

세 사람의 입에서 터져 나온 뜻밖의 말을 듣고 엘렌이 눈을 치켜떴다.

"왜, 왜 그렇게 생각하는 거죠?!"

"그런 게 아니면 이렇게 숨을 이유가 없잖아~!"

"어~?! 혹시 수학여행 때 무슨 일 있었던 거야?!"

"가르쳐줘~! 자, 아저씨들에게 허심탄회하게 말해보렴."

"그, 그게 말이죠……."

"알겠다! 엘렌 씨는 수학여행 기간에 시도 군과 평생 잊을 수 없을 만큼 뜨거운 밤을 보낸 거지~?!"

"하지만 여행에서 돌아온 후, 전혀 연락이 없었던 거야! 마…… 말도 안 돼. 그날 밤, 나를 사랑한다고 그렇게 수도 없이 말했으면서!"

"그리고 엘렌 씨는 보고 만 거야. 그와 나란히 걷고 있는, 다른 여자를……!"

"""꺄아————————!"""

세 사람은 동시에 새된 비명을 질렀다.

이러다 이츠카 시도에게 들키기라도 하면 골치 아파질 거라고 생각한 엘렌은 필사적으로 세 사람을 달랬다.

"저, 저기. 가능하면 목소리를 좀 낮—"

"앗! 미안 미안~. 그래. 이츠카 군에게 들키기 싫은 거구나."

"으윽, 너무 불쌍해. 배신당하고도 그를 배려하는 모습……. 요조숙녀는 아직 멸종되지 않았어! 구체적으로 말하자면 영국에 존재했어!"

"그런데 이츠카 군은 사흘 동안 동행했을 뿐인 카메라맨까지 건드렸구나. 완전 발정 난 원숭이네~."

"정말 최악이야~. 이걸로 대체 몇 명이나 건드린 거야?"

"엘렌 씨, 잊는 데는 좀 시간이 걸리겠지만, 그래도 저 남자는 포기하는 편이 나을 거야."

"맞아 맞아. 이츠카 군은 소문에 따르면 로리콤에 마더콤에 시스콤이래~."

"아니, 그런 게 아니라……."

"아앗! 맞아. 이미 좋아하게 됐으니 그런 건 아무래도 상관없겠구나!"

"너무, 갸륵해~!"

"내 가슴에 얼굴을 묻고 울어도 돼!"

"상관님! 제안이 있습니다!"

"말해보게, 야마부키 상병!"

"예! 오늘 밤, 저희 집에서 사랑 관련 걸즈 토크 모임을 개최할까 합니다!"

"사랑 관련 걸즈 토크 모임……! 설마, 편의점에서 사 온 대량의 과자를 에너지원으로 삼고, 음료수를 밑 빠진 독에 물 붓듯이 들이키면서 아침까지 새콤달콤한 토크를 벌이는 모라토리엄 특유의 그……?!"

"예! 게다가 오늘, 부모님이 집에 계시지 않습니다! 마음껏 떠들어도 됩니다!"

""우오오오오오오오오오오오오오오오오오오오오오오 오오오오오오오오오오오!""

아이의 말을 들은 마이와 미이가 눈을 반짝이면서 고함을 내질렀다.

다음 순간, 그녀들은 엘렌의 양손을 움켜잡았다.

"뭐…… 뭐 하는 거죠?!"

"뭐 하기는, 주역이 없으면 시작할 수가 없잖아~."

"엘렌 씨는 무슨 맛 환타를 좋아해~?"

"오늘 밤에는 안 재울 거야~."

세 사람은 그렇게 말하면서 즐거움으로 가득 찬 미소를 지었다.

"시…… 시…… 싫어어어어어어어어어어어어어엇!"

엘렌은 테리토리로 이 위기를 벗어나겠다는 생각도 못 할 만큼 패닉 상태에 빠져 비명을 내질렀다.

다음 날. 엘렌은 DEM인더스트리 일본 지사에 출근했다.

하지만 밤을 샌 탓에 그녀의 피부는 퍼석퍼석했고, 눈가에는 다크서클이 생겼으며, 온몸에서는 노곤한 분위기가 흘러나오고 있었다. 평소의 엘렌과는 달라도 너무 다른 모습이었다.

"……그, 그 녀석들…… 다음에 만나면, 가만 안 두……."

엘렌은 혼잣말을 중얼거리면서 주먹을 쥐었다. 맞은편에서 걸어오던 여성 사원이 귀기 어린 엘렌의 얼굴을 보자마자 "히익." 하고 숨을 삼키며 도망쳤다.

"……."

그 모습을 보고 이대로는 안 되겠다고 생각한 엘렌은 심호흡을 하면서 마음을 진정시켰다.

그렇다. 어제 일은 전부 악몽이다. 최강인 엘렌은 그런 일로 흔들리지 않는다. 그렇다. 결코, 그런…… 일로…….

"으, 그극……."

엘렌은 어제 일을 떠올리고 이를 갈았다. 또 맞은편에서 걸어오던 사원이 새파랗게 질린 얼굴로 도망쳤다.

바로 그때…….

"―여어, 엘렌."

등 뒤에서 귀에 익은 목소리가 들려오자, 엘렌은 어깨를 부르르 떨었다.

재빨리 표정 관리를 한 엘렌은 자세를 바로 한 후, 뒤돌아섰다. 그러자 자신의 뒤편에 서 있던 아이작·웨스트코트가 눈에 들어왔다.

"좋은 아침입니다. 아이크."

"그래. 좋은 아침이야."

"……예. 다시는 아침을 맞이할 수 없을 거라고 생각했어요."

"음? 방금 뭐라고 했지?"

"……윽! 아, 아뇨. 아무것도 아닙니다."

무심코 어젯밤의 일을 떠올리고 만 엘렌은 허둥지둥 고개를 저었다.

웨스트코트는 그런 엘렌을 바라보면서 말을 이었다.

"—아, 그러고 보니 어제는 어땠지? 휴가는 잘 즐겼나?"

"아…… 그, 그게……."

"자네라면 휴일도 완벽하게 보냈겠지. 말로 표현하자면, 그래— 최강다운 하루였으려나?"

"……."

웨스트코트가 농담조로 한 말을 들은 엘렌은 하려던 말을 멈췄다.

그리고 어깨에 걸린 머리카락을 쓸어 넘긴 그녀는 눈썹에 힘을 주면서 입을 열었다.

"예. —물론이죠."

■작가 후기

　오래간만입니다. 타치바나 코우시입니다. 『데이트·어·라이브 앙코르 2』를 여러분에게 전해드립니다. 어떠셨는지요. 여러분의 마음에 들었기를 진심으로 바랍니다.

　자, 『앙코르』 1권 때는 후기 페이지가 많아서 각 화를 해설했습니다만, 2권에서는 후기 페이지 수가 얼마 안 되는군요.

　그러니 바로 해설을 시작하겠습니다. 약간의 스포일러가 포함되니 양해 부탁드립니다.

○시도 헌터즈

　『Newtype』 2013년 7월호에 게재한 단편입니다. 참고로 이호는 『데어라』가 표지였습니다. 만세~. 『드래곤매거진』과는 달리, 처음으로 『데어라』를 접하는 분도 많을 거라 생각해 애니메이션에 등장하는 모든 정령을 출연시켰습니다. 운세 방송을 볼 뿐만 아니라 그걸 실행에 옮기는 사랑에 빠진 소녀틱한 쿠루미가 정말 귀엽군요.

○미확인 서머 버케이션

타이틀을 통해서도 알 수 있을 듯 합니다만 여름 방학 단편이었습니다. 그리고 5권~6권 사이의 이야기죠. 본편에서는 여름 방학을 그냥 지나가 버렸기 때문에 단편으로 그 부분을 보완해봤습니다.

솔직히 말해 오리가미를 묘사하는 게 너무 즐거웠던 편입니다. 어두운 숲 속에 숨은 오리가미 양은 완전 닌자네요. 코토리는 좀 더 오빠를 믿어주렴.

○미확인 브라더

미확인 서머 버케이션의 후편격인 이야기입니다. 코토리의 망상 시오리 양의 파괴력이 정말 발군이었죠. 아마 데이트·어·라이브 안에서 요리와 화장이 가장 뛰어난 캐릭터일 겁니다. 시도는 성별을 잘못 타고 태어난 것 같군요. 시오리가 정령(남)들을 공략하는 『데이트·어·라이브 걸즈 사이드』같은 건 어떨까요. 누가 써주세요.

○정령 킹게임

『드래곤매거진』의 부록 소책자로 수록된 단편……치고는 분량이 꽤 되는 이야기였습니다. 『앙코르 2』가 두꺼워진 건 이 녀석 때문이죠.

개인적으로는 꽤 마음에 든 이야기입니다. 참고로, 국내에 열 명밖에 없는 S급 랭커 중에는 그 어떤 가혹한 명령을 내려도 황홀한 미소를 지으며 모든 명령을 수행하는 〈옥토버 쿄헤이〉라는 남자가 있다고 합니다만, 그자의 정체는 아무도 모릅니다.

○천앙제 콘테스트

천앙제 최후의 하루입니다. 문화제 하면 미인 대회죠. 코모다와 사쿠라코 같은 재미있는 서브 캐릭터가 나와서 즐거운 이야기였습니다. 특히 아야노코지 뭐시기, 아니 카린. 이런 실수 연발 캐릭터를 정말 좋아합니다. 담당 편집자님에게 "또 등장할지도 모르겠네요."라고 말했다가 "에이, 설마 나오겠어요."라는 말을 듣고 침울해했습니다. 하지만 곰곰이 생각해보니 등장시킬 데가 없다는 생각이 들더군요.

○엘렌·메이저스의 최강다운 하루

신작 단편입니다. 역시 엘렌은 최강이군요. 쓰면서도 정말 즐거웠습니다. 이런 이야기를 쓸 수 있는 게 단편의 매력이겠죠. 강한 엘렌도 매력적이지만 이런 엘렌도 정말 좋습니다. 기회가 된다면 그녀의 천적들과 함께 또 등장시키고 싶습니다요.

자, 이번에도 많은 분들이 최선을 다해주신 덕분에 이 책을 낼 수 있었습니다. 츠나코 씨와 담당자님, 그 외에도 관여해주신 많은 분들에게 감사드립니다.

다음은 『데이트·어·라이브 11』과 함께 여러분을 찾아뵐 수 있기를 진심으로 기원합니다.

2014년 4월 타치바나 코우시

■ 역자 후기

안녕하십니까. 근로청년 번역가 이승원입니다.

『데이트·어·라이브 앙코르 2』를 구매해주셔서 진심으로 감사드립니다.

이미 아는 분도 계실 듯합니다만, 저는 현재 L노벨에서 발매되고 있는 모 히로인 육성 라이트노벨의 번역을 담당하고 있습니다.

작품의 주인공들이 미소녀 게임을 만드는지라, '그래! 오래간만에 미소녀 게임이나 해보자!'라고 생각하면서 게임 수납장을 열어본 순간, 어떤 게임이 눈에 들어오더군요.

그 게임의 제목은 바로『데이트·어·라이브 린네 유토피아』!

초차원 게임 넵〇, 아가레스트 0기 등으로 유명한 컴파일 하트에서 작년에 PS3용으로 발매한 미소녀 게임입니다. 데어라의 역자로서 한정판을 구매하기는 했습니다만, 당시 데어라&농림&라피스 시리즈 때문에 번밀레 모드를 가동한지라 플레이는 못 하고 봉인하고 말았죠. 그리고 미소녀 게임 만드는 라이트노벨을 번역하게 되면서, 제가 번역하는 작품의 미소녀 게임을 플레이하게 되다니…… 뭐랄까, 운명 같은 것을

느꼈습니다.^^

『데이트·어·라이브 린네 유토피아』는 전형적인 선택지형 미소녀 게임이며, 토카, 요시노, 쿠루미, 코토리, 오리가미, 그리고 신 캐릭터 린네를 공략할 수 있습니다. ……완성도 요? 제가 해본 전연령(^^;) 미소녀 게임 중 최고로 뽑을 정도 입니다. 플삼을 산 지 7년 이상 된 제가 처음으로 모든 트로 피를 따서 플래티넘을 받은 게임이죠, AHAHA.

정체불명의 존재에 의해 텐구 시에 갇힌 시도와 히로인들. 그리고 언제부터인가 시도의 곁에 존재한 소꿉친구 린네. 그 녀의 정체는? 그리고 진실에 다가가는 시도를 죽이려 하는 룰러의 진정한 의도는? ……이라는 느낌으로 스토리가 진행 됩니다.

각 캐릭터별 루트의 재미도 정말 좋았습니다. 토카 본연의 매력을 지극히 느낄 수 있는 토카 루트, 오리가미의 본심을 엿볼 수 있는 오리가미 루트, 에로와 순정이 난무하는 쿠루 미 루트, 로리콤의 영혼을 매료시킬 듯한 요시노 루트, 금단 의 러브를 마음껏 보여주는 코토리 루트도 끝내줬죠. 그리고 모든 루트를 플레이한 후 진입 가능한 린네 루트는 정말 최고 였습니다. 솔직히 말해 신 캐릭터 린네의 매력이 상상을 초월 합니다. 데어라에 왜 소꿉친구 캐릭터가 없나 하고 전부터 의 문을 가졌었는데 이런 식으로 써먹을 줄은 꿈에도 몰랐어요. 마지막 엔딩 보고 한 번 울고, 에필로그 보고 또 울고, 마지 막 엑스트라 에필로그 보고 또 울었습니다. 흑, 제가 이렇게

눈물이 많은 놈인 줄 정말 몰랐어요.ㅜㅜ

올해 발매된 『데이트·어·라이브 아루스 인스톨』도 바로 구매해버렸습니다! 빨리 마감 끝내고 플레이하고 싶어요!

데어라 게임 이야기하다 보니 후기를 마무리할 때가 되었군요.

그럼 이만 줄이겠습니다.

게임까지도 재미있게 나오는 작품을 맡겨주시는 삐야 님과 L노벨 편집부 여러분. 정말 감사합니다. 『데어라』+『시원찮은 그녀』 덕분에 대박 미소녀 게임을 플레이했습니다.^^

집에서 술 마시게 각자 먹을거리 사 오라고 했더니 한 명은 소주, 한 명은 맥주, 한 명은 이과두주만 사 온 지인들이여. 너희가 생각하는 먹을거리라는 단어는 술만 가리키는 거냐?!

마지막으로 언제나 제게 버팀목이 되어주시는 어머니와 『데이트·어·라이브』를 읽어주신 모든 분들에게 진심으로 감사드립니다.

흑화(?)로도 여신(?)이 될 수 있다는 사실을 보여주는 히로인이 등장하는 11권 역자 후기에서 다시 뵙겠습니다!

2014년 9월 초
역자 이승원 올림

DATE A LIVE
ENCORE 2

데이트 어 라이브 앙코르 2

1판 1쇄 발행 2014년 10월 10일
1판 6쇄 발행 2019년 6월 28일

지은이_ Koushi Tachibana
일러스트_ Tsunako
옮긴이_ 이승원

발행인_ 신현호
편집국장_ 김은주
편집진행_ 최은진 · 김기준 · 김승신 · 원현선 · 권세라
편집디자인_ 양우연
국제업무_ 정아라 · 전은지
관리 · 영업_ 김민원 · 조인희

펴낸곳_ (주)디앤씨미디어
등록_ 2002년 4월 25일 제20-260호
주소_ 서울시 구로구 디지털로 26길 111 JnK디지털타워 503호
전화_ 02-333-2513(대표)
팩시밀리_ 02-333-2514
이메일_ lnovelpiya@naver.com
L노벨 공식 카페_ http://cafe.naver.com/lnovel11

원제 DATE A LIVE ENCORE 2
© 2014 Koushi Tachibana, Tsunako
Edited by FUJIMISHOBO
First published in Japan in 2014 by KADOKAWA CORPORATION, Tokyo.
Korean translation rights arranged with KADOKAWA CORPORATION, Tokyo.

ISBN 978-89-267-9793-8 04830
ISBN 978-89-267-9334-3 (세트)

값 6,800원

*이 책의 한국어판 저작권은 KADOKAWA CORPORATION와의
독점 계약으로 (주)디앤씨미디어에 있습니다.
저작권법에 의해 한국 내에서 보호를 받는 지작물이므로 무단전재와 복제를 금합니다.

*잘못된 책은 구매처에 문의하십시오.

© 2012 Fumiaki Maruto, Kurehito Misaki /
KADOKAWA CORPORATION

시원찮은 그녀를 위한 육성방법 1~2권

마루토 후미아키 지음 | 미사키 쿠레히토 일러스트 | 이승원 옮김

이것은 나, 아키 토모야가 그다지 눈에 띄지 않는 한 소녀를
히로인에 걸맞은 캐릭터로 프로듀스하면서,
그녀를 모델로 한 미소녀 게임을 제작하는 과정을 그린 감동적인 이야—
"아앙? 할 줄 아는 건 하나도 없으면서 게임을 만들겠다고?
세상 물정을 몰라도 너무 모르는 거 아냐?"
"나에게는 이 끓어오르는 정열이 있어! ……아, 구기지 마!
꼬박 하룻밤 걸려서 쓴 기획서란 말이다!"
"표지밖에 없는 기획서를 쓰는 데 왜 그렇게 시간이 걸린 거야?"
"열한 시간이나 잤더니 남는 시간이 얼마 안 되더라고."
"태클 걸 데가 너무 많아서 어디서부터 걸어야 할지 모르겠잖아……. 에잇, 에잇!"

……아무튼, 메인 히로인 육성 코미디, 시작하겠습니다!

인기의 화제작 《화이트 앨범 2》 시나리오 라이터
마루토 후미아키의 라이트노벨 데뷔작!

2015년 1월 TV애니메이션 방영 예정!!

라이트노벨의 새로운 빛! L노벨의 신간은 매월 10일에 발매됩니다. www.lnovel.co.kr

© 2012 Daisuke Suzuki, nauribon /
KADOKAWA CORPORATION

하토코 씨와 러브코미디 1~3권

스즈키 다이스케 지음 | nauribon 일러스트 | 양준호 옮김

나 헤이와지마 하야토는 헤이와지마 재벌의 후계자 후보.
언젠가 재벌의 톱에 서기 위해 메이드인 하토코 씨로부터 제왕학을 배우고 있는
매일이지만—
"도련님, 중얼중얼 혼잣말하지 말아 주십시오. 기분 나쁩니다." "도련님, 제게 밀려
넘어진 정도로 동요해서야 후계자 후보로서 실격입니다." "도련님, 아무리 제가 절세의
미녀라 하더라도 야릇한 눈으로 바라보지 말아 주십시오. 경찰을 부르겠습니다."
……음, 오늘도 하토코 씨는 평소 그대로 자비가 없구나. 나도 슬슬 새로운
성벽(性癖)에 눈 뜨고 말겠는걸.

**아무튼 이런 나와 하토코 씨가 벌이는
타이틀 그대로의 거짓 없는 러브코미디!
시작합니다!**

© 2013 Aru Fujitani
illustration Kurone Mishima
Originally published by HOBBY JAPAN

내 현실과 온라인 게임이 러브코미디에 침식당하기 시작해서 위험해 1~7권

후지타니 아루 지음 | 미시마 쿠로네 일러스트 | 유은하 옮김

사기미야 케이타는 온라인 RPG의 헤비 유저.
여성 캐릭터로 멤버 대부분이 여성 플레이어인 길드에 소속되어있던 케이타지만,
정모에 참가했다가 길드의 유일한 남자 캐릭터인 기사님으로 오해받아서
현실에서도 게임 내에서도 인기 절정 상태!
이건 무슨 함정인가?

벗어날 곳은 없다!!
온라인과 현실을 넘나드는 오프&온라인 러브코미디!